Les hasards de Noël

Les hasards de Noël

STÉPHANIE PÉLERIN
FANNY VANDERMEERSCH
TIPHAINE HADET
CÉLINE ROUILLÉ

City
Poche

Couverture : Studio City/Shutterstock

ISBN : 978-2-8246-2116-6
Code Hachette : 77 9933 8

Collection dirigée par Christian English & Frédéric Thibaud.
Catalogue et manuscrits : city-editions.com

Dépôt légal : Novembre 2022

Sommaire

Note des auteures

Au cours de l'écriture du début du livre, une chanson de Stephan Eicher s'est imposée à Céline Rouillé. Étant toutes les quatre sensibles à sa musique et ses paroles, nous avons eu envie d'emprunter quelques titres à son répertoire pour nommer nos nouvelles et les relier les unes aux autres, à la façon d'un ruban rouge de Noël. Un grand merci à l'artiste pour ses mots et sa poésie.

Sois patiente avec moi

CÉLINE ROUILLÉ

Je me souviens plus
Si c'est aussi beau
Qu'il paraît.

(Arnaud)
18 heures

1

24 décembre

La nuit est tombée brutalement, l'obscurité est déjà dense, les étoiles ne sont pas encore sorties. C'est comme si le ciel chuchotait aux habitants de ne surtout pas s'aventurer dehors, de rester au chaud chez eux ou bien de se dépêcher de rejoindre leurs proches pour cette veillée de Noël. À travers la fenêtre on ne devine plus les chênes qui peuplent la vallée, bien gardée par la bâtisse dans laquelle il attend. La vitre ne lui renvoie que son reflet. *Les gens qui gardent les mains dans les poches ont quelque chose à cacher.* Où Arnaud a-t-il entendu cette affirmation ? À la radio certainement. Lui n'a rien à cacher, pas à cet instant en tout cas, et s'il garde les mains dans ses poches, c'est davantage pour atténuer la morsure du froid que les murs bicentenaires semblent avoir emprisonné depuis le début de l'hiver. C'est aussi en partie pour s'empêcher de constater l'heure qui tourne inéluctablement sur son poignet et faire taire la crainte qu'il a d'être en retard. Pourtant, à moins d'un miracle maintenant, il le sera.

Il sort ses mains, les frotte l'une contre l'autre, souffle dessus, ça lui apprendra à se passer des gants toute une journée, entre le ciment, le froid et les pierres, pas étonnant qu'elles soient sèches à en craquer. Il a libéré les autres gars pour l'après-midi, c'est Noël ce soir après tout. Il a terminé de nettoyer le chantier tout seul, ils n'y remettront pas les pieds avant plusieurs jours, trêve des confiseurs oblige. Tant qu'il était en mouvement, il ne s'est pas rendu compte de la température, mais depuis qu'il s'est arrêté il a l'impression de se statufier de froid.

Il guette le retour de la propriétaire, elle est partie chercher des « visuels » dans sa voiture, il lui semble que ça fait quinze minutes, elle va le rendre dingue. Ils ont déjà passé deux heures à inspecter les recoins de l'ancienne grange. La cliente semble avoir apprécié le travail déjà réalisé sur le nettoyage des murs et la rénovation de la première façade avec cette ouverture sur le vallon majestueux. Il n'a pas bien compris pourquoi l'entrevue s'éternisait ainsi. C'est déjà une drôle de date pour une revue de chantier, mais elle n'avait pas d'autre disponibilité avant une semaine. Lui ne pouvait pas avant. Il voulait avoir achevé la première tranche. Pour qu'elle se rende compte. Il y a tellement d'enjeux. Et puis, pour lui ce soir, pas de dinde aux marrons ni de sapin lumineux, il n'est attendu que le lendemain midi pour Noël, mais ça, sa cliente l'ignore, ça ne la regarde pas, tout comme ce rendez-vous étonnant qu'il attend avec impatience et qu'il a envie d'honorer avec ponctualité. Dans moins d'une heure.

Arnaud est maçon. Cela fait douze ans qu'il apprend. Il a passé la dernière décennie aux côtés de ses maîtres, des compagnons auprès desquels il a forgé son identité, affiné son art, choisi les chemins qu'il voulait emprunter. Si tout se passe comme il l'espère, il pourra bientôt transmettre lui aussi, ouvrir les portes de sa toute jeune société à des apprentis, soutenir et encourager leur goût du travail bien fait. Ce rendez-vous est l'une des étapes à franchir pour y parvenir. La rénovation de cette longère, l'une des quatre qui composent l'imposant corps de ferme, est son premier chantier en tant qu'indépendant. Si les clients sont satisfaits, il pourra avancer ses pions un peu plus loin, creuser davantage les fondations de son projet. Il y a trois autres bâtiments à rénover entièrement et la famille pour laquelle il travaille a prévu d'autres chantiers ambitieux et gratifiants à la fois. Si, à l'inverse, cette première tranche de la réhabilitation n'est pas concluante aux yeux des propriétaires, sa SARL à peine créée sera fragilisée. Il pourra tout juste payer les dettes qu'il a déjà contractées et devra rapidement se lancer à la recherche d'autres clients s'il ne veut pas mettre la clé sous la porte. Se présenter et se vendre ne sont pas ses points forts, c'est le moins qu'on puisse dire, et si son envie d'indépendance est très forte, il aimerait que sa réputation attire les clients plutôt que d'avoir à les chercher.

Il se détourne de son image. Ses cheveux sont un peu longs, la poussière et le froid les ont presque figés. Il faut qu'il coupe ces boucles naissantes, si elles régalent sa sœur et sa mère, il trouve qu'elles lui donnent un air trop juvénile. Tant que son carnet de commandes n'est pas rempli, sa crédibilité ne passe pas uniquement par le travail que produisent ses mains compétentes, son apparence compte aussi. Il ne peut pas s'empêcher de regarder l'heure. 18 heures sont passées. Ce soir il rencontre Pauline. Un rendez-vous parachuté sur son agenda comme dans sa vie. Il n'a aucune idée de ce qui l'attend mais deux faits sont certains : l'impatience n'a cessé de gonfler depuis le début de la journée et il n'a pas envie d'introduire ce premier moment face à elle avec un retard. Il ne se reconnaît pas trop ces derniers jours à vrai dire. Lui, l'homme aux pieds sur terre qui s'est toujours gardé de se laisser trop approcher par les émotions pour rester concentré sur ce qui compte vraiment (le travail), doit reconnaître qu'il a toutes les difficultés à réfléchir posément. Il doit produire des efforts considérables pour ne pas partir à tout bout de champ dans ses conversations avec Pauline, quel que soit son vrai prénom. Les échanges épistolaires qu'il entretient avec elle ont pris une place qu'il n'avait pas imaginée, ils l'ont pris de court et le déstabilisent plus qu'il ne le voudrait. C'est décidé, si sa cliente ne réapparaît dans la minute, il quittera les lieux. Il n'a pas été convenu que cela se prolonge ainsi et il ne voit pas ce qui reste à discuter à l'étape où le chantier en est. Comme si ses pensées avaient traversé les murs, Julie Manin enfin réapparaît, les bras chargés d'un carton qui semble prêt à s'écraser sur elle. Il s'approche mais elle pose sa charge avant même qu'il puisse la soulager.

Ils se font face quelques secondes. Les rares ampoules nues qui s'échappent des murs ne suffisent plus à éclairer l'immense salle, ils devinent à peine leurs regards, ils sont deux ombres à deux mètres l'une de l'autre.

Julie a pris les minutes nécessaires pour se donner du courage. Elle veut et elle doit réussir cet examen de passage, avancer la tête haute. Pour commencer, elle a signifié à l'artisan d'un mouvement de tête déterminé qu'elle n'avait pas besoin de l'aide qu'il s'apprêtait à lui offrir. Porter ces lourds classeurs et venir un 24 décembre présenter le projet architectural de la famille ne figuraient pas dans son programme initial. Tout lui déplaît dans ce moment mais elle a pris le parti de revêtir cette scène d'un costume de défi, c'est une épreuve personnelle, un rite initiatique, les moyens qui justifient la fin. Son objectif ? Faire sa place, se faire entendre, même si pour cela elle doit commencer par mettre en sourdine ses convictions, avaler sa fierté, et se soumettre sans broncher aux extravagantes idées de ses frères et de son père. Elle sait qu'Arnaud Fondoire ne va pas lui faciliter la tâche. Il est talentueux et brillant, l'avancement des travaux qu'elle vient de constater le confirme, il n'a pas l'air du genre à avaler des couleuvres. Il a de l'or dans les mains, un sens des espaces qui laisse deviner une forme de génie. Depuis le début de sa courte carrière elle en a côtoyé peu comme lui. Ses frères avaient misé sur le plus médiatique Henry Jubert, son père a été sensible à la sincérité et aux finitions des chantiers que Fondoire a présentés. Et certainement aux chiffres considérablement plus bas par lesquels le jeune entrepreneur a conclu son devis. Mais c'est quitte ou double. Ou il accepte le revirement de projet qu'elle est sur le point de lui présenter, amadoué par les prometteurs chantiers qui s'ouvriront ensuite à lui, ou il refuse tout net et elle aura bien du mal à gagner la crédibilité aux yeux de son père après laquelle elle court. Elle n'a pas le choix, ce dernier a été clair. Cette ancienne ferme sera un centre de conférences paré des dernières technologies, il proposera une hôtellerie de luxe, sera un lieu de haute gastronomie. C'est une niche : rien de similaire n'existe à cinquante kilomètres à la ronde. C'en est bien fini du projet d'hébergement écoresponsable et indépendant énergiquement qu'avait patiemment construit Julie. Ses frères ont sorti de leurs chapeaux les sirènes de la diversification et des marges inédites : « Tu as trop traîné avec les rêveurs, bienvenue sur terre petite sœur, cette société et cette famille ne sont pas devenues ce qu'elles sont en se laissant influencer par tous les utopistes qui passaient la tête par la fenêtre ! Pour réussir, il faut avancer et savoir être sourd à ce qui freine le progrès ! » Ces arguments, aussi faciles et affligeants soient-ils, semblent avoir eu raison des derniers principes de son père. C'était la semaine dernière. Elle a eu le temps de digérer la pilule, d'oublier le ton sarcastique et hautain, de se ressaisir pour se focaliser sur l'essentiel ; si elle conduit la maîtrise d'œuvre de cette rénovation, si elle réussit à oublier son projet initial et se réapproprie celui qu'ils ont finalement retenu, alors elle aura le champ libre pour une idée de son choix, son père le lui a promis. Elle ne pense plus qu'à cela. Son but est de convaincre Arnaud Fondoire de changer son fusil d'épaule, de regarder le potentiel de ces bâtiments avec un œil neuf et d'arriver au traditionnel repas de Noël avec sa signature sur les plans modifiés pour fermer le clapet à tous ceux qui ne croient pas en elle. Ce qui complique encore davantage l'épreuve, c'est la rapidité avec laquelle Fondoire a exécuté cette première tranche de travaux. Si elle est en position légitime pour lui présenter une réorientation des étapes suivantes, elle n'a pas anticipé l'épineuse question de lui demander de détruire une partie de son travail. Elle en est l'unique responsable, elle était trop sûre d'elle, elle pensait remporter l'unanimité des votes familiaux. Piégée par son orgueil et son inexpérience de la négociation, elle va devoir en assumer les conséquences.

Elle inspire, pose ses mains sur ses hanches et plante ses yeux dans ceux de l'artisan. Dans le clair-obscur il n'est plus aussi impressionnant. Il ne doit pas être beaucoup plus vieux qu'elle, mais sa carrure imposante, sa haute taille, sa voix grave et posée, sa mâchoire carrée qu'on devine derrière sa courte barbe claire et son regard perçant ont failli la désarmer tout à l'heure. Elle rejette avec force la tentation de s'apitoyer sur sa faiblesse de caractère et sur les doutes qui déjà l'encerclent avant même d'avoir commencé et elle se concentre sur son objectif :

— Je vous ai rapporté les modifications auxquelles la famille a pensé. Il y a aussi quelques échantillons des matériaux souhaités par ici. Pour le carrelage notamment…

Arnaud est curieux. Elle n'a jamais parlé de modifications. Elle a déjà laissé entendre que la commande pouvait évoluer pour les longères suivantes, mais de quels matériaux parle-t-elle ? Il n'est question depuis le début que de récupérer les pierres originales pour cloisonner un ou deux espaces, les grandes dalles de pierres naturelles qui seront scellées au sol ont été choisies dès la signature du devis, délais de commande oblige. Il se tait, prudent. Elle parle d'une drôle de manière. L'assurance qui l'habite depuis la poignée de main qu'ils ont échangée l'a déserté maintenant qu'elle est revenue avec ce carton. Il s'abstient de commenter, il attend. Elle a attrapé un volumineux classeur, elle l'ouvre à la première page et se rapproche du mur pour attraper un peu de la lumière fatiguée. Il la suit, sans pouvoir s'empêcher de réfléchir à la manière la plus courtoise de mettre fin à ce rendez-vous qui traîne beaucoup trop en longueur.

Julie attend qu'il soit suffisamment prêt pour voir la galerie de photos. Elle le voit plonger dans les dessins de l'architecte, sans rien manifester. Il se redresse et la regarde, puis retourne sur les plans, il fait cela deux ou trois fois, en silence. Il rompt ce mouvement en mettant les pieds dans le plat :

— Je crois que vous n'êtes pas sur les bons visuels, madame Manin. Ce sont les plans que mon confrère Jubert vous a présentés. Dans ce projet, voyez-vous, la moitié de la grange à laquelle nous sommes en train de redonner vie a disparu au profit de cette drôle de bulle de verre.

Il prend sur lui pour rester aimable, il sourit, la cliente est fatiguée à tous les coups, elle a dû se tromper de classeur. D'ailleurs elle regarde les dessins et semble complètement perdue. Il la sort de sa contemplation :

— Ce n'est pas grave, je vous rapporte les plans sur lesquels nous avons travaillé, ces classeurs doivent être restés dans votre coffre, non ?

Elle conserve le document ouvert à la même page mais elle ne le regarde plus. À la place elle le fixe lui, et elle lui demande d'une voix qu'il trouve changée :

— Vous n'aimez pas ? C'est une prouesse, ce projet, une bulle contemporaine posée sur des fondations historiques, une piscine que l'on verrait de chaque endroit du site par un jeu de vitres alignées sur les quatre bâtiments, l'eau, l'air, la terre, les pierres…

— Et le feu ? Pourquoi pas une cheminée au milieu de la piscine ?

Il plaisante mais la cliente est restée de marbre. Vraisemblablement le classeur ouvert à cette page-là n'est pas une erreur. Il se rafraîchit instantanément. Les mots sortent avant même qu'il s'en rende compte, son légendaire flegme s'est envolé et a laissé place à une inquiétude amère et soudaine.

— Vous reprenez le projet de Jubert finalement ? Vous voulez que je travaille là-dessus ? Vous aviez besoin d'attendre tout ce temps pour me le dire ?

Julie est prise de court. Elle ne pensait pas qu'il attaquerait aussi frontalement. Cela ne se passe pas du tout comme elle l'avait répété dans sa tête. Ce qu'elle n'avait pas imaginé, c'est combien il lui serait difficile de défendre un projet auquel elle ne trouve aucun charme, surtout face à quelqu'un d'aussi passionné. Elle n'a pas le temps de réagir, il enchaîne d'une voix sourde et tendue:

— Nous venons tout juste de finir la rénovation des murs porteurs et vous voulez en faire tomber plus de vingt mètres ? C'est vous l'architecte, mais si je ne m'abuse, la façade que je vois à terre sur vos nouveaux dessins impeccables est celle que nous restaurons depuis plus de trois semaines conformément au plan que vous m'avez proposé. Et cette maquette ressemble à s'y tromper à celle de votre confrère ? Il y a des règles implicites, vous le savez, dans le métier ? Quand on accepte une entreprise, on renonce à ses concurrentes.

Vous savez que Jubert travaille avec ses propres maçons parce qu'il a une vision très personnelle de ses chantiers. Jamais je n'aurais signé pour ça. Ça ne me correspond pas et si je respecte l'homme je n'apprécie pas ses productions, autant raser vos fermes…

Il soupire et conclut :

— J'ai l'impression que vous me faites un beau croche-pied. Pas vraiment fair-play, votre méthode.

Elle entend la colère trembler dans sa voix. Elle sent comme il la contient néanmoins, comme il prend sur lui. Elle va devoir faire preuve d'ingéniosité, d'originalité tout au moins, pour le rallier à sa cause, quitte à user d'artifices auxquels elle rechigne d'habitude. Elle imagine la tête de son père et de ses frères si elle échoue et cela la remobilise. Elle referme le classeur comme on oublie un mauvais souvenir. Elle le pose même à terre, comme s'il ne valait rien de plus que de se mélanger à la terre et à la poussière.

— Monsieur Fondoire. Ce n'est pas tout à fait cela. Laissez-moi prendre le temps de vous expliquer.

Il secoue la tête, regarde sa montre et lui répond comme si elle n'avait rien dit.

— Vous étiez mon premier chantier vous savez ? Celui que j'ai signé de mon nom. J'ai engagé deux autres personnes à mes côtés, des hommes qui travaillent comme moi, autant par nécessité que par plaisir. Quelles que soient vos explications, si elles impliquent de nous faire détruire, même partiellement, ce que nous venons de réaliser avec le professionnalisme que vous nous avez reconnu, mais aussi avec nos tripes et notre cœur, alors ne gaspillez pas votre salive.

Comme elle se tait, il conclut.

— Je vais vous faciliter la tâche et vous éviter d'avoir à gérer les désaccords de points de vue sur la pierre entre Jubert et moi pour les prochaines semaines. Il pourra faire appel à ses maçons habituels, ils lui obéiront au doigt et à l'œil, à lui et à vous aussi. Je vous enverrai le solde de la facture. Vous aurez au moins l'élégance de ne pas me faire attendre pour le règlement ?

Elle est sonnée. La scène a tourné au cauchemar, le pire qui soit. Arnaud hésite à ajouter un mot, mais devant le visage défait de son interlocutrice il lui épargne la dernière remarque acide qu'il avait au bord des lèvres.

— Je suis en retard. Bonne chance avec Jubert.

Il manque de tomber en sortant de la grange. Il reviendra le lendemain chercher ses outils et son matériel. Il appellera ses collègues aussi, il n'est pas utile de leur gâcher la soirée. Il est dans un drôle d'état. Il a laissé son instinct prendre la main, son cœur parler, sans laisser à la raison le temps de se frayer un chemin jusqu'à ses lèvres. Il pense à Pauline. Et pas seulement parce qu'il va faire sa connaissance dans très peu de temps, mais aussi parce qu'il a l'impression qu'elle approuverait l'insensée réaction qu'il vient d'avoir.

2

24 décembre – 18 h 40

Arnaud voit sa maison à l'orée du bois comme un véritable refuge. Dissimulée au bout d'une allée cabossée dont il faut bien connaître les secrets pour ne pas trop éprouver son véhicule, elle abrite derrière une façade de briques rouges une grande pièce à vivre et deux chambres posées sur un solide parquet. On ne peut pas vraiment parler d'un étage en pensant aux combles aménageables mais un jour peut-être, quand il pourra se le permettre, il remplacera la trappe et l'échelle par un escalier, isolera le toit et insonorisera le plancher, pour arranger un petit bureau là-haut, ou une pièce pour ranger sa collection de vinyles. L'inconvénient principal de son logement est sa température. Tant qu'il n'aura pas revu l'installation générale, il est condamné à passer des hivers sous d'épaisses couches de couvertures. La chaleur de la cheminée se diffuse mal, quand il s'en éloigne de quelques mètres, il pourrait même parfois se croire à l'extérieur. Il a acheté cette maison une bouchée de pain, en toute connaissance de cause. Il lui faudra changer portes et fenêtres, ajouter un insert ou casser la cheminée au profit d'un poêle. Il aime couper son bois, la cheminée a de bonnes chances de survie. De toute façon, comme il vient de saborder l'opportunité dont il rêvait pour faire rentrer un peu de trésorerie, il n'est pas près de pouvoir se permettre autre chose que le nécessaire. Le confort attendra.

Il jette ses clés sur la table, elles atterrissent sur l'enveloppe qui est arrivée l'avant-veille. Juste à temps. Il a promis à Pauline qu'il l'ouvrirait devant elle. Il risque de s'en mordre les doigts. Maintenant qu'il est tout près du rendez-vous, l'imprudence dont il a fait preuve lui saute aux yeux et les arguments de Pauline lui semblent bien déraisonnables. *Si vous ouvrez cette enveloppe et que son contenu vous déçoit, si le Conseil régional ne vous octroie pas la subvention que vous avez demandée, vous agirez différemment face à votre cliente. Vous ne cessez de dire que vous voulez vous reconnaître dans votre travail, si vos clients vous conduisent sur un sentier qui vous déplaît, vous n'aurez pas la force de résister, vous penserez à la sécurité avant tout, et vous risquez de renier vos convictions avant même de les avoir mises à l'épreuve.*

Il doit bien le reconnaître, les mots de cette femme touchent au but à chaque fois. Il file sous la douche, il est déjà tellement en retard. Il est passé pour se changer et récupérer cette broche qu'il a trouvée pour elle. Un discret lutin argenté et noir, d'à peine plus d'un centimètre, un bijou qui se porte sans ostentation, un personnage étonnant, malicieux et intrigant à la fois, parfait pour un premier rendez-vous qui ne se prend pas au sérieux, un soir de Noël de surcroît. Il était dans la vitrine de Jeanne, la femme de Yann, qui tient la seule boutique qu'il fréquente en dehors des marchands de musique, une brocante qui ne propose que du beau, de l'authentique, des morceaux d'histoire intacts ou presque. Ses pensées partent dans tous les sens, tant qu'elles lui permettent de s'éloigner de son comportement stupide de cette fin de journée, il les laisse vagabonder. Cela lui permet aussi de ne pas trop anticiper le moment fatidique qui approche. La rencontre avec Pauline. Ce mélange d'impatience et d'appréhension n'est pas des plus désagréables, mais il n'est pas un homme de doute habituellement, c'est assez étrange.

L'eau le brûle presque. Il était congelé, il a forcé sur le thermostat. Il ne s'éternise pas. Chaque geste est efficace, il a appris à vivre ainsi, il ne badine pas, il ne rêve pas, il agit dans un but, tout le temps. La vie est trop courte, il y a tellement à faire. Ce soir en revanche, comme presque toutes les soirées depuis bientôt un mois, il n'a rien vu venir, il s'est laissé faire, il a lâché prise, c'est vertigineux, loin de l'homme mesuré et prudent qu'il commence à bien connaître pourtant.

Tandis qu'il finit de s'habiller – ses affaires pour le dîner étaient posées sur le valet de chambre depuis la veille au soir –, il repense à cette soirée chez Yann et Jeanne, là où tout a commencé, un peu plus d'un mois plus tôt. La bande entière s'était consultée, il n'avait pas pu lutter. Cela faisait déjà quelques mois qu'il était rentré. Il s'était absenté plus de dix ans mais il n'avait jamais manqué les dates importantes. Il avait vu le groupe vieillir un peu, s'agrandir aussi, il avait assisté aux mariages, été témoin à deux reprises, fêté les premières naissances, un peu dansé aux pendaisons de crémaillères, sa place favorite était en général plutôt du côté des platines, il s'était moqué du changement de format des voitures, de voir ses copains s'assagir, de désormais privilégier le pratique et le confortable. Ce soir-là, Yann lui avait tendu un piège de taille. Sous prétexte d'une demi-finale de Coupe d'Europe, il avait réuni la bande pour lui remettre devant témoins une enveloppe. Le silence s'était fait, il avait senti une demi-douzaine d'yeux braqués sur lui, et tandis qu'il découvrait une suite de chiffres et de lettres sous son nom et son adresse e-mail, les copains lui avaient révélé sur grand écran, juste avant le match auquel il était venu assister, le profil qu'ils lui avaient créé sur un site de rencontres. Il avait cru à une blague mais la trentaine de messages qui l'attendaient sur le côté droit de l'écran avait anéanti aussitôt la crédibilité de cette version.

Il avait joué le jeu, il s'était engagé à répondre. Plus les jours passaient, moins il avait envie d'y retourner. Il était revenu sur les terres de son enfance et de sa jeunesse après une vie nomade de dix ans pour retrouver la bande, sa sœur et sa mère. Pas forcément pour rencontrer quelqu'un et fonder sa propre famille, pas avant plusieurs années en tout cas. À trente-quatre ans, il a mille projets plus importants en tête. Il est passionné par son travail, il adore se perdre en forêt à dessein rien que pour se noyer dans les odeurs qu'elle dégage en toute saison, il se régénère dans les concerts, dans les parties de football du vendredi soir avec les copains, la bande qui s'élargit, sa vie est parfaitement plurielle. Il avait quand même fini par ouvrir la fameuse application, davantage pour honorer sa promesse que par curiosité, et il avait répondu avec courtoisie aux messages qui lui avaient été adressés. Sa réponse, la même pour toutes les invitations, laissait entendre qu'il n'était pas utile de prolonger les échanges.

Une personne avait répondu malgré tout. Passé la seconde d'agacement devant cette insistance, il avait cliqué sur l'icône sans réfléchir. Le message était plutôt énigmatique, exempt de toute question intrusive. Il n'avait rien appris de l'identité de sa rédactrice sauf qu'elle avait le don pour les jolies phrases et pour cultiver le mystère.

Il avait d'abord ignoré cette relance. Et puis la curiosité l'emportant, un soir de désœuvrement, il y était retourné.

Puis le lendemain.

Et tous les jours qui avaient suivi depuis, à 21 heures précises.

Il s'est bien gardé de parler à la bande de ce qui était en train de se passer. Il leur a servi une version plausible, une succession de conversations classiques qui jamais ne réussissaient à le convaincre et qui ne menaient à rien pour le moment, mais merci quand même… En réalité il ne peut plus nier les émotions fortes qui le traversent désormais à l'heure où il retrouve Pauline.

Ils glissent beaucoup d'éclipses dans leurs dialogues. Ils ont veillé à ne pas trop en dire, à rester capés sous un voile de mystère. Quand la bande a créé son profil, Arnaud a été baptisé du nom d'un tailleur de pierre légendaire, aux cheveux hirsutes et à l'humeur ombrageuse, ce dernier point ne lui correspond pas vraiment, mais Yann, passionné d'histoire et de légendes, a identifié son ami à ce personnage qui imposait aux pierres toutes les formes possibles. Arnaud aurait pu tomber sur pire pseudonyme, il lui en sait gré. Pauline n'a pas dit pourquoi elle avait choisi ce nom, elle a juste précisé que ce n'était pas le sien.

Ils n'ont échangé que par claviers interposés et savent à peine à quoi ils ressemblent. La photo d'Arnaud est assez proche de la réalité mais Pauline a choisi pour se présenter un portrait tout en clair-obscur qui laisse à peine deviner la forme de son visage. Il a du mal à comprendre ce qui lui arrive, à identifier les ressorts de l'addiction à cette correspondance à l'aveugle. Ils parlent tout à la fois de leurs quotidiens et de leurs passions, ils se confient des souvenirs émouvants ou des anecdotes amusantes, ils ont peu de goûts en commun et leurs dialogues sont nourris par cet intérêt qu'ils trouvent à s'ouvrir mutuellement des portes qu'ils n'auraient jamais poussées.

Comme ils parlent de ce qui compte, Arnaud a livré les enjeux qui pesaient sur ses épaules avec le chantier de la rénovation des corps de ferme. Il lui a parlé de sa demande de subvention, des projets qu'il nourrit et des exigences qu'il se fixe dans son travail. Sans être trop précis, conformément aux règles qu'ils se sont fixées, il a donné les grandes lignes, dessiné le décor. Pauline est plus discrète, comme si elle distillait les informations la concernant au compte-gouttes. Il l'a tout d'abord imaginée prudente ou même méfiante, elle dit qu'elle est juste réservée, un peu plus discrète que la moyenne. Ils ne se connaissent pas mais elle lui a apporté de précieux conseils, elle l'a aidé à identifier les frontières entre l'important, l'acceptable et l'indispensable sur les questions avec lesquelles il se débattait inutilement, sans jamais lui donner son propre avis sur le sujet. Elle est très habile. Arnaud ne prend pas avis autour de lui habituellement avant d'entériner ses décisions ; il soupèse, évalue, laisse tout cela reposer un peu avant de dérouler les actions en suivant le schéma que ses réflexions personnelles ont dessiné. Cette fois-ci il s'est laissé surprendre à lui demander ce qu'elle pensait de tout cela.

Ils ont pris goût à cette conversation, ils ont pris goût l'un à l'autre aussi. Il aime chez elle l'élégance de sa discrétion, la finesse de son intelligence et l'incongruité de son humour.

Il aime qu'ils se vouvoient.

Il aime l'homme qu'il est quand il lui parle.

Ils ont soigneusement évité le sujet de la rencontre pendant longtemps.

Surtout elle.

Pendant dix-huit jours très exactement, après des dizaines de milliers de caractères envoyés à travers la Toile.

Trois semaines après leur première « soirée », il a pris son courage à deux mains, il lui a proposé un concert, un restaurant ou une balade en forêt.

Elle n'a pas répondu avant le lendemain, sans même lui signaler qu'elle « partait ». Il a passé une mauvaise nuit, a relu trois fois sa dernière phrase, s'est demandé s'il avait été maladroit, s'il avait fait des fautes… Il a essayé de ne pas y penser mais une drôle de boule au ventre s'est installée le lendemain et n'est partie qu'à l'ouverture de ses messages à 21 heures ; Pauline était revenue. Ses premiers mots étaient un lien vers une chanson, *Sois patiente avec moi*, de Stephan Eicher, qu'elle avait pris soin de mettre au masculin et à la deuxième personne du pluriel : *Soyez patient avec moi*.

Il a écouté l'artiste deux fois de suite et ils ont repris le fil de leur conversation là où ils l'avaient laissé.

Et puis la semaine dernière, au bout de quatre semaines, presque cinq, à la grande surprise d'Arnaud, Pauline a franchi la ligne :

Que diriez-vous de partager vos impressions à l'issue de cet incongru rendez-vous de chantier du 24 décembre ? En vous asseyant face à moi ?

Il a été pris de court. Il a attendu un peu avant de répondre. Avait-il vraiment envie de passer de l'autre côté de l'écran ? Est-ce qu'ils n'allaient pas rompre la magie qu'ils avaient réussi à créer en dialoguant ainsi ? Il a répondu en exprimant ses doutes. Elle les a chassés d'un revers de la main, avec l'une de ces pirouettes teintée d'ironie dont il commençait à être friand :

Alors nous prendrons un peu de la magie de Noël pour compenser !

Depuis un mois ils se donnent rendez-vous pour leurs conversations instantanées à 21 heures précises. Soirée de réveillon oblige, il a été convenu qu'ils dérogent à cette règle pour se rencontrer à 19 heures. Arnaud n'a rien de prévu pour après. Depuis que son père est parti chercher des huîtres un 24 décembre sans jamais revenir, ils ne fêtent Noël que le 25. Sa mère y met un point d'honneur. Cette soirée n'est pour lui qu'une veille de jour férié. Cela n'enlève curieusement rien à la légèreté et au plaisir de retrouver sa mère, sa sœur, son beau-frère et leurs deux enfants chaque année autour d'un immense sapin et d'un repas que chacun contribue à préparer. Bien sûr, il n'y a plus jamais d'huîtres au menu…

Un 24 décembre vous êtes certaine ? Vous ne fêtez pas Noël ?

Je m'envolerai aux huit coups de 20 heures !
À temps pour les traditions annuelles.

Parce que nous pourrions tout aussi bien nous retrouver quelques jours après ?

Je lis dans votre suggestion une manière – un peu grossière – de différer notre entrevue.
Préférez-vous y renoncer ?

Je préférerais que vous y lisiez de la prévenance à l'égard de vos proches et de vous-même, c'est une soirée spéciale tout de même.

… Que vous ne célébrez plus depuis plus de vingt ans il me semble ?

Exact.

Je saurai concilier un détour en votre compagnie et mon souci pathologique (dont je vous ai déjà parlé il me semble ?) de la ponctualité.

C'est dans deux jours.

Oui, cela donne le vertige n'est-ce pas ?

Le tournis plutôt.

Avez-vous reçu la réponse à votre demande de subvention ?

Vous changez de sujet avec une facilité déroutante. Oui, l'enveloppe est arrivée aujourd'hui.

Vous avez résisté à l'ouvrir ?

Je vous l'avais promis.

Les promesses vous savez, quelquefois...

Je suis un homme de parole. J'attendrai de connaître l'issue du rendez-vous de chantier pour l'ouvrir. Pour ne pas être influencé par son contenu.

Alors, puisque c'est après-demain, nous pourrions l'ouvrir ensemble ?

L'idée me plaît. Vous me consolerez ainsi !

Je vous féliciterai plutôt ! J'ai l'intuition que votre rendez-vous sera concluant et qu'en plus d'obtenir des engagements supplémentaires, vous allez décrocher la subvention que vous espérez.

Je vous ignorais ces dons de voyance !

Vous ignorez beaucoup de choses encore.

Je ne sais que ce que vous avez bien voulu me dire.

Je dois vous laisser, à demain, cela vous laisse vingt-quatre heures pour choisir le lieu de notre rencontre.

Ils ont délimité un périmètre à l'intérieur duquel il était libre de déterminer l'endroit où ils se verraient. Déjà ou enfin, il ne savait pas trop. Les mots de Pauline s'invitent sans prévenir. Elle lui a dit, à quatre reprises au moins, qu'elle était d'une ponctualité pathologique et qu'elle considérait le retard comme une marque d'irrespect. Il attrape comme un réflexe son casque de moto et s'arrête, les clés serrées dans sa paume. La tentation de prendre la Yamaha pour grignoter quelques minutes est grande mais le temps est menaçant. La raison l'emporte. Il aura peut-être un léger retard mais il arrivera entier.

3

24 décembre – 18 h 50

Dès que Julie est rentrée dans le salon, elle a eu un pressentiment. Elle s'est mise sur ses gardes, a installé ses défenses et elle a attendu. Tous les ans à cette époque, le salon familial ressemble aux vitrines des Galeries Lafayette, cette famille en fait toujours trop pour Noël. Trop d'invités, trop de nourriture, trop de pommes de pin bombées de peinture dorée, trop de bougies parfumées « pin-cannelle-orange », trop de chœurs dans les musiques, trop de champagne et trop de cadeaux. Un seul repas sous ce toit est un outrage à la planète et aux inégalités sociales du pays, sans même penser au reste du monde. Depuis deux ans, en connivence avec la cuisinière, elle récupère les restes et les remet le lendemain matin au foyer de jeunes travailleurs à l'entrée de la ville.

En plus de l'abondance déplacée à laquelle elle ne s'habituera jamais, elle est gênée par la présence de Jubert dans le salon. C'est l'ami d'enfance de l'un ses frères, certes, mais compte tenu du contexte il ne pourrait y avoir d'invité plus malvenu. C'est quand même sa maquette à lui qu'ils ont finalement retenue à la place de la sienne. Elle n'est pas particulièrement orgueilleuse mais elle a tout de même un peu de fierté, elle trouve sa présence pour le moins déplacée, il était inutile d'en rajouter. Ses deux frères sont en grande conversation avec lui, son père est plus en retrait, mais elle devine la satisfaction qu'il a de voir ceux-là réunis.

Elle n'a pas le temps de les saluer que son frère aîné attaque sans détour en s'approchant d'elle une coupe à la main:

—Joyeux Noël sœurette ! Alors ? Ton ami Fondoire ? Il a réagi comment ?

Toutes les têtes se tournent vers elle en silence, même sa mère qui était restée vers la table à faire semblant d'arranger la disposition des canapés sur les plateaux en argent. Julie ignore la coupe que lui tend son frère et lui répond sans ciller, les bras croisés :

—Ce n'est pas mon ami.

Il poursuit, avec cet air goguenard qu'il a perfectionné depuis l'enfance, quand il veut la faire sortir de ses gonds :

—Il a dit quoi ? Il est d'accord pour travailler avec Henry ? Sur les nouveaux plans ?

Les mots sortent avant qu'elle se soit rendu compte de ce qu'elle allait dire.

—On va continuer de travailler avec lui mais on ne change rien au projet initial.

Elle ne peut s'empêcher de laisser un bref rire s'échapper devant la tête qu'ils font tous. Elle ne se laisse pas démonter par le silence et les regards suspicieux, elle enchaîne. Ce qu'elle va dire lui semble d'une telle évidence, comment n'a-t-elle pas pensé à cela depuis le début ? Le ton provocateur de son frère qui laisse entendre qu'il n'attendait que la démission d'Arnaud Fondoire du chantier la pousse dans ses retranchements et lui fait avancer des pions auxquels elle n'avait pas pensé, elle y va au bluff :

— Il a réalisé un superbe travail, je vous invite à aller voir la première bâtisse en plein jour demain. Je lui ai proposé de poursuivre dans la même veine les trois autres longères, il devrait envoyer le devis dans la semaine.

Elle regarde Jubert, cherche son prénom un instant avant de s'adresser à lui en prenant garde à ne pas mettre trop d'ironie dans son intonation :

— Bien sûr je n'ai pas sorti du carton votre projet, Henry. Compte tenu de l'avancée des travaux, il est exclu qu'il puisse s'insérer harmonieusement dans la rénovation désormais, et puis il aurait fallu détruire une partie des rénovations déjà effectuées… J'ai pris la responsabilité de revenir sur mes plans, je reste convaincue que c'est ce qu'il faut pour l'ensemble des longères. Je suis sûre que vous comprenez, et puis votre carnet de commandes est déjà noir de demandes, je pense que vous n'auriez pas pu tenir les délais.

— Mais qu'est-ce qui t'a pris ? !

C'est son frère aîné qui vient de presque lui hurler dessus.

— Comment ça ? feint-elle de s'étonner.

— Mais nous avions été clairs ! Tu conduisais l'appel d'offres, tu nous proposais un projet et tu choisissais même le maçon parce que ça te faisait plaisir de te frotter un peu au métier, mais nous avons voté les plans de Jubert, pas ton rêve écolo ! Ou Fondoire exécute le projet que nous voulons, ou il dégage du chantier et on reprend les entreprises habituelles de Jubert. Tout est calé depuis le début, t'as complètement pété les plombs, ma pauvre ! Tu n'as pas cru un seul instant qu'on allait te laisser toute la maîtrise d'œuvre sur un projet utopique, quand même !

Il cherche l'assentiment de son frère et de son père. Jubert s'est tourné vers la fenêtre, sa mère est figée au-dessus des canapés, les yeux ronds et la bouche ouverte. Julie se sent étrangement calme, débarrassée de tout ce qui l'impressionnait dans sa propre famille jusqu'à présent.

— Eh bien non, je n'étais pas informée clairement que le contrat était truqué depuis le début. Je ne pensais pas que papa me faisait une fleur en me confiant ces premières responsabilités, mais qu'au contraire je pouvais faire profiter la famille de mes compétences d'ingénieur structure et d'architecte à la fois, pour conduire une idée qui séduira une clientèle étendue. Je n'ai pas bien compris pourquoi, après avoir presque applaudi mon projet, vous m'avez demandé d'y renoncer pour vendre à sa place votre plat sans saveur au meilleur artisan avec lequel nous avons travaillé depuis longtemps !

Elle se calme, pose un peu sa voix, elle ne veut pas céder à l'émotion, elle sait combien cela peut jouer en sa défaveur. Elle reprend, posément :

— Mais si vous voulez reprendre les choses en main, il n'y a pas de problème, je vous laisse tout expliquer à M. Fondoire. Vous n'oublierez pas la clause des indemnités à verser en cas de modification essentielle du cahier des charges bien sûr ? Je l'avais fait ajouter, au cas où, ça m'aurait embêté qu'un jeune entrepreneur qui bosse aussi bien que lui se retrouve sur la paille pour de très mauvaises raisons.

Julie se surprend à mentir avec autant d'aplomb. Elle se dépêchera d'ajouter cette clause au cas où ils iraient vérifier dans les jours qui viennent. Son frère se met à rire, il hoche la tête comme si sa sœur avait complètement perdu la raison.

— Papa ? Dis-lui quelque chose… Elle est complètement folle.

Son père se lève en silence. Il se dirige vers Julie de son pas lourd, sans bouger une ride, il s'arrête face à elle.

— Je pense que tu lui as montré les plans de la bulle et qu'il a refusé.

Elle sonde son regard, elle n'y voit ni colère ni animosité. Elle est incapable de mentir à son père.

— Oui. C'est vrai, je me suis d'abord pliée à la décision du conseil de famille. Je suis allée à ce rendez-vous la mort dans l'âme mais dans cet esprit. J'ai eu toute la peine du monde à en parler, mais je m'étais engagée à le faire. J'ai laissé mes plans de côté et j'ai sorti l'autre projet. Si tu voyais le travail qu'ils ont fait, franchement, détruire la moitié pour… ça… Pardon Henry, sans vouloir vous offenser…

Ledit Henry se retourne, impassible, comme curieux d'avoir entendu son prénom, puis il semble intégrer les paroles de Julie avec une surprise légèrement amusée. Elle ne peut s'empêcher de s'étonner de ce flegme qu'elle n'a jamais soupçonné derrière les austères lunettes et les sourcils droits de l'ami de la famille.

— Il a dit quoi ? Ses mots précis ? Quand il a refusé ? relance le père.

— Il a dit que notre famille n'avait vraiment pas peur du ridicule avec cette bulle. Il a rejeté tout net la poursuite de notre collaboration sur les nouveaux plans.

Son père inspire. Il la regarde d'une drôle de manière.

— Je suis passé ce matin, avant votre rendez-vous. Je ne me suis pas montré, mais je reconnais que le petit a du talent.

— Le petit, papa… Il est plus vieux que moi…

— Si on enterre la bulle et qu'on réétudie le projet initial selon tes plans, il est partant ?

— Oui, je pense.

Le père reste silencieux quelques secondes, il enfonce son regard dans le parquet, reste immobile ainsi, puis se redresse et plante ses yeux dans ceux de sa fille cette fois :

— Alors fonce. Je suis fier de toi. La prochaine fois, ne mens pas, assume tes positions sans craindre d'affronter tes frères ou même ton vieux père. Si tu désapprouvais la décision du conseil d'administration, il fallait sortir les crocs et les arguments à ce moment-là, pas balayer notre décision d'un revers de la main lors de la revue de chantier. Sinon, à quoi servent ces réunions ?

Il marque une pause avant de poursuivre, sans la quitter une seconde des yeux :

— Tu as du goût, ta vision est loin de la mienne mais je t'attendais là. Avec ton sale caractère têtu.

Julie n'en revient pas. Le test était à mille lieues de l'endroit où elle l'avait imaginé. Son père voulait voir ce qu'elle avait dans le ventre, si elle aurait le courage de s'affirmer en milieu hostile, de redresser les épaules et d'assumer ses idées, de les défendre, coûte que coûte.

Une porte claque. C'est l'aîné qui vient de sortir, il a appelé Jubert, lui a presque intimé de le suivre, ce dernier lui a emboîté le pas en s'excusant auprès du reste de la famille. Julie a du mal à croire ce qui se passe, elle tourne prudemment la tête vers sa mère et elle surprend un sourire qui ne demande qu'à s'élargir. Mais qu'est-ce qui vient de se passer dans cette famille ? Son père lui tape sur l'épaule et lui tend la coupe qui était restée sur le guéridon :

— À l'hôtellerie écoresponsable !

— Indépendante énergiquement, localement alimentée, et à portée d'un maximum de bourses !

— Ne pousse pas trop non plus, il faut quand même qu'on gagne notre vie !

Julie regarde le faste au milieu duquel cette phrase est prononcée mais elle retient le sarcasme qui lui brûle les lèvres. Après tout, c'est Noël, elle a davantage reçu dans les dix dernières minutes qu'au cours des dix dernières années.

— Appelle-le.

Devant ses sourcils interrogatifs, il précise :

— Fondoire, appelle-le, qu'il passe un bon Noël. Et après on passe à table ? Moi je rattrape ton frère pour réconforter un peu son orgueil.

Elle saisit la coupe et la lève, sans quitter des yeux le sourire de sa mère.

4

24 décembre – 19 heures

La pluie s'est mise à tomber sans s'être annoncée, le sol gelé risque d'être hostile dans quelques minutes. Arnaud a bien fait de renoncer à la moto. Il se concentre malgré tout sur la route, il sait qu'à cette heure-ci elle peut regorger de dangers, il n'est pas rare qu'un sanglier surgisse et, dans ce cas de figure, l'accident est vite dramatique. Il s'oblige à ralentir encore, tant pis pour le retard. Il a au moins évité les travaux qui rétrécissent la chaussée de moitié sur la route principale en empruntant la départementale moins fréquentée et s'est épargné ainsi quelques désespérantes minutes d'impatience.

Au dernier carrefour avant la place, il a cinq minutes de retard. Il est bloqué derrière le véhicule d'un traiteur qui décharge des dizaines de cartons. Il n'y a pas moyen de passer par le côté, la route est trop étroite. Il coupe le moteur, éteint la radio, attrape son téléphone.

Pauline est très disciplinée dans ses accès à l'application de rencontres. Elle a autant insisté sur ce point que sur celui de sa ponctualité. Très prudente en général dans le maniement de tout ce qui comprend un écran, elle craint l'addiction. Elle lui a dit des choses troublantes, des phrases qui l'ont remué, qui laissaient entendre que leurs échanges lui donnaient raison de se méfier, qu'elle a du mal à s'en passer. Il reconnaît que cela lui fait plaisir d'imaginer qu'il est à l'origine de sa dépendance naissante. Il sait donc avec certitude qu'elle ne transigera pas, elle ne se connectera pas pour l'unique raison qu'il n'est pas 21 heures et qu'ils ont rendez-vous à 19 heures. Mais il n'a aucun autre moyen de la joindre, il tente quand même :

Déchargements, travaux et pluie verglaçante ont succédé à une visite de chantier qui s'éternisait, j'aurai dix minutes de retard.

Le message sitôt envoyé, il remet la radio pour éviter de trop penser, le camion frigorifique redémarre, il en fait autant. Dans deux minutes il sera face au café-restaurant dans lequel il lui a donné rendez-vous. Il a mis du temps à se décider. Il a voulu choisir un endroit qui s'accorde avec ce qu'elle a bien voulu lui confier de sa personnalité, il y a passé la moitié des deux nuits qui ont précédé. Il ne sait presque rien de celle avec laquelle il a passé toutes ses soirées, il s'est construit une image qui peut être complètement différente de la réalité. Sans le son ni l'image, c'est déjà tout un exercice, mais sans réelle confidence personnelle, c'est encore plus ardu. Pourtant, il a l'impression de très bien la connaître, elle est intelligente sans avoir l'air de s'en rendre compte, elle est drôle toujours à propos, avec une élégance des mots qu'il apprécie tout particulièrement, elle a l'émotion à fleur de phrases, elle choisit la ponctuation qui permet de faire chanter ses réponses, mais il ne connaît pas son métier. Il ne sait pas exactement quel âge elle a, elle a été honnête dans la fourchette que demandait de préciser l'application lui a-t-elle promis, il ne sait pas si elle aime voyager, quels sont les endroits qui l'ont émue, ce qui compte pour elle au quotidien, quelles sont ses fondations. Il a mille questions à lui poser. Il la connaît à travers les commentaires qu'elle fait de l'actualité, des questions qu'elle lui pose, elle lui a parlé des livres qu'elle a lus et d'un concert qu'elle projette d'aller voir. Il a été question d'un tatouage aussi. C'est la seule confidence intime qui est sortie de leurs longues heures de conversations. Il a osé poser des questions, elle lui a parlé d'un corbeau qui s'envolait depuis son épaule. Il lui a parlé du sien, plus graphique, moins caché, posé sur son mollet gauche, un souvenir de jeunesse inspiré par la couverture de l'album de son groupe de musique préféré.

Il a choisi un endroit où la lumière n'est pas agressive, un lieu où la musique a un véritable rôle et qui accorde une belle place aux cocktails sur sa carte des boissons. Il est certain qu'elle a parlé de son enthousiasme pour les cocktails.

Il prend le temps avant de s'installer, il vérifie qu'aucune femme seule ne patiente à une table. L'endroit est calme, le restaurant est réputé mais il est un peu tôt pour que les réservations de Noël s'installent. Il est étonné de ne pas la trouver là. La ponctualité sur laquelle elle a tant insisté n'était peut-être pas à prendre au sérieux. Ou alors il n'a pas mesuré le déplaisir que lui causaient les retardataires…

Il secoue la tête et chasse ces réflexions stériles. Il a dix minutes de retard, elle en aura quinze, et c'est tout. Il essaie de ne pas se laisser trop envahir par le flot de pensées qui le submergent, ce qui lui a plu chez elle, ce qu'il ignore d'elle, ce qu'il lui a confié de lui, ce qu'il n'a pas dit, volontairement ou pas. Il comprend combien le moment est surréaliste. Pauline lui a dit qu'elle n'avait jamais échangé plus de trois semaines avec la même personne sur ce site. Eux en sont déjà à quatre. Il ne pensait pas pouvoir s'attacher à une femme sans voir son visage ni entendre sa voix. Il ne pensait pas développer une telle addiction à leurs rendez-vous de 21 heures ni avoir l'estomac noué à ce point à quelques minutes d'enfin la rencontrer.

Le serveur arrive. Il lui dit qu'il va attendre. Il s'installe, pose sa veste sur la chaise vide à côté de la banquette, sort son téléphone. 19 h 20. Il prend son portable, vérifie qu'il n'a pas reçu de message *via* l'application. Il n'y a rien. En revanche il a trois appels en absence et autant de messages. De Yann, de sa sœur et de Julie Manin.

Il se retourne, demande au serveur si une femme est venue puis repartie. On lui dit que non. Il se rassied. Il sort la broche de la poche de sa veste, tourne un peu le lutin entre ses doigts, lui trouve un air moqueur. Il prend aussi l'enveloppe qu'il est censé décacheter avec Pauline. Son nœud au ventre se resserre, mais ce n'est plus tout à fait la même chose. Ce n'est plus l'impatience un peu anxieuse qui joue avec ses nerfs, c'est l'impression désagréable qu'il est venu pour rien, avec tout ce que cela peut impliquer quant à la sincérité des échanges qu'ils ont depuis un mois.

Tandis que trente minutes depuis le rendez-vous convenu se sont déjà écoulées, il décide d'écouter les messages de sa sœur et de Yann. Pour Julie Manin, cela attendra, il a eu sa dose du personnage, il commence à être de trop mauvaise humeur pour l'entendre renouveler sa demande insensée. Il n'est pas dupe, ce revirement de situation n'était certainement pas à son initiative, elle était trop sensible à la sincérité de son travail, elle aime les pierres elle aussi, elle s'est laissée avaler par le système familial. Il en mettrait sa main au feu. Pour le moment il veut gommer cette partie de la journée.

Sa sœur a laissé un message en demi-teinte. Les mots étaient joyeux mais sa voix trahissait une tristesse qu'il ne lui connaît pas. Elle lui souhaite bonne chance pour son rendez-vous, elle est la seule à savoir. Il décide de l'appeler, elle ne répond pas, il est accueilli par sa messagerie, il y dépose quelques mots : « C'est moi. Merci pour ton message… Bon, il se pourrait que Cendrillon soit repartie dans sa citrouille avant même d'en être descendue. Mon inconnue ne s'est toujours pas présentée. Ton frangin n'est décidément pas doué pour les rencontres. J'aurais adoré te raconter tous les détails, mais tu devras te contenter de la décoration du restaurant et de la bande-son, pour le moment c'est Stephan Eicher, *Sois patiente avec moi*. Je te raconterai l'ironie de la situation plus tard, pour l'heure ton frère adoré a perdu son sens de l'humour. Bon, je te laisse ma sœur chérie, on fait comme on a dit, on se voit demain comme prévu. Si tu veux appeler d'ici là, ne te gêne pas ! »

Le serveur est revenu une fois. Arnaud cherche une diversion pour se donner une contenance quand elle arrivera et pour cesser de surveiller les secondes qui s'écoulent. Il observe la broche sur la table. Ce lutin facétieux semble décidément se moquer de lui. Il le laisse posé à côté de son verre, fait signe au serveur pour l'informer qu'il sort quelques minutes et qu'il commandera à son retour. Cela va la faire arriver.

Une fois dehors, il écoute le message de Yann. Comme il s'en doutait, il lui propose pour la quinzième fois de venir fêter Noël dans sa famille, avec ses lutins à lui, sa femme qui fait la pire bûche de la région, mais qui n'a pas son pareil pour le gratin dauphinois. Yann a ce talent unique pour aspirer les humeurs grincheuses. Il décide de répondre à l'invitation, il va repasser chez lui tout à l'heure chercher les cadeaux qu'il a achetés pour les enfants et va leur faire la surprise. Sur sa lancée, il prend aussi connaissance du message de Julie Manin. Il l'écoute deux fois, il n'est pas sûr d'avoir bien compris.

« Monsieur Fondoire, je voulais juste vous dire que le chantier peut se poursuivre dans les conditions que nous avions antérieurement définies. Je vous serais reconnaissante de bien vouloir également nous adresser votre proposition chiffrée pour l'extension des travaux aux trois autres longères du domaine. Je vous présente mes excuses pour le quiproquo de tout à l'heure et je vous souhaite un très joyeux Noël. »

Elle a parlé d'une voix claire et appliquée. Il a senti dans son timbre l'assurance qui l'avait quittée quelques heures plus tôt, et aussi un sourire, entre chaque phrase, qui éclaire son message. Un peu sonné par la nouvelle, il reste assis quelques secondes sur le banc à côté de sa voiture. Ce rebondissement conjugué à l'idée de retrouver la joyeuse famille de Yann tout à l'heure fait revenir sa bonne humeur et son optimisme à la surface. Demain il sera avec les siens, c'est Noël, et il y a encore une chance que dans quelques minutes il rencontre la femme qui le charme avec ses mots depuis plusieurs semaines, la vie est belle.

Comme s'il approuvait ses pensées d'une légèreté retrouvée, le ciel se met à saupoudrer la place de flocons. Il va prendre un verre de vin et guetter la belle Pauline en dialoguant avec l'espiègle lutin pour conjurer le sort et faire revenir la douce impatience de la rencontre.

Combien de temps

FANNY VANDERMEERSCH

(Lorédane)

18 h 45

1

Loredane

La nuit est déjà tombée. Les voitures slaloment entre les gouttes et éclairent par intermittence le visage de Loredane. Sur le bitume, les flaques se remplissent. La jeune femme aurait préféré que la neige soit encore de la partie, elle adore ça : les pas qui craquent en s'enfonçant dans l'épais manteau blanc, le paysage qui se métamorphose et laisse apercevoir, çà et là, des bonshommes de neige ou autre création, les cris de joie des enfants qui résonnent et se mêlent, douce symphonie, à ceux des adultes qui osent enfin quitter, momentanément, la mine renfrognée de ceux qui ont des responsabilités… D'ailleurs, cela fait des années qu'elle n'attend qu'une chose : faire un bonhomme de neige le jour de Noël, comme elle a déjà pu le voir des dizaines de fois dans des téléfilms qu'elle n'avouera jamais regarder… un vœu ringard, elle le sait, mais surtout pieux. Là où elle habite, la neige refuse de s'inviter en abondance le soir du réveillon. À croire qu'elle aussi est occupée à emballer ses cadeaux, à les ouvrir ou… à les revendre.

La pluie tombe dru. Elle gifle le visage de la cycliste, s'immisce jusqu'à la moindre parcelle de son corps et lui donne la chair de poule. L'espoir de voir la neige revenir est là. Bientôt, il sera 19 heures. Il lui reste encore quinze minutes, sauf si elle force un peu, mais ses pieds glissent sur les pédales humides. Elle maudit son vélo : si seulement on ne lui avait pas volé le sien le matin même ! La jeune femme se console en se disant qu'il fera peut-être le bonheur de quelqu'un ce soir. Elle le visualise posé contre un grand sapin vert. Son chapardeur aura pris le soin de nouer autour des poignées des rubans de bolduc rouge. Quand elle a soumis l'hypothèse à Luce, sa colocataire, cette dernière s'est moquée une nouvelle fois de ce qu'elle a appelé sa *candeur de trentenaire* et a déclaré : « Il est certainement déjà en vente sur Internet ou, vu son vieil âge, à la décharge ou abandonné dans un terrain vague ! » Ensuite, son amie lui a proposé de la déposer en voiture : elle partait chez ses parents pour passer le réveillon, cela ne lui ferait perdre qu'une dizaine de minutes, mais Loredane a refusé : Sarah, l'une de leurs voisines, lui avait déjà proposé son vélo, en lui précisant que, comme la famille partait en vacances au ski le matin même, elle n'en aurait pas besoin. La précision avait étonné Loredane : elle n'avait jamais vu Sarah monter sur le bicycle… et elle a compris pourquoi en voyant le spécimen qui l'attendait sous le carport. Sous la pluie, Loredane regrette amèrement son choix : elle aurait dû accepter la proposition de sa colocataire… Elle se jure que, la prochaine fois, elle regardera la météo avant de répondre, mais aussi l'état de ce qu'on lui propose. Le vélo de Sarah est encore plus vieux que le sien. Il lui fait penser à celui qu'avait sa mère, quand ils habitaient à la campagne : un biclou Peugeot gris et bleu. Le pneu arrière est presque dégonflé et les freins sont un peu capricieux.

Encore dix minutes… Elle va être en retard, elle qui déteste ça. Si les voitures sont nombreuses, elle n'a croisé pour le moment aucun autre cycliste, pas même un promeneur : elle semble être la seule à ne pas avoir anticipé les conditions météorologiques. La pluie lui brûle le visage : le verglas s'invite. Elle essaie de pédaler plus vite, mais les pneus adhèrent moins au macadam, ce qui ne la rassure pas. Alors, elle ralentit, préférant arriver un peu plus en retard encore, mais entière.

Elle roule sur un trottoir que se partagent les piétons et les cyclistes et, quand elle voit la façon de conduire de certains automobilistes, elle trouve cette séparation rassurante. Elle ne pensait pas qu'il y aurait autant de circulation ce soir. À croire que les gens terminent leurs courses pour les fêtes à la dernière minute, ou qu'ils se rendent déjà sur leur lieu d'invitation.

Le 24 décembre, la veille de Noël. Une date emblématique pour certains, une date comme les autres pour elle. Ses parents habitent en Australie, depuis bientôt dix ans. Si elle s'est fait des amies dans le coin, comme sa colocataire avec laquelle elle vit depuis quatre ans dans une petite maison de plain-pied d'une soixantaine de mètres carrés, elle n'a personne de suffisamment proche pour avoir envie de passer ce réveillon avec qui que ce soit. Luce lui a bien proposé cette année encore de l'accompagner, mais Loredane a refusé :

— Mes parents t'adorent, a insisté Luce. Et tu t'entends très bien avec eux aussi !

— C'est une fête familiale. Je n'y ai pas ma place. C'est comme ça. Je n'ai jamais changé d'avis, et ça ne changera pas cette année !

— Je n'ai jamais rencontré une femme plus têtue que toi, a conclu une nouvelle fois son amie.

Têtue. C'est l'adjectif qui la caractérise le plus souvent. Loredane sait ce qu'elle veut, et se donne les moyens pour l'obtenir. Si elle a conscience qu'elle attend beaucoup des autres – raison pour laquelle son cercle d'amis est assez restreint pour éviter les déceptions –, elle est encore plus exigeante envers elle-même, même si elle a progressé sur ce point. Elle l'a déjà vécu, elle le sait : céder à la tentation, c'est chuter. Chuter est douloureux. Et qui aime avoir mal ? « Tu t'empêches de vivre des trucs, à mon avis », lui a déjà dit Luce, alors qu'elles discutaient un soir, les langues se déliant sous l'effet du rosé. Loredane ne l'a pas contredite, elle a conscience de la véracité des propos. Elle s'est contentée d'un hochement de tête sans ajouter quoi que ce soit.

Elle ralentit. L'intensité de la pluie l'empêche de voir devant elle et les flaques d'eau cachent l'état du bitume. Les phares se réfléchissent dans ces étendues d'eau et la font plisser les yeux. Parfois, le long de quelques maisons, les illuminations sont aussi de la partie. Elle se demande ce qui pousse les gens à installer autant de décorations à l'extérieur : parfois un simple bonhomme de neige, accompagné ou non d'un grand sapin, d'autres fois, c'est une véritable représentation de Rovaniemi, le village en Laponie où habiterait le fameux bonhomme à la barbe blanche et aux hanches généreuses. Quand elle était petite, ses parents l'emmenaient toujours le premier dimanche de décembre à la jardinerie pour acheter un sapin, Nordmann de préférence. Son père râlait à cause des épines qui prenaient leurs aises dans le coffre et c'est à sa mère et à Loredane que revenait la chance de décorer l'arbre de fête. Plus tard, elle a compris que son père ne leur laissait pas la place par gentillesse, mais plutôt par désintérêt.

Dans quel état va-t-elle arriver ? Elle pédale encore quand, tout à coup, le vélo chancelle et lui fait perdre un peu l'équilibre : elle a roulé sur un nid-de-poule noyé. Le choc a cassé le talon de sa chaussure droite qui ne tient plus à grand-chose. Elle entend Luce lui dire : « On ne fait pas du vélo avec des chaussures à talons… » et jure à voix basse, puis en criant plus fort la seconde fois : personne ne risque de l'entendre. Depuis le matin, tout va de travers pour elle. Elle a loupé un nouvel entretien d'embauche pour devenir comptable dans une société d'import-export. Le fameux « On vous rappellera, et si vous n'avez pas de nouvelles, ce n'est pas la peine d'appeler, c'est que nous avons recruté quelqu'un d'autre » était une façon un peu pompeuse et polie de lui signifier « Tu ne fais pas l'affaire, suivante ! ». Les chiffres, c'est son truc. C'est clair, précis. Ils ne mentent pas. Et elle aime ça, quand c'est carré. Elle trouve ça rassurant. Elle n'est pas emballée à l'idée de continuer à faire des sondages : elle a l'impression d'avoir fait le tour du métier en trois ans. Malgré tout, elle ne le regrette pas : sans ça, elle n'aurait jamais connu Acauno et cela lui a permis de travailler tranquillement chez elle, une aubaine pour Loredane qui n'est pas toujours à l'aise avec les autres, même si elle a progressé de ce côté-là, notamment grâce à Luce qui est toujours partante pour aller en soirée et qui est plusieurs fois parvenue à emmener son amie avec elle. Ses parents lui ont raconté que déjà, à l'école primaire, elle se tenait à l'écart des autres, comme si elle ne voulait pas déranger. Au collège et au lycée, elle était toujours cette enfant timide qui préférait observer plutôt que de se mettre en avant, ce qui ne l'empêchait pas d'avoir beaucoup d'amis : il émanait d'elle une aura de douceur réconfortante qui la rendait presque indispensable au sein de l'univers pas toujours rose des cours de récréation.

Elle pédale, relève la tête, des mèches dorées – qui se sont échappées du chignon qu'elle a mis plus d'une heure à faire tenir – collent sur son visage. Elle fronce les sourcils. Une silhouette s'avance au loin. Qui d'autre pourrait être assez fou pour se retrouver ici en plein déluge ? Elle se rapproche et la silhouette prend forme : celle d'un homme qui promène son chien, l'air tranquille, comme si le temps était au beau fixe. Loredane sourit de cette situation incongrue et oublie un peu son retard. La démarche de l'homme est claudicante, il déborde sur son côté de trottoir. Soudainement, le sourire de Loredane s'efface. Son attention est captée par le bruit de deux voitures qui pétaradent au loin et qui arrivent à toute vitesse. Elle comprend aussitôt qu'il s'agit d'une course – la longue route droite est souvent un terrain de jeu pour les amateurs de vitesse et d'interdit — alors que la route est si glissante. L'homme ne semble rien remarquer, au contraire, il dévie de plus en plus vers la route, comme attiré par on ne sait quel élément invisible. La jeune femme se demande s'il a bu. Les phares des deux bolides ne sont plus très loin. Un nœud se forme au creux du ventre de Loredane qui pressent la catastrophe sans pouvoir l'expliquer. Elle hèle l'homme qui ne lève pas la tête vers elle. Il reste moins de cent mètres entre eux. Loredane lui hurle de faire attention, mais il n'entend toujours rien. Les éclairages lui font plisser les yeux. Elle se met en danseuse et accélère la cadence. Ce qui restait de son talon droit tombe sur le sol sans qu'elle y prenne garde. Elle parvient tout juste à la hauteur du marcheur quand les voitures arrivent. Loredane se place à la droite de l'homme, du côté de la route. Elle est presque sûre de l'entendre chantonner, mais elle n'a pas le temps de s'interroger plus longuement. Un rétroviseur percute son guidon et elle part dans le décor.

— Lisette ? Lisette, c'est toi ?

Elle a froid. Très froid. Il lui faut quelques secondes pour comprendre ce qui s'est passé. Elle bouge la main droite, ses doigts effleurent le bitume. Étrangement, elle ne sent plus la pluie. C'est quand elle parvient à ouvrir un peu les yeux qu'elle comprend : le vieil homme est face à elle, un parapluie ouvert pour la protéger. Il porte sur la tête un bonnet qu'elle n'avait pas repéré avant. Une barbe grise et blanche recouvre ses joues. Pourtant, en regardant les traits de son visage, elle s'aperçoit qu'il n'est pas aussi vieux que sa démarche bancale le lui faisait croire. Les rides de son front témoignent de son inquiétude, comme ses sourcils froncés en forme d'accent circonflexe qui semblent protéger ses yeux bleu azur. Quand le regard de Loredane se pose sur le parapluie, elle se demande d'où il le sort, mais aussi, pourquoi il ne l'avait pas ouvert avant pour se protéger. L'image de Mary Poppins s'invite dans ses pensées. À sa gauche, une langue chaude et râpeuse vient lui lécher la main droite.

— Mais relève-toi, Lisette, ne reste pas là ! Tu vas choper la mort !

L'homme reprend la parole. Elle fronce les sourcils, ne comprend rien. Qui est cette Lisette ? De quoi parle-t-il ? Y a-t-il une autre femme à côté d'elle ? S'agit-il du chien ? Loredane s'appuie sur ses avant-bras pour se relever, elle ne peut pas rester là. Elle se redresse, son corps chancelle, ne tient pas sur ses jambes tremblotantes. Son corps part en avant, l'homme a juste le temps de la rattraper avant qu'elle n'aille s'effondrer sur le bitume. Une voiture klaxonne et passe sans s'arrêter. Merci pour l'entraide ! Avec douceur, l'homme l'aide à s'asseoir sur le sol froid. Il vient de lui sauver la vie.

— Et merde ! soupire-t-elle, étourdie.

— Ce n'est pas une façon de parler, Lisette ! Allez, maman t'attend. Si on rentre encore en retard, elle va faire la tête toute la soirée ! Toi, ça ne te fait rien, tu manges et tu pars faire tes devoirs ou je ne sais trop quoi d'autre dans ta chambre. Mais, moi, je la subis toute…

Il a perdu la tête, ce n'est pas possible autrement. Loredane ne parvient plus à écouter les péroraisons de cet homme. Elle ressent une grande fatigue, tandis que son corps devient moins douloureux. Elle bâille, une fois, deux fois, trois fois. Devant ses yeux, des petites boules lumineuses scintillent. Et, alors qu'elle pense entendre une voix de femme, elle se sent partir. Elle a juste le temps de voir le parapluie du vieil homme s'envoler…

2

Charles

Elle l'agace ! Oui, comme elle l'agace ! Toujours à être sur son dos, comme s'il avait dix ans !

— Charles, qu'est-ce que tu fais là ? J'étais morte de peur !

Et blablabla, c'est reparti. C'est toujours la même chose. Quand va-t-elle comprendre qu'il a besoin de liberté ? Qu'il n'est plus un petit garçon à sa maman et qu'elle l'étouffe ? Charles regarde la femme emmitouflée dans sa veste noire imperméable, sans vraiment la voir. Une capuche antipluie cache ses cheveux grisonnants, les gouttes roulent sur le plastique et se réfugient dans le châle qui lui couvre les épaules.

Elle parle, encore et encore, avec emphase, tandis qu'il ne l'écoute plus. Son regard a glissé vers sa chienne, Hockland, qui s'est nichée à ses pieds et ne bouge plus, jusqu'à ce qu'il entende un cri strident :

— Qu'as-tu fait, Charles ?

Il relève la tête. Elle est devant la jeune fille étendue au sol, le téléphone déjà à la main. Charles fronce les sourcils, comme souvent depuis quatre ans, se demande un instant qui est cette femme qui prend le trottoir pour un lit, et pourquoi elle est là. Puis, rapidement, tout lui revient : c'est Lisette.

— Lisette s'est sentie mal, maman, et elle est tombée de son vélo. Je n'ai rien fait !

La pluie a cessé. La dénommée maman se redresse et dévisage Charles. Ce dernier perçoit un voile de tristesse dans son regard bleu, azur comme le sien, quoiqu'un peu moins étincelant. Il l'attribue à la peur qu'elle dit avoir eue en le cherchant, mais quelque chose le chiffonne. Il sent que ça ne tourne pas rond. Un élément lui échappe, et ne pas comprendre lequel l'agace. La colère monte peu à peu en lui. Plus encore quand il entend :

— Charles mon amour. Je ne suis pas ta mère, mais ta femme. Ta maman est décédée il y a cinq ans. Moi, c'est Béatrice.

— Arrête de mentir ! éructe-t-il. Il est nul ton jeu !

Béatrice, celle qui répète inlassablement les mêmes phrases depuis trois mois, qui endosse les costumes d'infirmière, de femme de ménage, de secrétaire aussi, pour retenir les rendez-vous médicaux. Ils se sont rencontrés quarante ans plus tôt, lors d'une fête foraine. Elle vendait des friandises, un signe du destin pour ce gourmand qui la trouvait à croquer. Il est resté presque une heure devant son stand, s'est gavé de pop-corn, de pomme d'amour et de barbe à papa seulement pour ne pas s'éloigner d'elle. À la fin de son service, il l'attendait encore. Il lui a proposé d'aller boire un verre, elle a accepté. Elle avait bien repéré son petit numéro et il lui plaisait bien avec ses cheveux noirs et ses yeux bleu céruléen. Trois ans plus tard, ils étaient mariés, un an après Pénélope et Antonia naissaient, à quelques secondes d'intervalle. Ils avaient connu des années pleines de bonheur et d'insouciance, jusqu'à ce que ses premières absences entachent brutalement leur vision de l'avenir.

Béatrice raccroche, les pompiers ne vont plus tarder à arriver. Elle ôte son châle humide et en recouvre le corps de la jeune fille. Deux doigts posés au creux de son poignet la rassurent : son pouls bat, lentement, mais régulièrement. Elle essaie de se souvenir de la formation qu'elle a suivie pour les premiers secours, il y a déjà plus de trente ans, mais ne se rappelle pas ce qui était préconisé quand on se retrouvait face à une personne étendue sur le sol, sans en connaître la cause. Ne pas la bouger, oui, ça, elle s'en souvient. Elle pose une main devant le visage de la jeune femme et sent le souffle de sa respiration. Dans d'autres circonstances, on pourrait croire qu'elle est simplement endormie. Béatrice caresse la joue droite et froide de la jeune femme. Quel âge peut-elle avoir ? Il lui semble voir le visage remuer, des mouvements presque imperceptibles. Au loin, elle entend les sirènes des pompiers : ils n'ont pas traîné. Béatrice relève un peu la tête et voit alors un vélo enfoncé dans la haie qui sépare les habitations du trottoir. Au même moment, Charles lui tape sur l'épaule :

— On rentre maman ? J'ai froid.

Elle se redresse douloureusement, l'arthrite ankylose ses jambes. Elle regarde son mari. Elle devrait lui répondre encore une fois qu'elle n'est pas sa mère, mais sa femme, mais la tristesse qu'elle lit sur son visage ne lui en donne pas la force. Le bruit des sirènes se rapproche. Charles pose les mains sur ses oreilles et s'accroupit. Son corps balance d'avant en arrière. Béatrice ne s'en étonne pas : elle sait qu'il sature. Trop d'émotions. Elle pense au repas qu'elle a préparé, et qui les attend à la maison. Le saumon fumé pour l'entrée, dont Charles raffole. La dinde qu'elle a mise au four avec les châtaignes, dont l'odeur doit embaumer la maison. Elle sait qu'ils en auront au moins pour une semaine, ce ne sont pas de gros mangeurs, mais elle ne veut pas se résoudre à changer la tradition qu'elle tient de ses parents. Leurs filles font chacune le réveillon de leur côté, la famille se retrouvera au complet le lendemain midi chez la cadette. Elle espère que, d'ici là, son mari ira mieux. Le véhicule des pompiers s'arrête à leur niveau. Charles crie à cause de la lumière des gyrophares qui l'aveuglent. Toujours agenouillé, il a plié les bras devant ses yeux pour ne plus être ébloui. Le cœur de Béatrice se serre. Elle se sent tellement inutile quand son mari réagit ainsi. Le médecin lui a dit que, parfois, les personnes souffrant de la maladie d'Alzheimer pouvaient devenir violentes verbalement. Elle redoute ce moment. Comment devra-t-elle réagir ? Le disputer comme un enfant ? Faire comme si elle n'avait rien entendu ? Et ce comportement enfantin… Ce retour en enfance si puissant… On ne lui avait pas dit que cela pourrait se produire, pas à ce point-là en tout cas.

À ses côtés, Hockland pleure et ne semble pas savoir quoi faire, ni où se mettre. Béatrice entend une sonnerie. Elle tourne la tête et aperçoit un sac posé par terre : certainement celui de la jeune fille. Le véhicule des pompiers est arrêté à leur hauteur, empiétant sur la route où la circulation commence à ralentir.

— Que s'est-il passé madame ?

Un sapeur-pompier fonce sur la jeune femme, tandis qu'un autre se dirige vers Charles. Que s'est-il passé ? Elle n'en sait rien. Elle aussi, elle sent l'émotion la submerger. Les larmes lui montent aux yeux. Elle n'avait pas pensé qu'elle passerait le début de son réveillon dans le froid, à côté de son mari complètement déboussolé et d'une jeune femme évanouie au sol, qu'elle ne connaît même pas.

— Madame, madame vous m'entendez ?

Il la bouscule un peu pour la sortir de son mutisme. Elle hoche la tête de haut en bas.

— Que s'est-il passé, madame ?

Elle pose alors son regard azur délavé sur lui et répond, simplement :

— Je ne sais pas.

3
Loredane

Des paroles floues, puis un murmure. Loredane fronce les sourcils.

— Madame, vous m'entendez ? Madame ?

La voix est plus forte, à moins que ce soit elle qui revienne de loin. Elle a l'impression de sortir d'un rêve, corps en coton et tête lourde.

— Madame ? C'est bien ! Il ne faut pas vous rendormir, il n'est pas encore minuit ! Avouez que ce n'est pas très confortable, le bitume, et vous avez certainement mieux à faire !

Ne pas se rendormir ? Oh, si, elle n'attend que ça. Ses paupières sont lourdes, tellement… Mais ces douleurs…

— Moi, c'est Marius, et vous ?

Elle veut ouvrir la bouche pour répondre mais n'y parvient pas. Ses lèvres sont comme scellées. Puis, Loredane sent que l'inconnu glisse une main dans la sienne. La chaleur de ce corps inconnu lui fait prendre conscience du froid qui terrasse le sien. Il poursuit :

— Serrez ma main, madame, si vous comprenez ce que je dis.

Elle parvient à le faire, bien qu'elle ait l'impression d'être en partie ankylosée. Elle s'aperçoit alors que son autre main est bandée. Elle reconnaît du bout des doigts la texture de la crêpe.

— Parfait ! C'est toujours un peu vexant de parler quand on ne nous comprend pas ! On va vous soulever, madame. Vous trouver un lit plus confortable. D'accord ? N'ayez pas peur. Promis, on ne vous laissera pas tomber !

Elle se concentre de toutes ses forces et parvient à sortir un : « Oh ! » Rien de plus pour le moment. En face, Marius sourit : c'est bon signe. La civière est installée à côté de la jeune femme.

— On y va !

Installés de part et d'autre de la blessée, deux hommes la soulèvent tandis qu'un troisième pousse la civière sous le corps transi de froid. Aussitôt, il la recouvre d'une couverture de survie. Loredane grimace en entendant le bruit de plastique et de métal qui lui agresse les tympans, mais aussi à cause de ses côtes qui sont douloureuses. Elle sent qu'on lui passe quelque chose autour du bras. Petit à petit, son corps se réchauffe. Les souvenirs lui reviennent aussi, tandis que Marius poursuit sa logorrhée à laquelle elle ne répond que par quelques hochements de tête jusqu'à ce qu'un élément se rappelle à elle. Son rendez-vous !

— Quelle heure est-il ?

Sa voix est faible, sa mâchoire peine à s'ouvrir normalement. Elle essaie de se redresser mais Marius, d'une main douce mais ferme, l'oblige à s'allonger à nouveau. De toute façon, elle ne serait pas allée bien loin : des vertiges la prennent et elle ressent une douleur importante au niveau du sternum ainsi que dans son poignet gauche momifié.

— Il est 19 h 15, rassurez-vous, ce n'est pas encore Noël !

Elle le regarde fixement, sans comprendre. C'est la première fois qu'elle voit vraiment son visage de forme ovale. Une barbe naissante dissimule mal sa mâchoire carrée. Ses yeux verts sont surmontés de deux accents circonflexes touffus. Il poursuit :

— Vous êtes attendue ce soir, c'est ça ? Avec qui allez-vous passer le réveillon ?

Elle attend un moment avant de répondre. Elle n'avait pas associé ce rendez-vous avec l'idée de *passer le réveillon*. D'ailleurs, ce n'est pas le cas, elle pense avoir été claire sur ce point avec Acauno : c'est un soir comme les autres où, plutôt, ça devait être un soir ordinaire.

— Je vois un ami, finit-elle par balbutier.

Sa bouche retrouve petit à petit de sa souplesse.

— Ah ! Le réveillon entre amis, ça, c'est chouette !

Elle se retient de lui dire que pour elle, le réveillon ne se passe pas avec des amis, que c'est un moment familial, presque solennel, comme elle le rabâche sans cesse à Luce. Puis il ajoute, comme s'il lisait dans ses pensées :

— L'important, de toute façon, c'est de le passer avec les personnes qu'on aime. L'amour, ça n'a rien à voir avec les liens du sang. C'est beaucoup plus fort que ça. Une sorte d'alchimie qu'on ne peut expliquer. D'ailleurs, j'ai toujours pensé que cette histoire d'âme sœur est vraie : quand une personne est faite pour nous, on le sent, on le sait. Et il faut tout faire pour garder cette moitié.

Les mots résonnent en elle. Elle a déjà aimé, follement. Il s'appelait Timothée. Elle l'avait aimé au premier regard, ce n'était pas qu'une expression. Elle avait vingt ans, lui aussi. Ils étaient tous les deux étudiants, en troisième année d'économie et gestion à l'université. Quand ils étaient ensemble, elle avait l'impression de se sentir pleine, complète. Elle ressentait à son endroit une attirance irrésistible, quasiment mystique. Sa peau réclamait la sienne : son odeur, son contact. Il était tout pour elle, elle était tout pour lui : c'était ce qu'il lui disait en tout cas. Pourtant, deux ans après le début de leur histoire, il avait trouvé un poste en Californie, sans lui en parler, lui jurant que ce n'était que provisoire, qu'il reviendrait. Alors, elle l'avait laissé partir. Elle n'avait pas dû beaucoup insister, il semblait même n'attendre que ça. Au début, ils échangeaient encore des nouvelles et même des messages enflammés. Puis, les échanges s'étaient espacés et leur contenu avait baissé en intensité, jusqu'à disparaître. Elle s'était sentie trahie. La vie. Depuis, les brèves histoires qu'elle a vécues n'avaient rien de mémorable et lui suffisaient. Elle ne voulait plus s'attacher.

Et puis Acauno.

Il lui a plu dès leur premier échange, sans savoir ni comment ni pourquoi. L'alchimie ne s'explique pas, elle est d'accord. La conversation a rapidement dévié sur des sujets plus personnels, même si Loredane n'a jamais voulu réellement se confier. Elle qui n'est pas adepte des relations en ligne, elle préfère garder un peu de mystère pour les moments d'échange réels. Acauno a les cheveux bruns, comme Timothée. Ils ont aussi en commun une mâchoire un peu carrée, seule la couleur des yeux diffère : bleus pour Timothée, verts pour Acauno. C'est peut-être cette ressemblance physique qui a d'abord attiré Loredane, mais il n'y avait pas que ça.

Loredane entend des gémissements, comme des pleurs. Elle voudrait bien se redresser, voir autre chose que les deux portes fermées de l'ambulance, mais elle a compris que le sapeur-pompier ne serait pas d'accord. D'ailleurs, ce dernier a disparu de son champ de vision. Elle lance :

— Il y a quelqu'un ?

Bruits de pas, la voix suit :

— Oui. Ça ne va pas, ou alors je vous manque déjà ?

Loredane sourit.

— Ça va, rassurez-vous, aussi bien que je puisse aller. Mais j'ai entendu quelqu'un gémir…

— C'est votre compagnon !

— Comment ça ?

Acauno ? Acauno serait là ? Mais… elle ne comprend rien.

— Comment a-t-il su que…

— Il était en état de choc quand nous sommes arrivés. Nous l'emmenons à l'hôpital aussi. Sa femme devrait nous rejoindre en voiture.

Elle se rappelle alors l'homme, celui qui marchait avec le chien…

— Il marchait, sans regarder où il allait… Puis, il y avait ces deux voitures qui arrivaient à toute vitesse, je me suis mise entre les deux…

Elle revoit les phares qui s'approchaient, la peur qui lui a rongé les entrailles, et sa décision, folle, maintenant elle s'en rend compte, de se glisser entre l'homme et la voiture. Puis, l'impact sur le guidon, et le choc sur le bitume. Elle explique tout, les souvenirs lui revenant comme si elle vivait une seconde fois la scène.

— Vous vous êtes mise sacrément en danger, déclare Marius qui a pris un dossier pour noter ce qu'elle raconte.

— Je sais, c'était idiot…

— Idiot, ou courageux, je ne sais pas trop. Je pense que vous avez eu de la chance, et lui aussi. Sans vous, qui sait ce qui se serait passé ? J'imagine que si vous ne vous étiez pas interposée, ce n'est pas votre guidon qui aurait reçu le choc, mais lui… et les conséquences auraient pu être dramatiques. À cet âge-là, le corps n'est plus aussi malléable qu'au vôtre… vous lui avez certainement sauvé la vie, et je ne dis pas ça pour vous faire plaisir.

Une vague de chaleur lui parcourt le corps. Quand elle y pense, elle se dit qu'elle a fait ce qu'elle devait faire, rien de plus. Elle a agi par instinct, sans vraiment réfléchir à ce qu'elle faisait. Mais se dire que son petit geste a eu une telle conséquence lui réchauffe le cœur : ça valait bien un poignet en vrac et une ou plusieurs côtes en triste état. Elle espère qu'Acauno comprendra. Elle le sent, même. Quelque chose lui dit qu'il aurait pu agir comme elle. Comme l'aurait fait Timothée…

Nouveau sanglot plaintif. Loredane s'interroge :

— Et maintenant, il va bien ?

— Comme il peut aller !

Derrière, l'homme se met à parler, comme s'il comprenait qu'ils parlaient de lui :

— Lisette ! J'ai vu Lisette… Comment va-t-elle ?

Sa voix est faible et vacillante.

— Il rêve ? Qui est cette Lisette ? demande Loredane à Marius.

— Il rêve ou est en train de s'endormir : les émotions fatiguent. Lisette serait sa sœur, si j'ai tout compris.

Elle se souvient alors qu'il l'a appelée ainsi, juste avant que Loredane ne perde connaissance. Elle se demande si c'est lui qui a appelé les secours, puis l'association d'idées se fait : son téléphone ! Où est-il ? C'est ça qu'elle doit faire : appeler Acauno… Est-il encore en train de l'attendre ? Qu'imagine-t-il ? Certainement qu'elle s'est moquée de lui et qu'elle n'est pas venue…

— Mon sac ! s'exclame-t-elle. Où est-il ?

Marius fronce les sourcils.

— Aucune idée ! Je ne me souviens pas d'avoir vu un sac, mais nous avons récupéré vos chaussures !

Il se baisse et attrape sa paire de chaussures à talons… enfin, qui avaient des talons. L'un est cassé et l'autre, sérieusement amoché.

Face à son air contrarié, il ajoute :

— Comme je vous l'ai dit, il y avait une dame avec vous quand je suis arrivée, la femme de monsieur. Elle l'a certainement récupéré !

— Certainement, oui…

Pour prévenir Acauno, c'est loupé. En face d'elle, Marius continue d'écrire sur son dossier.

— On est bientôt arrivés. Je ne pense pas qu'ils vous gardent toute la soirée, vous avez bien retrouvé vos esprits. Voulez-vous qu'on prévienne quelqu'un ?

Luce ! Elle connaît son numéro de téléphone par cœur. Elle pourra l'aider, certainement, même si Loredane ne sait pas encore comment.

4

Béatrice

Elle est rentrée chez elle changer ses vêtements trempés comme le lui ont conseillé les pompiers. En ouvrant la porte, Béatrice est saisie par le froid et l'odeur de la dinde dans le four. L'odeur aurait pu lui paraître agréable si elle ne lui rappelait pas ce à quoi elle n'aura pas droit : une soirée de réveillon normale, pendant laquelle elle se chamaillerait avec son mari pour des broutilles, qui finirait par deux corps assis sur le canapé en train de regarder une émission sans intérêt à la télé.

Elle frissonne et s'étonne de ne pas avoir remarqué plus tôt l'air glacial qui transperce ses membres. Même ses chaussures font un drôle de « floc » contre le parquet. Des larmes silencieuses roulent sur ses joues. Certaines se glissent entre ses lèvres : elles ont un goût amer. Elle n'avait pas imaginé ainsi son réveillon de la Saint-Sylvestre. Pourtant, elle devrait se faire une raison : depuis plusieurs mois, voire plusieurs années, plus rien ne ressemble à ce qu'elle avait imaginé. Sa vie, leur vie, est devenue un grand point d'interrogation, et elle a toujours l'impression de ne pas être à la hauteur, d'en faire à la fois trop et pas assez. Cette incertitude l'épuise. Assise sur le canapé, dans le salon, sans s'être changée, il lui faut de longues minutes pour laisser son angoisse et sa tristesse s'évacuer. Elle pense à ses deux filles, hésite un moment à appeler l'aînée dont elle est la plus proche, puis se ravise : elle ne veut pas lui plomber son réveillon. Puis, ce n'est pas la première fois que ce genre de chose arrive. Ni la dernière. Elle l'encaissera, une fois de plus. Elle regarde Hockland, en boule dans son panier, déjà en train de dormir : les émotions l'ont fatigué.

Elle se lève, se dirige dans la cuisine, ouvre le placard au-dessus de l'évier et en sort une boîte de comprimés. Sans réfléchir, elle l'ouvre et avale une gélule bleutée. Elle doit être forte, elle le sait, on le lui répète inlassablement. Mais elle n'y parvient que grâce aux molécules chimiques. Ça, elle le garde pour elle.

Elle ne l'a jamais verbalisé, pourtant, elle est complètement paniquée à l'idée de perdre son mari. Jour après jour, elle a l'impression de s'éloigner de celui qu'elle connaît depuis toujours. Lui qui a été son pilier depuis des années, sa bouée de secours. Elle est démunie face à cette mémoire qui prend le large tandis qu'elle essaie de rester à flot. Comment aurait-elle pu imaginer que cette foutue maladie aurait pu s'attaquer à Charles

Flouterd, le fameux grand PDG d'une des plus grosses boîtes de la région ? Des années à travailler d'arrache-pied, à accumuler de l'argent pour leur retraite : c'est ce qu'il lui disait en tout cas, quand il rentrait tous les soirs à plus de 22 heures, et qu'il partait aux aurores le lendemain. Ils s'y projetaient quand ils passaient un peu de temps ensemble, le dimanche le plus souvent, entre deux dossiers à finaliser : l'été en Norvège ou en Irlande, deux pays qu'ils avaient déjà visités et appréciés, l'hiver au Maroc qu'ils découvriraient. Ça aussi, c'était beau, sur le papier. En réalité, Charles avait été évincé de la société quand ses premières pertes de mémoire s'étaient invitées aux réunions. Évidemment, il n'était pas parti sans rien, mais avec un gros chèque et le titre de « président honoraire ». Il n'était plus assez performant, voire pouvait se révéler dangereux, selon son ancien bras droit, Léo Bulter, qui avait réussi à faire voter à l'unanimité son évincement. Charles était parti la tête haute, arguant que ce n'étaient que des excuses, qu'il leur faisait trop d'ombre depuis des années et qu'ils convoitaient son poste – ce qui n'était pas complètement faux –, refusant de reconnaître que sa mémoire déraillait. Il le nie encore. Béatrice, qui travaillait aussi dans l'entreprise, n'avait pas cherché à le contredire. Elle était bien placée pour savoir ce qui se disait au sujet de son mari, et les expressions de commisération quand elle croisait des collègues étaient suffisantes. Un mois après cette prise de retraite forcée, les crises s'étaient accentuées. Béatrice était parvenue à traîner Charles chez le médecin de famille qui les connaissait bien, pour une tout autre raison. Elle l'avait déjà eu au téléphone avant, et le docteur avait réussi à lui trouver rapidement un rendez-vous avec un spécialiste, un de ses amis, qui avait pu établir le diagnostic : un début d'Alzheimer. Charles était sorti de là en déclarant que l'homme était un charlatan, et Béatrice en pleurant, ce qui avait renforcé la mauvaise humeur de son époux.

— Tu ne vas quand même pas croire toutes ces conneries ! s'était-il énervé. Avec tout ce que j'ai fait, les missions qui m'ont été confiées, les journées harassantes à travailler, tu crois vraiment que je pourrais perdre la tête ? La disparition des neurones ! Quelle blague ! C'est plutôt la disparition de mon argent qu'il veut ! Charlatan ! Quel charlatan !

Une fois, elle avait essayé de lui en retoucher un mot, il l'avait envoyée promener.

Deux ans plus tôt, ils avaient réservé un séjour en France, à la montagne, dans la Vanoise. Tout allait bien depuis plusieurs semaines, ils ne pensaient plus à la maladie. Puis, lors d'une sortie en randonnée en groupe, Charles avait été perdu de vue. Ils avaient compris après que, lorsqu'il avait croisé un autre groupe, il s'y était mêlé « parce qu'il y avait Lisette ». Tout le monde avait eu peur. Une chance, le guide qui avait récupéré le nouveau membre avait contacté le leur, et tout s'était bien terminé, sous les rires, même. Et, ça, ça lui avait fait mal, à Béatrice. Elle avait ri, elle aussi, le timbre de sa voix s'était associé aux autres qui en auraient remarqué la discordance s'ils y avaient prêté attention. Elle riait. Jaune. Et, au fond d'elle, elle avait honte. Honte d'être la femme de *l'homme qui s'était trompé de groupe.* Honte d'avoir honte, aussi.

Une sonnerie de téléphone la sort de sa torpeur. Elle n'en reconnaît pas la mélodie. Surprise, elle se lève et regarde autour d'elle : le sac ! Elle est repartie avec le sac de la jeune fille qui était allongée sur le bitume, ainsi qu'avec le vélo qu'elle a réussi à faire rouler malgré son état. Quelle drôle d'histoire, ça encore ! Au fond d'elle, elle espérait d'ailleurs que Charles n'était pas responsable de l'accident… et n'avait pas osé le dire aux pompiers, auxquels elle avait seulement expliqué ce qu'elle savait : quand elle était arrivée, son mari était en crise et la jeune fille, étendue.

Elle s'avance vers le sac, la sonnerie s'arrête. Elle se baisse, plonge une main dans la besace et en sort l'appareil. En fond d'écran, la photo d'un arbre en fleurs et la mention « 2 appels en absence ». L'appareil est verrouillé. Dommage. C'est seulement maintenant que Béatrice s'aperçoit qu'elle devrait prévenir quelqu'un de l'accident. Quelque part, un homme, une femme, une famille entière l'attend certainement et s'inquiète de ne pas la voir arriver. Mais, pour ça, elle a besoin d'informations. Elle poursuit son exploration du sac qui ne contient qu'une petite boîte argentée, fermée par un joli nœud rouge, et un portefeuille : hourra ! Elle ouvre ce dernier et découvre l'identité de la victime :

Loredane Pruvost, vingt-neuf ans, née un 29 février. Elle sourit de cette date qu'elle a toujours trouvée étrange. Officiellement, elle ne devrait avoir que sept ans. L'adresse sur la carte d'identité n'est pas très loin de chez elle, elle pourra toujours s'y rendre si elle ne trouve pas de numéro de téléphone, ce qui est le cas.

Le médicament faisant effet, Béatrice se sent plus apaisée, prête à aller de l'avant. Elle va dans la cuisine, vérifie que le four s'est bien arrêté et sélectionne l'option « garder au chaud ». Puis elle regarde la table déjà dressée dans le salon et refuse de tout ranger, espérant un miracle : quand elle arrivera à l'hôpital, Charles ira mieux et aura retrouvé ses esprits. Il bougonnera, inventera quelque chose pour justifier sa présence dans le centre hospitalier, puis ils rentreront. Ensemble. Amoureux. Gonflée d'optimisme, elle monte à l'étage pour prendre une douche rapide et se changer. Quand elle redescend, le téléphone de l'inconnue sonne une nouvelle fois : cette fois-ci, Béatrice a le temps de décrocher.

5

Luce

Satanée voiture ! Jamais une soirée de réveillon n'avait si mal débuté pour la jeune trentenaire. Attendue chez ses parents pour 20 heures, elle commençait à se faire à l'idée qu'elle n'y arriverait jamais.

Elle glisse une nouvelle fois la clef dans la serrure et tente de faire démarrer son bolide. Le moteur tousse, tousse, et ne se lance pas. Elle peste, elle a froid. Sa petite robe noire surmontée de son caban beige est parfaite pour la soirée, mais pas pour attendre dans une voiture sans chauffage qui prend ses congés de fin d'année. Elle attrape son sac posé sur le siège passager et retourne vers la maison. Peut-être que si elle réessaie d'ici dix minutes, ça fonctionnera à nouveau… Elle sait que son automobile est capricieuse.

Une fois face à la porte, elle cherche ses clefs de maison dans les poches de son manteau : elles n'y sont pas. Luce s'étonne, c'est toujours là qu'elle les fourre. Étonnée, elle ouvre son sac et y plonge sa main droite qui tâtonne sur les différents objets : elle ne sent rien. Pourtant, son porte-clef est assez encombrant avec la peluche Bourriquet qui relie l'ensemble des clefs de sa maison, mais aussi celles de la résidence de ses parents : ce n'est pas le genre de choses qui peut se cacher indéfiniment. Si dehors la pluie a cessé, le froid la saisit toujours autant. Elle rumine, tente d'ouvrir la porte, tout simplement : en vain. Dépitée, elle retourne à sa voiture. Elle essaie de se revoir en train de fermer la porte à clef, mais elle ne s'en souvient pas tant elle fait tout de façon mécanique. Installée côté conducteur, elle retourne son sac sur le siège sur lequel il était posé plus tôt. Elle le secoue, le secoue encore et encore et observe ce qui lui fait face : un portefeuille, un chéquier, du maquillage, une paire de collants de rechange, un papier plié dont elle ne se rappelle plus la provenance… et c'est tout. *Ce n'est pas vrai !* Elle se penche en avant, passe une main sous le siège au cas où le trousseau serait tombé. Elle regarde un peu partout dans la voiture, mais, peu à peu, elle doit s'y résoudre : elle a claqué la porte sans prendre le trousseau… Pourquoi n'a-t-elle pas mis sa clef de voiture avec les autres ? Au moins, elle n'aurait rien oublié !

Elle attrape son téléphone mais hésite un instant. À part elle, seule Loredane a les clefs… et elle a rendez-vous avec son mystérieux inconnu au sujet duquel elle n'arrête pas de lui rebattre les oreilles. Luce analyse la situation, cherche quelle serait la meilleure solution. Déjà, elle envoie un message à sa mère pour lui annoncer qu'elle aura un petit peu de retard, afin de ne pas l'inquiéter. Luce regrette une nouvelle fois qu'ils aient vendu leur unique voiture, arguant qu'ils n'en avaient plus besoin en habitant si près des transports en commun : ils seraient venus la chercher. Ensuite... appeler Loredane ? Sa copine est partie à vélo, elle ne pourra pas lui rapporter les clefs... à moins que son prince charmant ne possède une voiture ? C'est plutôt probable... de toute façon, c'est la seule solution pour le moment. Elle déverrouille son téléphone et remarque qu'elle n'a presque plus de batterie : mais quelle soirée de poisse ! Elle clique sur le prénom de son amie, la sonnerie retentit... Une fois, deux fois, trois fois... personne ne répond. *Et merde !* Décidément, les jurons sont de la partie ce soir.

Elle inspire et expire profondément, pose la main gauche sur son volant et murmure :

— Ma voiture, ma petite voiture chérie, tu ne vas pas me planter le soir du réveillon de Noël, hein ? Tu n'oserais pas... après tout ce qu'on a vécu ensemble... Sans moi, tu serais encore dans ce vieux garage miteux...

En même temps, elle essaie à nouveau de la faire démarrer : en vain. Alors, elle tente la manière forte :

— Ma voiture, ma petite voiture chérie...

Elle insiste sur ces derniers mots, sa voix trahit son agacement :

— ... Tu ne vas pas me planter ce soir, sinon... Je te promets que je fume clope sur clope jusqu'à ce que tu aies l'odeur d'un cendrier, je ramène des sandwichs pour étaler des miettes partout et je roule à toute vitesse sur les dos-d'âne…

Nouveau mouvement du poignet pour lancer le moteur : en vain. La voiture ne tousse même plus, les dernières paroles de sa propriétaire ont dû la mettre en rogne.

Dépitée, Luce envoie un SMS à Loredane pour lui demander de l'appeler dès qu'elle peut, commençant et terminant son message par le mot « URGENCE ». Puis elle en envoie un second à sa mère, pour préciser qu'elle a un problème de voiture et qu'elle aura un peu plus de retard que prévu. Et, alors qu'elle se disait qu'elle pourrait appeler un taxi, bien qu'ils doivent être tous bien occupés un soir de réveillon, son téléphone s'éteint.

Dehors, la pluie a cessé. Luce remet les choses en ordre dans sa tête : elle ne peut pas rentrer chez elle. Sa voiture ne démarre plus. La seule personne qui a les clefs ne lui répond pas et, de toute façon, son téléphone n'a plus de batterie. Elle est attendue chez ses parents. D'ailleurs, si elle ferme les yeux, elle est persuadée de sentir l'odeur des trompettes-de-la-mort qu'elle a apportées la semaine dernière à sa mère pour qu'elle les ajoute à la farce de la pintade. Elle pourrait demander de l'aide aux voisins, mais ceux de droite sont partis en séjour au ski le matin même, et hors de question d'aller voir le mec chelou qui habite à gauche et qui passe son temps, quand elles sont installées sur leur terrasse, à les reluquer. Elle ne voit plus qu'une seule solution : le bus. Il y a un arrêt à une quinzaine de minutes de leur domicile, à pied évidemment. Elle essaie de voir les choses positivement : cela lui ouvrira l'appétit pour dévorer le repas gargantuesque qu'a encore dû préparer sa mère.

Clac, clac, clac. Ses talons claquent sur le bitume. Luce a l'impression que cette longue route droite n'en finira jamais… et la pluie qui recommence à tomber ! Ses pieds lui font mal. Elle repense à ce qu'elle a dit à Loredane avant que cette dernière parte rejoindre son prince charmant : on ne met pas de talons pour faire du vélo… elle peut ajouter, maintenant, qu'on ne met pas des escarpins non plus pour faire de la marche. Le vent se renforce, c'est bien sa veine. Elle pense à Loredane, confortablement installée dans un café, au chaud et au sec, qui dévore des yeux son apollon… ou non. Luce est bien placée pour savoir que les photos ne sont pas toujours le reflet de la réalité sur les sites de rencontres… Elle aussi s'est créé un compte sur le même site que Loredane, arguant qu'elle devait bien essayer pour aider son amie. Une fois sa photo mise en ligne, elle avait reçu des dizaines et des dizaines de *crushs* : il faut dire qu'elle a mis une photo d'elle allongée sur une serviette à la plage, en maillot de bain deux pièces. Visiblement, ses jambes un peu rondes et les quelques bourrelets de son ventre ne posaient pas de problème aux hommes, à elle non plus d'ailleurs. Elle n'est pas maigre comme les filles des magazines et n'aspire pas à l'être, elle aime trop profiter de la vie et, surtout, elle a la chance d'aimer son corps. Faire le tri des premiers *crushs* lui avait pris toute la soirée. Dans cette entreprise délicate, elle était secondée par Loredane, qui s'amusait bien de la situation. Seuls les hommes auxquels elle envoyait un *crush* à son tour pouvaient entamer une conversation avec elle. Elle avait éliminé d'emblée ceux qui annonçaient sur leur profil qu'ils étaient mariés : ce n'était pas qu'un plan cul ne l'intéressait pas, mais elle se mettait à la place de l'épouse trompée et, ça, ça ne passait pas. Exit aussi les hommes qui se présentaient comme des *athlètes du sexe* ou, dans un genre toujours aussi humble, comme *un homme qui lui ferait comprendre ce qu'est l'extase*, flairant la publicité mensongère.

Pour finir, après avoir écumé les profils qu'elles considéraient d'un commun accord comme foireux, elle en avait sélectionné trois, refusant les nouvelles propositions à partir de ce moment-là. Le premier s'était révélé décevant : une sorte d'homme égocentrique qui vouait un culte à sa propre personne – il lui avait montré une photo de son salon, dans lequel trônaient des portraits de monsieur en poster, et il avait même semblé à Luce voire une statue à son effigie. C'est lui qui avait clos la discussion quand elle lui avait dit qu'elle était enseignante, lui faisant remarquer qu'*à son âge, elle ne devrait plus être à l'école*. Le deuxième avait plusieurs points positifs : Léandro, un célibataire, plutôt bel homme, qui était parti plusieurs années en Australie pour faire du bénévolat… mais, deux semaines plus tard, il affirmait que c'était en Tanzanie auprès des Tutsis. Visiblement, il avait un problème de mémoire et de géographie. Le dernier, KissMe, avait sonné le glas pour la jeune femme : après trois semaines d'échanges, ils s'étaient rencontrés. Le feeling passait entre eux. Le jour de leur rencontre, elle ne l'avait tout d'abord pas aperçu, assis au comptoir d'un bar où il lui avait donné rendez-vous. Luce ne connaissait pas le lieu et s'attendait à autre chose qu'à un café PMU un peu sordide. Enfin, l'homme qui l'attendait était bien le fameux KissMe… âgé de vingt ans de plus que sur la photo. Elle était restée une heure malgré l'odeur de tabac froid qui embaumait les lieux et lui donnait des haut-le-cœur, mais ils n'avaient rien trouvé à se dire. KissMe, *alias* Jean-Jacques, lui avait confié que c'était son fils qui répondait à sa place et que ce dernier était gay.

Les pieds lui font vraiment mal. Elle peut imaginer les cloques se former autour de ses orteils et elle n'a fait que la moitié du trajet : elle n'en peut plus. Des petits flocons tourbillonnent autour d'elle : la neige revient. Luce s'arrête, regarde le trafic qui commence à faiblir et regrette de ne pas être installée au chaud dans l'un de ces véhicules. Du stop ! Mais oui ! Qui refuserait de prendre en stop une femme en détresse un soir de réveillon ? Elle laisse passer le camion qui arrive, puis lève le pouce quand les voitures suivent. La première voiture se contente de klaxonner sans s'arrêter, Luce lève les yeux au ciel. Les suivantes continuent sans s'arrêter, seuls deux enfants lui font des signes depuis l'arrière d'une Fiat Panda rouge. Enfin, une voiture ralentit. Elle aperçoit une personne seule au volant, un homme. Ce dernier ouvre la vitre du côté passager et lui propose de monter. Surprise, elle lui demande s'il ne préfère pas savoir où elle veut aller :

— Peu importe, il soupire. J'ai du temps, alors profitez-en.

L'homme, d'une trentaine d'années, lui semble complètement désabusé. Luce est touchée par sa voix, par son visage aussi. Non pas qu'il lui plaise, mais un je-ne-sais-quoi en lui l'émeut. Peut-être la tristesse qui lui colle aux basques…

Elle ouvre la portière, s'installe, tout en déclarant :

— Je dois me rendre chez mes parents, mais ma voiture est tombée en panne. Je pensais rejoindre le centre-ville pour prendre le bus…

— Il n'y a plus de bus à cette heure-ci. Où habitent vos parents ?

Elle lui donne l'adresse.

— En route, alors. On y sera d'ici quinze minutes. Ce sera ma bonne action de Noël !

Tandis qu'il conduit, elle l'examine. Il a des cheveux courts et blonds qui tirent un peu sur le roux, des yeux bleus, une petite barbe claire. Ses épaules, bien que voûtées, laissent apparaître sa carrure imposante. Il pousse de profondes inspirations. Il est plutôt bien vêtu : un jean bleu brut, un polo beige avec un insigne qu'elle ne parvient pas avoir complètement puisqu'il est en partie dissimulé par une veste noire. La peau de son visage est lisse, fraîchement rasée. Il a plutôt l'air de se rendre à un rendez-vous qu'autre chose… Alors, pourquoi est-elle là, à ses côtés ? Peut-être que l'idée d'aller à un dîner de famille ne l'emballe pas et qu'il retarde l'échéance. Elle s'apprête à ouvrir la bouche pour lui poser la question, mais il la prend de court :

— Vous avez prévenu vos parents ?

Elle fronce les sourcils :

— Mes parents ? Pourquoi ?

Il sourit.

— Pas parce que vous montez dans la voiture d'un parfait inconnu, alors que votre maman vous a déjà certainement mise en garde contre ce genre de choses… Je pensais simplement à votre retard… Vous étiez attendue pour quelle heure ?

— 19 heures…

— Ça fait une bonne demi-heure. Les miens seraient fous d'inquiétude !

— Et vous ?

Il tourne furtivement la tête vers elle, puis ralentit le rythme : la voiture devant lui a actionné ses feux de détresse.

— Suis-je attendu, ce serait plutôt ça la question me concernant… Mais vous répondez à ma question par une autre !

À son tour de sourire :

— Oui, je l'ai fait, mais je n'ai plus de batterie…

— Branchez-le là, dit-il, en lui désignant l'allume-cigare. C'est un chargeur universel, et ça bouchonne devant…

— Merci !

Décidément, cet homme est providentiel. Il lui demande :

— Ça vous dérange si je mets de la musique ?

— Je suis dans votre voiture, vous avez tous les droits !

Elle rougit de sa propre réponse et ajoute :

— Tant que c'est autorisé par la loi, bien sûr.

Il éclate de rire, un rire franc, qui sort du fond du ventre.

— Rassurez-vous, je suis amoureux…

La musique retentit dans l'habitacle. Un titre que Luce reconnaît aussitôt :

— *A Forest !*

— Ah ! Connaisseuse ! Vous aimez The Cure ?

— Non, pas vraiment. C'est plutôt ma colocataire qui me bassine les oreilles avec sa musique… J'ai une préférence pour l'électro.

— Vous avez de la chance qu'on soit le soir du réveillon, sinon je vous aurais exclue de ce véhicule pour déviance musicale.

Elle sourit. Devant, les voitures avancent à peine.

— Encore un accident, soupire-t-elle.

— Les gens sont trop pressés… Avec ce qui est tombé tout à l'heure, ce n'est pas étonnant. Et la neige qui s'invite à nouveau…

Le tableau de bord affiche une température de zéro degré. Dehors, les flocons sont de plus en plus gros.

Luce attrape son téléphone portable qui affiche une charge de cinq pour cent, pourcentage minimal pour le mettre en route. Au bout de quelques secondes, plusieurs messages s'affichent.

— Quel succès, déclare le chauffeur.

— J'ai surtout beaucoup trop d'abonnements à des newsletters inutiles… et trop d'applis…

Elle s'arrête, s'étonne.

— Ça vous embête de baisser un peu la musique ? J'ai un message sur le répondeur.

— Non, non, du tout !

Elle se penche pour poser son oreille contre le téléphone, se contorsionne maladroitement.

— Mettez le haut-parleur, ce sera plus facile. Si vous voulez, je me bouche les oreilles.

Elle pourrait sourire, mais elle a un mauvais pressentiment : le message provient d'un numéro inconnu, ce n'est jamais bon signe pour elle. Elle se contente de le remercier et écoute le message : « Luce, c'est Loredane. J'ai eu un petit problème sur la route… Je suis dans une ambulance, on me conduit au CHR. Je n'ai plus mon sac… si tu peux, rejoins-moi s'il te plaît. Et ne t'inquiète pas, tout va bien. »

Luce devient blanche.

— Je lui avais dit de ne pas faire de vélo avec ces foutus talons…

Elle cherche le numéro de téléphone de son amie, lance l'appel. Une sonnerie, deux sonneries… Rien.

Elle finit par tomber sur son répondeur. Son chauffeur reprend la parole :

— Elle a une jolie voix, votre copine. Bon, on change de destination, c'est bien ça ?

— Oui, s'il vous plaît… ce serait gentil…

— Attendez, je ne vous ai pas dit combien je vous ferai payer ! Le CHR est de l'autre côté de la ville, au moins, on quitte les bouchons !

Il regarde dans le rétroviseur, s'engage pour faire demi-tour. Luce envoie un message à ses parents pour leur dire qu'elle a une urgence, que tout va bien, et qu'elle les appellera dès que possible. Ses doigts tapotent sur sa cuisse.

— Elle vous a dit que tout allait bien…

— Je serai plus rassurée quand je la verrai…

— Je comprends…

— Vous êtes sûr que ça ne vous dérange pas ? De m'amener là-bas, je veux dire…

— Vous avez besoin d'un conducteur, et vous avez réussi à me faire oublier que ma soirée est presque un fiasco, loin de ce que je m'étais imaginé… alors, non, ça ne me dérange pas. Dites-vous que j'y trouve mon compte aussi.

— Vous voulez en parler ?

Il marque une pause avant de répondre :

— Il n'y a pas grand-chose à dire. Je me suis trompé, c'est tout…

Luce pose le visage contre la vitre. Dehors, la circulation est plus fluide. Il ne pleut plus. Sur le tableau de bord de la voiture, elle a vu que la température est passée en dessous de zéro degré.

— Je vais réessayer de la rappeler, si cela ne vous dérange pas…

— Allez-y !

Elle déverrouille son portable et lance l'appel. Une sonnerie, puis deux. Enfin, quelqu'un décroche :

— Loredane ! Je suis morte d'inquiétude ! Comment vas-tu ? On arrive à l'hôpital…

Une voix toussote de l'autre côté de la ligne :

— Bonsoir, je suis désolée, je ne suis pas Loredane, mais Béatrice.

— Ah, un rebondissement ! s'amuse le conducteur.

Luce lui fait les gros yeux.

— Bon… bonsoir madame, mais où est Loredane ?

La dame lui raconte tout ce qu'elle sait : le vélo renversé, Loredane inconsciente au sol, et son mari. Luce blêmit, se dit que si son amie a perdu connaissance, c'était peut-être grave… Elle imagine qu'elle a dû faire un traumatisme crânien ou, pire, qu'elle est dans le coma… Elle ne se souvient même plus si elle est partie avec un casque ou non.

— Vous êtes là ? l'interroge Béatrice.

— Oui, oui, pardon… Je suis désolée. Je… je crois que je suis un peu choquée.

— C'est bien normal. J'allais partir à l'hôpital, justement. Je ramène le sac de votre amie… mais pour le vélo, il faudra attendre un peu.

— Ce n'est pas grave, ça ! Merci ! Merci beaucoup madame !

Quand elle raccroche, ils ne sont pas très loin du CHR. La voiture s'est arrêtée : deux voitures encastrées bloquent la route :

— Je ne peux pas aller plus loin, déclare le conducteur. Vous devrez finir le parcours à pied !

— Ç'aurait été plus long sans vous ! Dans une dizaine de minutes, j'y serai !

Luce ouvre aussitôt la portière et ajoute :

— Merci, merci encore. Vous êtes un homme bon, vraiment. Je ne sais pas ce qui a foiré pour vous ce soir, mais je vous souhaite de tout cœur que tout se règle rapidement.

Elle est déjà sortie du véhicule qu'elle réalise :

— Je ne vous ai même pas demandé votre prénom ! Moi c'est Luce, et vous ?

— Oui, j'ai entendu votre amie le prononcer… En ce qui me concerne, donnez-moi le prénom que vous voulez !

— Allons pour Jésus alors ! L'homme qui fait des miracles !

Le dénommé Jésus lâche un éclat de rire et lui lance, juste avant de repartir :

— Je vous souhaite de passer tout de même un bon réveillon, à vous ainsi qu'à votre amie !

6

Béatrice

Elle habite à deux kilomètres de l'hôpital, elle pourrait faire le chemin à pied mais préfère prendre la voiture. Elle a laissé Hockland à la maison. Elle n'a pas fait attention aux quelques décorations qui illuminent les lampadaires ou ornent les fils électriques. Elle regarde droit devant elle, avance vers un objectif qu'elle espère atteindre et redoute à la fois. Arrivée sur le parking de l'hôpital, Béatrice a de plus en plus peur. Elle regrette de ne pas avoir pris la boîte de comprimés avec elle. Que va-t-on lui annoncer ? Elle se souvient des paroles du spécialiste : avec l'évolution de la maladie, Charles pourrait se montrer agressif verbalement et physiquement. Il n'y avait pas de certitude, elle le savait bien. Le médecin avait voulu lui dresser un tableau complet des symptômes reliés à la maladie, du premier au dernier stade, parlant aussi du risque de confusions spatiotemporelles ou des difficultés à trouver du vocabulaire. Malgré cela, c'était le mot « violence » qui s'était gravé en elle, avec une brutalité féroce. Elle n'avait pas été préparée à ça, et en avait voulu pendant de longues semaines à ce spécialiste sans états d'âme. Se mettait-il à la place des patients auxquels il parlait ? Avait-il encore une once d'empathie ?

La violence, elle pensait l'avoir laissée derrière elle en quittant la maison de ses parents. Durant son enfance et plus encore pendant son adolescence, sa mère avait la gifle facile : sur son père, mais aussi sur elle. La violence était aussi psychologique : les mots étaient souvent aussi cinglants, d'autant plus qu'ils étaient soigneusement choisis : *minable*, *imbécile*, *moins-que-rien*… des qualificatifs qui pouvaient aussi bien s'adresser à elle qu'à son père. Une fois, elle s'était confiée à l'école, quand sa mère l'avait giflée si fort que son visage avait rebondi contre le mur qui était à côté d'elle. Elle avait la joue droite complètement rougie et enflée, son père s'était demandé si la pommette pouvait être cassée. Mais, alors qu'elle osait enfin se confier, la maîtresse n'arrêtait pas de la reprendre, arguant qu'elle se trompait : son père l'avait frappée, son père frappait sa mère, comme si l'inverse n'était pas une possibilité. Alors, elle avait fini par acquiescer, en précisant que c'était la première fois et qu'elle l'avait bien mérité. Béatrice se souvient encore des larmes qui roulaient et roulaient encore sur ses joues, de la douleur sur sa joue droite qui lui brûlait, de la découverte que ses larmes étaient salées.

Elle s'en voulait d'avoir voulu se confier alors qu'on ne pouvait ou ne voulait pas la comprendre, elle se reprochait aussi d'avoir menti sur son père, de l'avoir un peu trahi, lassée de l'insistance de son institutrice. Son père était un homme tellement doux, tellement tendre avec elle… Le soir, en rentrant chez elle, elle lui avait tout confié. Elle craignait qu'il lui en veuille, mais il n'en avait rien été. Il avait passé une heure entière à la consoler, à coups de câlins et de bonbons gélatineux, profitant du fait que la mère soit à sa séance de sport. De la boxe, bien sûr, un sport que Béatrice aura détesté toute sa vie, comme tous les sports de combat. Parfois, la nuit, elle rêve encore de la main de sa mère qui s'abat sur elle et lui déchire le cœur.

Là, devant l'imposant bâtiment, les larmes ne viennent pas. Pourtant, la souffrance interne est la même. Elle essaie de faire taire la voix qui lui dit que, peut-être, Charles a passé un stade, qu'il a agressé la jeune femme à vélo. Après tout, il s'est bien mis en colère la veille au soir contre elle, parce qu'il ne retrouvait plus sa paire de lunettes qu'il ne porte pourtant plus depuis dix ans, suite à une opération réussie de sa myopie.

Une voiture arrive, dépose une jeune femme élégante. Béatrice se demande ce qu'elle peut bien faire là : travail ? visite ? Elle aussi, elle doit sortir de la voiture. Elle ne peut pas passer la soirée là.

Une fois le hall de l'hôpital franchi, Béatrice est surprise. La lumière dans le bâtiment lui fait plisser les yeux et elle entend, venant d'elle ne sait où, une musique de Noël. Un peu plus loin, des éclats de rire. À l'accueil, une dame l'attend, tout sourire, un bonnet rouge sur la tête.

— Bonsoir madame !

Béatrice se présente, peu encline à partager l'humeur festive, et demande où elle peut trouver son mari. La secrétaire lui indique la direction à suivre.

Elle avance d'un pas lent. Elle se demande qui elle trouvera devant elle : son mari ou l'enfant qu'il était ? Et elle, qui sera-t-elle pour lui ? Sa femme ou sa mère ? Elle passe devant une salle d'attente remplie de jeux. Sur l'un des murs, une télévision est accrochée et diffuse un dessin animé de Noël qu'une petite fille regarde avec attention. Quand les yeux de Béatrice quittent la salle d'attente pour se fixer à nouveau sur le couloir, elle se rend compte que les murs blancs sont décorés avec des gros oursons et d'autres animaux joyeux et colorés. Charles serait-il hospitalisé chez les enfants ? Béatrice n'est jamais venue dans cette partie de l'hôpital. Elle n'a jamais eu besoin d'être amenée aux urgences, elle a une santé de fer. Au fur et à mesure qu'elle avance, les dessins ont déserté les murs, Béatrice viendrait presque à le regretter.

Enfin, elle arrive devant la porte 21, frappe deux petits coups et l'ouvre.

7

Loredane

L'appareil à côté d'elle ronronne avec la régularité d'un métronome. Il est 19 h 45, les urgences sont vides : une chance pour la jeune femme qui a été prise en charge dès son arrivée. Le médecin n'a pas écarté tout risque de traumatisme crânien à cause de sa perte de connaissance, même s'il s'est plutôt montré rassurant sur son état général. Elle a aussi un poignet foulé qui est serré comme un saucisson, et deux côtes légèrement fissurées qui resteront encore douloureuses quelques semaines. Elle ne devra pas faire de sport pendant cette période, ce qui ne la dérange pas puisqu'elle n'en pratique pas, excepté le vélo qu'elle voit plus comme un moyen de déplacement. D'ailleurs, il faudra qu'elle aille récupérer le sien. Elle se demande dans quel état il doit être… ce qui est sûr, c'est qu'elle n'est pas près de vouloir remonter dessus.

Elle a des fourmis dans les jambes, elle commence à se lasser d'être ainsi allongée. Elle aimerait pouvoir se déplacer, errer dans les couloirs et, surtout, trouver un téléphone, voire mieux : récupérer le sien. Elle espère que la femme de son voisin de chambre l'aura ramassé, comme le pensait le pompier. Il lui faudrait des vêtements, aussi. Les siens étaient trempés et avaient besoin de passer à la machine à laver. Une infirmière l'a aidée à les retirer afin qu'elle ne tombe pas malade. Depuis, elle a enfilé une de ces blouses informes et les surchaussures qui vont avec… sans chaussures en dessous. Elle se demande comment elle fera pour sortir d'ici, avec ses chaussures hors d'usage et ses vêtements mouillés… Il faudra qu'elle demande à Luce de lui amener de quoi se changer, même si l'idée de la déranger pendant le repas du réveillon l'ennuie.

Le vieil homme est plutôt calme depuis qu'ils ont été placés ici : Loredane se demande s'ils lui ont administré des calmants. Elle a entendu le médecin et les infirmières parler : il souffre de la maladie d'Alzheimer, et il était en pleine crise, même si peu à peu il a commencé à recouvrer ses esprits. Elle comprend mieux pourquoi il l'appelait Lisette, le prénom de sa sœur défunte. Loredane se sent un peu mal à l'aise avec cette idée et craint que le délire se poursuive quand il se réveillera. Comment devra-t-elle réagir ? Feindre d'être cette personne disparue ? Tout nier au risque de le mettre en colère ? *Arrête de te poser des questions de ce genre, Loredane,* essaie-t-elle de se raisonner *: tu verras en temps voulu…* Loredane aime tout prévoir, tout organiser. Elle fait partie de ces personnes qui ont un emploi du temps prévu à la minute près, même pendant les vacances. Ce soir, elle est servie. Non seulement elle n'a pas rencontré l'homme avec lequel elle échange depuis plusieurs semaines – il lui a fallu prendre sur elle pour accepter l'idée de rencontrer un *inconnu* –, mais en plus elle ne gère plus rien et elle n'a plus qu'une seule chose à faire : attendre…

Le regard tourné vers la fenêtre, elle pense d'ailleurs à son rendez-vous loupé. L'attend-il encore ? Pense-t-il qu'il s'est fait avoir ou arrive-t-il à concevoir que l'absence de Loredane est due à un problème ? Si seulement elle avait un moyen de le joindre… Dès qu'elle pourra, elle s'excusera, c'est certain. Elle n'est pas du genre à rejeter la faute sur les autres et là, clairement, pour elle, elle est responsable : si elle n'avait pas été imprudente au point de rouler à vélo sous une pluie torrentielle… elle ne serait pas là. À ce moment-là, elle entend son voisin gémir et précise sa pensée : lui non plus…

Une infirmière tape à la porte et entre sans attendre. Loredane l'a déjà vue : c'est elle qui est venue brancher le tensiomètre. Elle a de longs cheveux blonds attachés en queue-de-cheval et de grands yeux bleus. Loredane remarque sur sa blouse un pin's en forme de sapin de Noël : elle n'avait pas vu ce genre d'objet depuis des années ! Quand l'infirmière arrive à sa hauteur, elle découvre que ses boucles d'oreilles sont en forme de rennes !

— Comment vous sentez-vous ?

Sa voix est douce et chaleureuse.

— Comme quelqu'un qui se retrouve dans un lit d'hôpital au lieu d'être à un rendez-vous, répond Loredane.

— Vous aviez rendez-vous avec un homme qui a un léger embonpoint, un manteau de fourrure rouge et une barbe blanche ?

— Une réserve à miettes ! précise Loredane.

— Une réserve à miettes ? s'étonne l'infirmière.

Cette dernière a les yeux froncés, ce qui fait éclater de rire Loredane, qui précise :

— Rassurez-vous, je ne perds pas l'esprit. C'est ainsi que mon père appelle la barbe : une réserve à miettes.

— L'image est drôle, j'avoue, et plutôt réaliste quand on y pense. En parlant de ça !

Elle ressort quelques secondes et revient avec une assiette sur laquelle est posé un gâteau au chocolat en forme de sapin. Loredane, dont le ventre gargouille aussitôt, comme si la vue de la pâtisserie lui rappelait qu'elle n'avait rien avalé depuis le midi, s'extasie :

— Vous êtes magique !

— Et ce n'est pas tout ! J'ai le droit de vous débrancher. On devrait venir vous chercher d'ici une heure pour vous faire un scanner. Le médecin de garde vous donnera l'autorisation de sortie pour demain, si l'examen est bon. À cause de votre perte de connaissance, on préfère vous garder pour la nuit en observation…

— Mais je me sens bien ! se défend Loredane. Je n'ai même pas de vertige !

— C'est le protocole... S'il vous arrive quelque chose dehors, nous serions responsables.

Toute une nuit ici ! L'espoir de rencontrer Acauno ce soir disparaît complètement, et son sourire aussi.

Malgré tout, Loredane remercie l'infirmière et avale avec gourmandise une cuillère de gâteau. La pâtisserie n'est pas complètement décongelée, mais elle est tellement heureuse de manger qu'elle la trouve absolument exquise. En moins de cinq minutes, elle a tout englouti.

— C'est bon signe, déclare alors l'infirmière en reprenant l'assiette. J'imagine que votre soirée n'est pas exactement comme vous l'aviez imaginée !

— Non, en effet...

L'infirmière poursuit :

— Moi, j'ai l'habitude de travailler depuis vingt ans le soir du réveillon. Comme je fête Noël en famille le lendemain, j'ai trouvé l'excuse parfaite pour ne pas pouvoir accueillir tout le monde chez moi ! Parce que les préparatifs, je déteste ça. Déjà, quand je veux faire cuire un steak, je le fais brûler ou il est cru... alors imaginez le reste ! Je me dis que c'est mieux pour tout le monde !

Loredane esquisse un demi-sourire et se demande quel âge à cette femme. Elle imaginait qu'elle devait avoir une petite trentaine d'années, mais si elle travaille depuis vingt ans… Cette dernière regarde l'écran de son téléphone portable et ajoute :

— Vous avez eu de la chance d'avoir obtenu une chambre si rapidement ! Hier, il y avait en moyenne une heure trente d'attente à cette heure-ci pour voir un premier soignant… Les couloirs étaient remplis de brancards ! Et, si l'idée de rester ici ne vous enchante pas, dites-vous bien que cela ne va pas durer et qu'on peut toujours se rattraper !

Oui, elle espère pouvoir se rattraper, même si elle ne sait pas encore comment elle va s'y prendre. Commencer par retrouver son téléphone portable l'aiderait… des vêtements, aussi.

— Vous savez si la femme de mon voisin va venir bientôt ?

— Je ne sais pas, je n'ai pas eu d'informations sur ce point ! Mais j'imagine qu'elle ne devrait pas tarder !

L'infirmière sort en laissant derrière elle une note de jasmin et de fleur d'oranger. Loredane décide de se lever à son tour. Elle grimace un peu, ses côtes lui font mal malgré l'antidouleur qui lui a été administré. Elle fait des petits pas pour rejoindre la porte, craignant de réveiller son voisin lequel, pourtant, n'a pas réagi quand l'infirmière était là.

Une fois dans le couloir, elle regarde autour d'elle : il n'y a personne. Elle entend une musique qui parvient d'un peu plus loin, des chants de Noël, évidemment. Loredane pense à toutes les personnes qui travaillent ce soir ou qui travailleront demain, sans avoir la chance de partager ce moment en famille. Mais elle pense aussi aux patients, enfermés entre ces murs, loin de l'agitation qu'offre cette période dans l'année. Elle ne peut s'empêcher de se dire qu'elle est chanceuse. Elle a une bonne santé, ses proches aussi, et ce ne sont pas quelques côtes douloureuses, un hypothétique traumatisme crânien auquel elle ne croit pas et un poignet foulé qui l'empêcheront de voir la vie de façon positive.

Elle décide de prendre la direction d'où provient la musique. Derrière la porte qu'elle vient de refermer, Charles ouvre les yeux.

8

Béatrice

— Béatrice, enfin !

C'est ainsi que Charles l'accueille, et toute l'angoisse qui rongeait les entrailles de Béatrice s'envole. C'est bien son mari, qui est là, assis sur ce grand lit blanc dans lequel il ne semble pas vouloir se glisser. La chambre est double, deux espaces contenant un lit sont séparés par un rideau. L'épouse peut voir que le second lit est vide, mais le drap est défait. Elle pose le sac qu'elle a amené au pied du lit de son mari.

— Tu m'attends depuis longtemps ? elle lui demande.

— Je ne sais plus… mais je leur ai dit que j'avais d'autres choses à faire !

— Tu sais comment tu es arrivé ici ?

— Bien sûr, il s'exclame. En avion !

Le cœur de Béatrice manque un battement. Puis, voyant son visage se fermer, Charles éclate de rire.

— Je rigole, Biba ! Je me souviens de l'ambulance… et même de la jeune femme qui a été percutée par la voiture ! Elle était là tout à l'heure, je crois, précise-t-il en montrant l'autre côté de la pièce d'un mouvement du menton. J'ai entendu sa voix.

Charles est le seul à l'appeler Biba. Elle aime qu'il utilise à nouveau ce surnom. Une bouffée d'amour déferle dans son corps, expulse les craintes et les interrogations. Voir Charles, son Charles, assis sur ce lit d'hôpital, lui rappelle à quel point la vie est courte et qu'elle doit profiter de chaque instant. Profiter des jours qui défilent plutôt que de les subir ou de n'accepter que de vivre ceux qui la laissent dans leur zone de confort. Partir. Oui, c'est ça qu'ils devraient faire, malgré les angoisses qui ne manqueront pas de revenir la chatouiller, encore et encore. En Italie, pourquoi pas, pour commencer ? Il a toujours rêvé de s'y rendre… Et ce n'est pas si loin que ça… Rome : sa fontaine de Trevi, le Colisée, le Panthéon…

Quelqu'un tape à la porte, cette dernière s'ouvre et laisse apparaître une tête. Béatrice reconnaît le pompier qui a emmené son mari tout à l'heure, Marius :

— Tout va bien ici ?

Les deux hochent la tête de haut en bas. Il poursuit :

— Je suis venu vous faire un petit coucou avant de partir, j'ai fini ma garde pour ce soir et je voulais vous souhaiter un joyeux Noël avec un petit peu d'avance ! Je sais que le cadre n'est pas idéal, mais j'imagine que vous serez bientôt chez vous ! Et puis, j'ai pensé à vous en voyant ça !

Il entre complètement et leur tend un paquet emballé. Béatrice fronce les sourcils :

— Qu'est-ce que c'est ?

— Un cadeau ! répond Charles. Et dire que c'est moi qui suis censé perdre la tête !

Béatrice regarde son mari et sourit. Elle aime l'entendre plaisanter ainsi.

— Ouvrez, insiste Marius. Ce n'est pas grand-chose !

— Vas-y, ma Biba !

Béatrice tire sur le nœud qui se défait aussitôt. Quand la boîte s'ouvre, elle éclate de rire et montre l'objet à son mari, qui s'exclame :

— Un chien !

— Un saint-bernard, précise Béatrice.

— Eh oui ! Je vous explique. Tous les ans, le soir du réveillon de Noël ou de celui du Nouvel An, le personnel médical, médecins, aides-soignants ou internes, se réunit pour faire une petite soirée, s'il n'y a pas trop de travail, évidemment. Sur une table se trouve un grand carton qu'on remplit pendant l'année de petits objets dans ce genre. Les cadeaux sont distribués lors des deux soirées de réveillon, et j'ai eu le droit au mien : celui-ci. Et j'ai aussitôt pensé à vous, monsieur !

— Mais pourquoi ? demande Béatrice. À cause d'Hockland ? Ce n'est pas un saint-bernard…

— Non, mais c'est une race réputée pour le sauvetage. Et si Loredane, la jeune fille au vélo, a tout à l'heure sauvé la vie de votre mari, il a aussi sauvé la sienne en la retenant quand elle s'est évanouie.

Les deux hommes ont eu le temps d'échanger un peu à leur arrivée à l'hôpital, alors que Charles commençait à retrouver ses esprits. Si la confusion était réelle pour le vieil homme, il se souvenait de tout, même de l'envol de son parapluie.

Béatrice reste médusée. Elle vient d'apprendre en une seule phrase qu'elle a failli perdre son mari… et qu'il a sauvé la jeune fille. Et dire qu'en arrivant, elle avait craint pendant un temps qu'il s'en soit pris à elle. Comme elle s'en veut ! Une larme coule le long de sa joue droite. Suivie d'une autre.

— Ça ne va pas, madame ?

— Si si, balbutie-t-elle. Tout va bien. Merci.

— Je ne vous dis pas à bientôt, mais prenez soin de vous !

Quand il referme la porte, Béatrice éclate en sanglots.

9

Loredane

Ses pas l'ont menée vers une grande salle dans laquelle trône un distributeur. L'odeur qui s'en échappe lui donne des gargouillis dans le ventre malgré la part de gâteau qu'elle vient d'avaler. Elle regarde les différents choix qu'offre l'appareil : cafés de toutes sortes, chocolat noir ou au lait, et même de la soupe.

— Vous hésitez ?

La voix la fait sursauter, elle n'a entendu personne arriver. Elle se tourne vers un homme qui arrive à grandes enjambées : Marius. Il poursuit :

— Je vous déconseille la soupe. Elle est horrible. Elle a le goût de…

Il hésite un moment puis reprend :

— De soupe pas bonne.

Loredane se retient d'éclater de rire, ce qui suffit tout de même pour lui déclencher une douleur costale. Elle pose une main sur son thorax et répond :

— J'ai connu des argumentations plus convaincantes…

— Vous allez en prendre une ?

— Non, en effet, mais…

Elle voudrait lui dire que c'est avant tout parce qu'elle n'a pas d'argent, mais il la coupe :

— Donc j'ai été convaincant ! Cette machine et moi, on se fréquente depuis quelques années, nous sommes pratiquement devenus de vieux amis, vous savez ! Mais j'avoue que j'ai toujours trouvé que la soupe avait un goût indéfinissable… Si je peux me permettre, je vous conseille le chocolat au lait, il est délicieux !

Cette fois-ci, elle parvient à répondre :

— Je serai bien tentée, mais malheureusement je n'ai pas pensé à prendre mon portefeuille avant qu'on m'amène ici !

— Alors, je vous invite !

Tout en parlant, il glisse un jeton dans l'appareil et appuie sur le bouton correspondant à la boisson souhaitée. Pendant que le liquide remplit le gobelet, ils n'échangent pas un mot. C'est finalement lui qui rompt le silence tout en lui tendant le breuvage :

— Vous sortez bientôt alors ?

— Pas avant demain matin, il semblerait…

— Ah, je suis désolé pour vous. Vous m'aviez dit que vous étiez attendue, c'est bien ça ?

Elle marque un temps avant de répondre. Est-elle encore attendue ? Il est bientôt 21 heures. Elle imagine qu'Acauno a déjà essayé de la joindre et que son silence doit renforcer l'impression qu'elle lui a posé un lapin.

— Vous ne savez pas ?

Elle relève la tête :

— Je l'étais. Je n'en sais pas plus pour le moment.

— Ah, ça sent la rencontre amoureuse, ça ! Dans la famille, on est toujours attendu. Mais en amour… il y en a toujours un qui attend, et l'autre… l'autre, on ne sait pas trop. S'il tient à vous, il attendra… peut-être pas là où vous aviez rendez-vous, mais il attendra d'avoir de vos nouvelles. Ne tardez pas trop quand vous le pourrez, ce n'est pas très charitable un soir de réveillon !

S'il tient à elle… Mais est-ce le cas ? Oui, ils parlent souvent ensemble, tous les jours, même. Elle s'est habituée à leur échange quotidien, au point qu'elle serait vraiment triste si ça s'arrêtait là. Mais il y a toujours cette différence entre ce que l'on fait paraître derrière un écran et celui qu'on est vraiment. Et si cet accident était le signe que la rencontre ne devait pas avoir lieu ? Une sorte d'avertissement spirituel ? Après tout, on lui a volé son vélo le matin même ! Plus de vélo, la pluie, l'homme, l'accident… ce n'est pas qu'une coïncidence, il y a quelque chose derrière.

Loredane fronce les sourcils, perdue dans ses pensées. Elle profite du temps qu'il lui reste à tuer pour pousser la conversation et essayer de penser à d'autres choses. Tant qu'elle n'aura pas son téléphone, de toute façon, elle devra se contenter de suppositions.

— Et vous ? Vous attendez ou vous êtes l'autre qui ne sait pas trop ?

Elle boit une gorgée de chocolat qu'elle trouve vraiment insipide. Elle aurait peut-être dû tenter une soupe…

— Celui qui attend…

— Et vous attendez depuis longtemps ?

Il passe la main sur son visage, comme pour se réveiller.

— Très longtemps… Trop longtemps… Mais je compte bien faire bouger les choses. Elle doit comprendre que je suis l'homme de sa vie, ajoute-t-il avec un sourire.

— Et si elle refuse de le comprendre ?

— C'est une possibilité… Mais il faut essayer, comme ça, je ne pourrai rien regretter.

Les mots de Luce reviennent dans la tête de Loredane : « Tu t'empêches de vivre des trucs… » C'est vrai qu'elle est plutôt du genre à se freiner qu'à vouloir vivre intensément ce qui s'offre à elle. Elle a souffert plus d'une fois de l'imprévu, au point qu'elle s'est mise parfois, dans ses moments d'angoisse, à chronométrer la moindre de ses activités, douche incluse. Alors qu'elle termine son chocolat, il reprend :

— Le mythe de l'androgyne, vous connaissez ? Moi, j'y crois. Dans le *Banquet* de Platon, il est écrit que les êtres humains étaient à l'origine formés de quatre bras, quatre jambes, deux sexes et d'une seule tête à deux visages. Zeus, craignant qu'ils aient trop de pouvoir et qu'ils souhaitent le renverser, les aurait coupés en deux, les condamnant à passer le reste de leur existence à rechercher leur moitié…

Oui, elle connaît cette histoire, comme toutes les personnes qui ont étudié la philosophie au lycée. C'est la deuxième fois en l'espace de moins d'une heure qu'on lui parle de trouver sa moitié, à croire que les fêtes de fin d'année sont propices à l'expression des sentiments. Elle qui aime se fier aux signes que lui envoie le destin… Mais encore faut-il savoir les interpréter.

— Pour certains, c'est une malédiction… ajoute-t-elle.

— Pensez-vous que si c'était le cas, on se sentirait si bien avec cette autre personne ?

Elle pense à l'excitation qu'elle éprouve tous les jours à l'idée d'échanger avec Acauno, à cette complicité qu'elle a tout de suite ressentie, comme si elle le connaissait… Il poursuit sa logorrhée :

— D'ailleurs, je vais même aller plus loin. Je pense que nous avons plusieurs vies et que, tout au long de ces dernières, c'est toujours cette même âme sœur que nous cherchons, qu'elle prenne la forme d'une personne du sexe opposé ou du même sexe. C'est ce qui explique pourquoi le contact avec cette personne peut être parfois si chaleureux, ou au contraire, la répulsion si forte. Vous ne croyez pas ?

— Je pense que vous lisez dans mes pensées.

Il regarde son téléphone et conclut :

— C'est parfait alors ! Allez, souhaitez-moi bonne chance ! Ce soir je tente le tout pour le tout !

10

Des retrouvailles

Quand Luce débarque dans la chambre 21 où doit se trouver Loredane, elle tombe nez à nez avec une femme allongée dans un lit à côté d'un homme… ou plutôt sur l'homme. Luce, les joues rouges, s'excuse et referme la porte sans attendre, se demandant si la secrétaire à l'accueil ne s'est pas trompée de numéro. Au même moment, une infirmière arrive vers elle, un tas de vêtements sous le bras.

— Vous êtes Luce, c'est ça ?

La jeune femme hoche la tête de haut en bas.

— Parfait ! Je vous laisse ça ! Loredane devrait trouver son bonheur !

Luce s'apprête à lui dire que dans la chambre elle n'a pas trouvé Loredane, mais un corps sur un autre corps… quand la porte s'ouvre en laissant apparaître un visage rougi par l'émotion.

— Luce ? Vous êtes Luce, c'est ça ? La jeune femme que j'ai eue au téléphone tout à l'heure ?

Elle acquiesce.

— Excusez-moi… J'ai le sac de votre amie !

Luce soupire de soulagement.

— Elle va bien ? Elle est consciente ?

— Je ne sais pas, elle n'est pas là…

— Mais ce n'est pas possible, elle n'a pas pu…

Une voix la coupe :

— Luce !

Cette dernière se retourne et ouvre les bras en voyant son amie. Les vêtements que lui a donnés l'infirmière tombent.

— Tu m'as fait peur, tu sais !

Puis elles s'écartent l'une de l'autre et Luce ricane, en ramassant les vêtements :

— Je comprends mieux pourquoi on m'a apporté ça ! Bon, tu t'habilles et tu m'expliques tout ça ?

— Oui, mais avant, tu as mon portable ?

Béatrice arrive et lui tend son sac :

— Je crois que c'est à vous !

Loredane laisse échapper un cri de joie et serre brièvement la femme dans ses bras.

— Merci, merci !

Elle fouille dans le sac, retrouve son portefeuille, mais pas son téléphone portable. Elle se baisse, retourne le sac sur le sol tandis que Béatrice poursuit :

— Non, c'est à moi de vous remercier ! Sans vous, mon Charles… D'ailleurs, pour que je puisse vous exprimer ma reconnaissance, venez dîner à la maison pour le réveillon ! Tout est déjà prêt ou presque, et je fais toujours à manger pour un régiment…

— C'est gentil, mais… je suis attendue. Par contre… mon téléphone portable… il n'est pas là !

Béatrice fronce les sourcils, puis elle se souvient :

— Oh ! Je suis désolée ! Je l'ai sorti quand il a sonné et j'ai oublié de le remettre… Je me souviens de l'avoir posé sur la table du salon, et je n'ai pas pensé à le remettre dans le sac… J'ai votre vélo aussi… Venez à la maison ! Il y en a pour quelques minutes à peine !

Loredane hésite. Elle ne peut pas encore sortir, on ne lui a pas apporté les papiers, même si cela ne doit être qu'une question de temps. Que doit-elle faire ? Aller au lieu de rendez-vous ou récupérer son téléphone portable au plus vite pour contacter Acauno ? Elle est en retard de plus d'une heure… c'est énorme. Mais elle veut tenter :

— Luce, je sais qu'on t'attend aussi, mais tu peux me ramener en ville ? Avec un peu de chance…

— Je suis désolée, mais je n'ai pas de voiture ! Elle est en panne. Je suis arrivée ici grâce à Jésus…

— Jésus ? s'étonne Loredane.

— Oui, mais c'est une longue histoire…

— Je vais vous y conduire, moi, si vous le souhaitez, déclare Béatrice. Je vous dois bien ça.

Pas d'ami (comme toi)

TIPHAINE HADET

(Marius)
20 h 30

Je crois aux gens, mais je
ne crois pas à la plupart des gens.
NANNI MORETTI, CARO DIARIO

Au rayon romanesque des amours
impossibles, il n'y a pas trente-six
solutions, il y en a mille.
CAMILLE LAURENS

Aimez tout fort. Vos amours. Vos familles.
Vos amis. Dites-leur. Toujours. Sans
trembler. Sans avoir peur de leur dire.
Sans craindre leur silence. Aimez tout fort...
Jusqu'à l'infini et au-delà...

1

Marius

24 décembre

— Marius, grouille, on a fini ! J'aimerais rentrer avant que ma femme me prenne pour la dinde farcie et me découpe en morceaux !

Paul, collègue et ami de longue date de Marius, s'impatiente.

— C'est bon, tu joueras les jolis cœurs un autre soir, beau gosse !

— Arrête, ferme-la, Paul ! Ta femme t'attend toujours le soir de Noël !

— Oui, enfin, si je rentre à plus de minuit parce que tu traînes, elle risque de me faire bouffer la dinde un peu violemment !

— Vous allez encore à la messe cette année ?

— Ah non, pas cette année. Belle-maman a enfin compris que l'hostie n'allait pas la faire davantage rajeunir que ses injections de Botox. Elle est fâchée contre le Bon Dieu depuis qu'elle a compris que les dons qu'elle faisait à l'église servaient régulièrement à organiser des gueuletons au cours desquels elle se faisait rhabiller pour l'hiver par les paroissiens. Du coup, cette année, on fait l'impasse. Mais on passe seulement à côté de la messe. Parce que la belle-mère, je ne vais pas pouvoir y échapper !

— Tu mériterais une médaille, mon Paul !

Les soirées en famille avec femme, enfants, belle-mère insupportable et le repas qui refroidit, Marius ne connaît pas. Et loin de lui l'envie de s'y mettre. Leur dernière intervention leur a sans doute permis de sauver deux personnes. Un vieil homme charmant. Et une jeune femme un peu perdue. Une délicieuse jeune femme un peu perdue que Marius, il y a encore quelques mois, aurait volontiers draguée lourdement à la fin de sa garde. Mais pas ce soir. Pas maintenant. Pas après tout ce qu'il a vécu depuis cette fameuse journée de mai, au cours de laquelle il l'a rencontrée.

Charlotte. Charlotte. Charlotte.

Elle est médecin. Plus âgée que Marius. Ils ont dû se croiser un nombre incalculable de fois au cours de ces dernières années. Cependant, il ne l'avait jamais remarquée pendant ses prestations à l'hôpital. Jusqu'à ce dernier mois de mai. Marius venait de finir sa garde. Il discutait avec les infirmières du service des urgences comme il s'est toujours plu à le faire. Et elle avait débarqué de nulle part en signifiant à ses collègues que la récréation était terminée. Elle n'avait fait que passer et n'avait lancé qu'une phrase sur un ton autoritaire qui avait fait se raidir toute la cour du jeune homme en uniforme. Pourtant, un frémissement inexplicable avait parcouru tout le corps de Marius qui n'avait pas pu lâcher du regard cette médecin largement quadragénaire. Ça n'avait échappé à personne et Aline, l'une des infirmières que Marius fréquentait parfois, n'avait pas manqué de l'avertir.

— Touche pas, beau gosse ! Elle est mariée et très heureuse !

Marius a trente-deux ans. Pompier professionnel depuis presque dix ans, il fait la fierté de sa caserne. Toujours présent, disponible, à l'écoute, volontaire. Il n'a jamais manqué une garde et accepte même de remplacer ses frères d'armes en cas de besoin. Il fait partie d'une grande famille qu'il n'a pas réellement eue durant son enfance. Et il s'y complaît totalement, acceptant sans rechigner de jouer le rôle du pompier charmeur et célibataire que toutes les femmes cherchent à s'arracher. Marius est un cliché à lui tout seul et il l'assume sans aucune ambiguïté. Il n'est pas rare que les réflexions fusent lors des gardes ou lors de repas conviviaux qui rassemblent généralement les collègues et leur famille respective.

« Alors Marius, ce tableau de chasse ? »

« Marius, tu viens avec laquelle à la prochaine soirée ? »

« Eh, Don Juan, tu as brisé le cœur de qui, cette fois ? »

Marius n'a que rarement nié. Il a toujours assumé ce rôle de volage qui lui colle à la peau. Il faut dire que son physique le lui permet sans encombre. Savant mélange de Brad Pitt dans *Seven* (pour le côté un peu mauvais garçon) et de Hugh Grant dans tous ses films (pour la vision anglo-saxonne du romantique intelligent), l'uniforme n'est qu'un atout de plus dans un monde qui l'a déjà savamment gâté.

Lorsque son cœur a manqué un battement à la vue de Charlotte, Marius a compris tout de suite. Ça ne lui était jamais arrivé. Pas de cette façon. Pas avec autant d'électricité corporelle. Il a bien vécu des rencontres particulières au cours des dernières années. Certaines se sont même produites en intervention, malgré tous les interdits que cela suppose. Il y a quelques années, alors tout jeune professionnel, Marius est tombé sous le charme d'une jeune danseuse, secourue dans une salle de spectacle dans laquelle elle se produisait. Magali avait une petite vingtaine d'années, la cheville foulée et un parfum ambré enivrant qui lui avait fait tourner la tête. Il l'avait secourue, installée dans l'ambulance en la portant seul dans ses bras musclés et lui avait tenu la main quand le médecin l'examinait. Paul, déjà très présent à l'époque, n'avait eu de cesse de lui lancer des regards noirs durant le parcours qui les séparait de l'hôpital. Marius en avait fait fi sans aucun scrupule. Il avait réussi à mémoriser le nom et l'adresse de Magali et lui avait fait livrer des fleurs quelques jours plus tard. Un premier bouquet sans un mot. Puis un deuxième avec juste son numéro de téléphone. Sans retour. Un troisième avec son identité et les circonstances de leur rencontre. La jeune femme n'avait pas tardé à le contacter, sans parvenir à dissimuler son enthousiasme.

Pour une fois, Marius avait imaginé que cette relation pouvait devenir sérieuse. Pourtant ses démons de célibataire endurci l'avaient vite rattrapé et sa jalousie face à l'activité professionnelle de Magali avait eu raison de leurs amours naissantes. La jeune femme n'avait même pas eu le temps de réellement entrer dans sa vie, comme les autres, les précédentes. Celles qui passent sans s'arrêter. Celles qu'il ne retient pas. Les femmes du bal des pompiers. Les copines des femmes de la caserne. Les vieilles connaissances. Les amourettes sans sentiment qui ne donnent des nouvelles que pour partager une nuit. Gladys est de celle-là. Connue au collège, elle a d'abord été la meilleure amie de Marius durant plus d'une décennie. Devenue une jeune femme indépendante et féministe jusqu'à la pointe de ses cheveux courts, elle avait heurté son caractère à la gent masculine un paquet de fois. Et elle s'en était ouverte à Marius au cours d'une soirée ordinaire passée chez le jeune homme à manger du pop-corn et à boire des caïpirinhas sans âme. Le lendemain, en se réveillant nue dans le lit de son ami, Gladys lui avait fait promettre à coups d'injonctions bruyantes que ce genre de soirées pourrait se reproduire sans ambiguïté, entre deux histoires vouées à l'échec. Elle n'avait eu aucun remords et ils avaient passé de nombreux mois à expérimenter le sexe entre potes consentants et non amoureux. Officiellement. Gladys avait fini par couper les ponts brutalement du jour au lendemain, à travers un texto laconique dans lequel elle lui avait annoncé qu'elle avait rencontré celui qu'elle voulait garder pour la vie. Marius a respecté son choix. Ses silences et son absence. Même s'il reste convaincu, encore aujourd'hui, qu'elle finira par revenir tôt ou tard, malgré le faire-part de mariage qui traîne quelque part au milieu de sa garçonnière.

Marius est un cliché et il en a joué quand il a cherché à en savoir plus sur Charlotte. Il a posé de nombreuses questions aux infirmières qui ont toutes vanté le couple fabuleux, les enfants charmants, le parcours fantastique, le professionnalisme et la rigueur. Cela aurait dû freiner Marius et lui donner envie de se concentrer sur de nouvelles rencontres. Mais rien n'y a fait, malgré les mises en garde d'Aline et de Paul qui n'ont pas mis longtemps à comprendre ce qui se tramait dans le cœur du coureur de jupons invétéré. Il s'est évertué lors de chacun de ses passages à faire en sorte de l'apercevoir. Il a cherché à connaître son emploi du temps, sa spécialité, l'étage de son bureau. Et Marius se moquait bien du reste. Quand il a appris qu'elle animait régulièrement des formations destinées aux professionnels des urgences vitales, il a été l'un des premiers à s'inscrire, après s'être fait soigneusement réprimander par Paul qui n'est plus son chef depuis bien longtemps tant leur amitié dépasse leur univers professionnel.

— Donc tu vas faire en sorte de jouer les victimes quand elle demandera un volontaire pour la réanimation cardiopulmonaire ?

— C'est évident !

— Tu as quel âge, Marius ?

— Paul, je n'ai jamais été aussi sûr de moi face à une femme !

— Tu sais que tu dis ça à chaque fois ?

— Oui mais là…

— … Ce n'est pas pareil ! Tu le dis aussi à chaque fois, ça !

Marius a fini par soupirer de lassitude, laissant son ami croire en une énième lubie de mauvais dragueur invétéré.

En juin, il a posé un congé spécial afin de pouvoir participer à la formation menée par Charlotte, dans l'enceinte de l'hôpital. Dès son arrivée, Aline a levé les yeux au ciel, sans pouvoir masquer sa gêne face à la présence de Marius. Elle lui a sauté dessus sans crier gare alors qu'il attendait à proximité de la salle dédiée.

— T'es pas sérieux ?

— Aline ! Tu ne vas pas t'y mettre ?

— J'imagine que Paul t'a déjà mis en garde. Tu fais une énorme connerie !

— Je viens suivre une formation.

— Formation, mon œil ! Tu viens là pour draguer la cheffe de service en toute connaissance de cause quant à sa vie et au mélange des genres de la situation.

— T'as des preuves ?

Aline s'est rapprochée encore un peu plus de Marius et lui a asséné le coup de grâce.

— Marius ? Depuis quand tu ne m'as pas appelée pour aller découvrir le moindre centimètre carré de ton matelas king size qui a dû voir passer plus de corps différents qu'une boîte échangiste ? Depuis quand tu ne minaudes plus à chacun de tes passages auprès des élèves infirmières qui viennent effectuer un stage et qui ne peuvent pas s'empêcher de tomber sous le charme relatif du gentil pompier aux yeux de velours ?

Aline avait raison et Marius en était pleinement conscient. Mais il n'a pas fait marche arrière et s'est jeté dans la gueule du loup sans le moindre doute. Il a joué l'élève consciencieux, se prêtant au jeu des mises en scène de sauvetage, posant des questions pertinentes, arrivant à l'heure et faisant traîner la fin des séances volontairement. Il a fait bonne figure, sans rien montrer de son engouement pour Charlotte. Dix jours durant, il s'est interdit de lui montrer quoi que ce soit, jouant presque un rôle tant son envie de l'inviter à boire un verre a été importante. Il a décidé qu'il ne tenterait rien, qu'il ne dirait rien et qu'il ne tricherait pas. Sans surprise, la formation s'est achevée comme elle a commencé, dans le sérieux et la discipline scientifique qui collaient à la peau de la médecin. Il s'est imprégné d'un parfum et d'une image qui ne l'ont plus quitté.

Paul trépigne sur le parvis de l'hôpital.

— Bon, on y va, Don Juan ?

— Attends encore cinq minutes. Je dois ranger le matériel de l'arrière.

— Il faut espérer qu'on ne décroche plus avant 21 heures. Comme ça, j'aurai le temps de m'avaler une bière de Noël avant le discours du curé !

— Ah, sympa, l'idée de la bière !

— Tu veux passer en prendre une ?

— Non, pas ce soir, Paul, c'est gentil mais ce serait très malvenu.

— Pourquoi ?

— C'est à moi que ta femme va faire bouffer l'hostie si je déboule le soir du réveillon alors que ses parents sont là !

Paul ne peut s'empêcher d'allumer une cigarette. Marius lui jette un regard plein de reproches.

— Tu arrêtes quand ?

— Quand les poules auront des dents ou que ma belle-mère arrêtera d'intervenir dans ma vie de famille !

— Encore ?

— Elle ne peut pas s'en empêcher. Et ses lubies concernant les valeurs qu'on transmet aux enfants commencent sérieusement à entamer ma patience légendaire.

— Tu en as parlé à Claire ?

— Claire admire sa mère. Son père. Ses oncles. Ses tantes. Les voisins. Et…

— … Herbert Léonard !

— Exactement ! Je ne peux pas lutter, que veux-tu !

La détresse de son ami bouscule Marius. Néanmoins cela conforte souvent ses habitudes de célibataire endurci. Il ne sait pas quoi répondre et Paul le sait bien. C'est son ami qui brise le léger silence.

— Ne t'en fais pas ! Je vis à travers toi, gigolo !

— À ce point ?

— J'aimerais bien avoir ta vie parfois, je te jure !

— Ah ! Ah ! Ah !

— Te fous pas de moi !

— Je trouve ça fort que tu arrives à me dire ça alors que tu passes ton temps à m'engueuler quand je regarde une fille un peu trop longtemps.

— Cela ne t'est pas arrivé depuis un moment, tu me diras. Mais ça ne me rassure pas pour autant. Bon, du coup, cette bière ?

Marius finit assez rapidement par accepter la proposition de Paul. De toute manière, il n'a rien de prévu et personne ne l'attend en cette soirée qui sent la neige et les marrons chauds. Car cette soirée, Marius la fuit depuis longtemps. Petit, il a aussi fait semblant d'être heureux au pied du sapin que son père avait préparé avec ses deux sœurs aînées et lui. Parce que personne ne lui a jamais menti. On lui a expliqué très tôt que sa maman devrait passer du temps à l'hôpital parce qu'elle était gravement malade et qu'il faudrait qu'il soit fort et courageux. Il s'est construit comme cela, en arpentant régulièrement les couloirs blancs et aseptisés, en donnant des sourires aux infirmières déjà. Et puis, un jour, brutalement, son père lui a dit que les visites étaient terminées, qu'ils n'iraient plus jamais dans la chambre 241. Marius avait sept ans, quatre mois et vingt-deux jours. Ce fut le premier choc de sa vie et il s'est retrouvé seul avec son père et ses grandes sœurs, tous terrassés par le chagrin et la douleur quand son seul malaise avait été de ne plus jamais aller chercher des bonbons dans le bureau des aides-soignantes qui s'occupaient de sa maman. Il a mis du temps à comprendre la disparition, l'absence, le manque. Pourtant, son père a été très présent, à l'écoute, jouant son rôle comme personne et tentant malgré tout de donner un peu de ce qu'aurait pu lui apporter sa mère. Quelques mois après le décès, Marius a demandé à son père de retourner à l'hôpital juste pour voir les infirmières et leur dire qu'il allait bien. Elles en ont été particulièrement touchées, aucune n'ayant oublié ce petit bonhomme aimant les friandises et dont l'insouciance leur rappelait qu'en dehors des chambres, il y avait aussi plein de vie. C'était un 24 décembre et il n'a plus jamais raté une occasion de se rendre dans ce genre de lieu à cette date précise.

Durant le retour vers la caserne, la fatigue des deux hommes se fait sentir, mêlée à une certaine excitation familière en ce soir si spécial. Marius apprécie finalement d'être en compagnie de Paul. Ce n'est pas la première fois que ce dernier l'invite chez lui. Ils se connaissent depuis plus de dix ans, quand Marius est devenu pompier. Tout jeune engagé, Paul l'a pris sous son aile. Quelques années les séparent mais tout le reste les rapproche au quotidien et ils se sont très vite considérés comme étant plus que de simples collègues. Cela n'est pas surprenant dans leur métier. La plupart des pompiers ont le même ressenti dans leur carrière. Ils se construisent au fil des années une immense famille dans laquelle ils partagent tout, à titre privé comme à titre professionnel. Marius est extrêmement reconnaissant à l'égard de son aîné dont il se plaît souvent à dire qu'il lui a tout appris. Et ils ont tous les deux créé un lien que peu de personnes extérieures à leur histoire peuvent comprendre. Il n'est pas rare que l'un débarque à l'improviste chez l'autre, au grand dam de Claire, la femme de Paul qui n'apprécie guère ces multiples intrusions. C'est aussi pour cela que, jusqu'à maintenant, Marius a toujours refusé de partager le réveillon de Noël dans la famille de Paul, pour ne pas prendre le risque de se voir rabrouer par Claire qui, sous des dehors d'épouse, de mère et de femme parfaite, masque mal une rigidité presque pathologique.

— T'inquiète, quand on arrivera, Claire ne dira rien pour ce soir ! Noël a une très grande valeur de partage pour elle. Je suis certain qu'elle t'accueillera les bras grands ouverts.

— Ça changera de l'habitude !

Les deux hommes éclatent de rire alors qu'ils s'approchent de la caserne, bien au chaud dans leur camion d'intervention. Il est presque 21 heures. Leur garde devrait s'achever calmement et ils ne devraient rencontrer aucune difficulté à passer le relais à leurs collègues de nuit.

Paul gare le camion à sa place habituelle. Ils en descendent dans un même élan et sont accueillis par une ambiance particulière au sein du bâtiment. Ils n'en sont pas surpris. Les soirs de fête ont toujours une saveur particulière ici. Chacun met la main à la pâte pour rendre exceptionnelle une garde dans ces moments. Ce soir n'échappe pas aux habitudes. L'équipe de nuit est déjà arrivée et un groupe est déjà réuni dans l'immense salle qui leur sert de coin repas, de salle de jeux, de salle des fêtes et même parfois de salle de spectacle.

— Oh Pipo et Mario ! Vous êtes rentrés ? C'est la quille ?

Les accolades s'enchaînent et Marius et Paul prennent le temps d'échanger avec chacun. Tant pis pour la dinde qui doit déjà être au four depuis deux bonnes heures.

— Oh Paulo, tu prends une bière avant de rentrer ? Marius, on ne te demande pas, hein ?

— Ben tu ferais bien de me demander, Julien ! J'ai un truc de prévu ce soir !

— Merde, tu vas passer la soirée avec la toubib ?

Évidemment, à la caserne, l'histoire de Marius avec sa Charlotte n'est pas passée inaperçue et ils sont tous dans la confidence. Certains approuvent. D'autres pas. Mais personne ne juge. Face à un certain malaise ambiant dû à la question posée par le fameux Julien, Paul secourt son ami.

— Mais non ! Il va être vachement plus sage que ça. Il va se farcir la dinde et ma belle-mère !

— Waouh ! Oh, mon Mario, tu as un souci ? Tu veux qu'on en parle ? Parce que faut être sacrément courageux ou pleinement malheureux pour finir chez le Paulo ce soir !

— Ni l'un, ni l'autre, Julien !

Sans donner de plus amples explications, Marius quitte la salle et se dirige vers les vestiaires. Il n'aspire qu'à se changer. Quitter l'uniforme pour remettre les pieds dans le quotidien. Quitter l'uniforme pour laisser derrière lui les interventions du jour, les douleurs, les blessures, les tristesses, les blagues d'un vieux monsieur récupéré tombé au sol dans son salon. Il avait été découvert à l'aube par son auxiliaire de vie. Marius repense en souriant à son engouement pour les présentatrices télé de la météo qu'il regarde sans vergogne depuis la mort de sa femme, selon ses propres termes. Auparavant, quand il regardait le programme en étant un peu trop concentré, elle l'interrogeait sur les températures dans certaines villes de France pour être sûre qu'il ne regardait bien que la carte et pas ailleurs. Marius a ri avec cet homme qui l'a touché.

En arrivant à l'hôpital, Marius avait tenu la main de ce vieil homme et s'était laissé envahir par une nostalgie brutale. Il avait imaginé à quoi aurait pu ressembler son père à cet instant et avait projeté ses souvenirs sur ce corps décharné et souffrant qu'il transportait. Lui étaient alors revenues en mémoire les images de sa mère installée sur son lit de mort, perfusée et devenue trop maigre même pour lui sourire ou le serrer dans ses bras. Il avait fallu une certaine énergie à Marius pour chasser ces pensées qui le faisaient toujours souffrir, lui le grand garçon athlétique, charmeur et charmant, qui passait beaucoup de temps à jouer de son assurance extérieure pour étouffer son mal-être intérieur. Mais cela n'avait bien évidemment pas échappé à Paul. En tant que chef d'équipe, collègue et ami, il avait pris le relais durant l'intervention, transportant seul le vieil homme blessé auprès des équipes d'urgence pendant que Marius était allé prendre l'air, assis par terre à côté de son camion, se laissant happer par le froid glacial de l'hiver. À la fin de l'intervention, ils étaient remontés dans le camion en silence et ce dernier roulait en direction de la caserne quand un appel d'urgence les avait obligés à rebrousser chemin vers l'extérieur de la ville.

Marius repense encore à cet homme en sortant de la douche et en enfilant des vêtements propres. Il se rend alors compte avec effroi que sa tenue n'est pas du tout adaptée à un soir de réveillon chez Paul, avec Claire qui va avoir une nouvelle fois mis les petits plats dans les grands. À cet instant, Paul, encore en uniforme, le rejoint dans le vestiaire.

— Paul, on a quand même un méga problème !

— Quoi ?

Silencieusement, Marius essaie de faire comprendre son dilemme à son ami qui ne saisit pas la gêne éprouvée et ce, même quand le jeune pompier penche sa tête en direction d'une vieille paire de baskets qu'il vient d'enfiler.

— Ben quoi ?

— Est-ce que tu crois vraiment que Claire va goûter l'idée de voir débarquer dans son salon digne d'une vitrine du Bon Marché un mec qui tient plus de Nicolas le Jardinier que de Hugh Grant en Premier ministre londonien ?

— Tant que tu n'essaies pas de jouer les Bradley Cooper avec belle-maman, ne t'en fais pas, ça devrait bien se passer. Claire n'est clairement pas la femme la plus accueillante de la planète mais elle sait qu'on sort de garde. J'irai me changer en rentrant. Si besoin, je te prêterai le pull traditionnel de la soirée.

— Il est rouge avec des flocons tricotés ?

— Vert avec la tête d'un élan !

— Paul, tu sais faire rêver tes amis, toi !

Les deux compères repassent par la salle dans laquelle tous croisent les doigts pour qu'aucune sonnerie ne retentisse au cours de la nuit. En trois gorgées à peine, ils sifflent leur bière respective et saluent leurs collègues avec des gestes plus appuyés qu'à l'accoutumée. Marius et Paul quittent la caserne et rejoignent le véhicule de l'aîné. Si celui-ci a l'allure d'un quadragénaire au cœur léger, prêt à retrouver sa famille et à attendre le Père Noël en faisant tourner les serviettes après minuit, Marius garde un air renfrogné.

— Oh, en revanche tu te colles un sourire aux mandibules, play-boy ! Tu ne viens pas à la maison pour faire la gueule !

— Oui, pardon, mon Paulo ! T'inquiète, ça va aller.

— Ne t'emballe pas non plus ! Je n'ai pas vu belle-maman depuis qu'elle est arrivée. Si ça se trouve, elle est d'une humeur de chien.

— Je vais la détendre, Yvette ! Je suis fort pour ça !

En un claquement de doigts, Marius redresse son torse et se réapproprie son rôle de don Juan. Les deux hommes s'installent dans le véhicule. Paul met le moteur en route et se tourne avec un air malin vers son ami.

— Le jour où tu finis par la draguer elle, je te jure que je te fais interner !

— Paul, je suis un gentleman. Tu me connais !

— Un gentleman ? Tu te calmes, 007 !

— Imagine Yvette en bikini sortant de l'océan !

— Mais que tu es con !

Au fur et à mesure que la voiture se rapproche du village dans lequel vit Paul, à quelques encablures de la caserne, Marius, grâce à une discussion décousue avec son ami, parvient à se détendre. Mais il n'oublie pas pour autant l'histoire qu'il vit depuis plusieurs mois avec Charlotte. Cette femme a fini par hanter toute sa vie. Il sait à quel point les conseils de Paul sont précieux aujourd'hui. Il ne pouvait pas prendre le risque de lui courir après ce soir et de se retrouver face à un mur qui n'avait peut-être pas le temps, peut-être pas l'envie. Et Marius est fatigué de devoir rester dans l'ombre. Habituellement, il aime pavaner, se donner fière allure et être le centre d'intérêt d'une assemblée. Depuis sa rencontre avec Charlotte, la passion l'a emporté sur tout le reste, Marius acceptant de jouer les clandestins pour pouvoir serrer une femme dans ses bras. Et il se rend compte ce soir, peut-être plus que n'importe quel autre, que ce n'est pas normal que cela se passe de cette manière, qu'il ne dise rien et, pire, qu'il en souffre. Alors que, instantanément, son visage se ferme de nouveau, Paul le remarque rapidement et ne manque pas d'intervenir.

— Il nous reste moins de cinq minutes pour en parler.

— De quoi ?

— Des raisons qui font que le jeune homme que tu es a perdu toute joie de vivre depuis plusieurs semaines. Et je parle bien *des* raisons. Car il n'y a pas que cette médecin qui est en train de te tourner la tête.

Comme toujours, Paul tape dans le mille.

— Quand je suis avec elle, j'oublie tout le reste, y compris le fait qu'elle est mariée et qu'elle a deux mômes. On passe du bon temps. On parle beaucoup. De tout. De rien. Presque comme un couple, mais on n'en est pas un et j'ai le sentiment qu'on ne le sera jamais. Et puis, il y a tout le reste du temps où je suis seul, au travail, avec toi, avec les patients, nos amis. Et là, je revis finalement. Je ne suis plus à l'ombre de son adultère. C'est étrange de ressentir cela alors qu'elle est un véritable rayon de soleil. Mais elle me manque tout le temps quand je ne la vois pas.

— OK ! Et ce sont quoi, les options, maintenant ?

— J'aimerais aller la voir, lui parler, jouer cartes sur table, lui poser un ultimatum. Mais je crains tellement qu'elle mette fin à tout sans réfléchir parce que je lui demande de faire un choix que je préfère ne pas m'aventurer dans cette direction.

— Et donc tu vas attendre que les rayons finissent par te brûler la peau et les neurones, idiot ?

— Touché !

— Attends qu'on soit à la maison. Je suis curieux de savoir si c'est Yvette ou Claire qui va te couler, mon pote !

Les deux amis finissent par rire encore une fois. Et l'atmosphère s'allège de nouveau. Arrivé devant la maison familiale néanmoins, Marius émet un doute soudain.

— Tu es sûr que Claire ne va pas râler ?

— Mais depuis quand tu es aussi attentionné vis-à-vis des femmes, toi ? Et qui plus est, de la mienne ?

Ils se dirigent vers l'entrée. La température est glaciale. Alors qu'ils sont encore à l'extérieur, ils sont accueillis par une mélodie qui les fait bien plus frémir que le froid ressenti.

— Ne me dis pas qu'on va passer la soirée avec Mariah Carey ? Je suis capable de rentrer à pied pour échapper à ça !

— Et tu es loin d'avoir tout vu, mon Marius !

Paul s'engouffre le premier à l'intérieur de la maison. Il n'a pas le temps de laisser entrer son ami.

— Ah ben alors le saint-bernard, c'est à cette heure-ci qu'on rentre ?

— Bonsoir Yvette !

Positionné derrière son ami, Marius est obligé de se mordre les lèvres pour ne pas éclater de rire. Il connaît déjà la belle-mère et sait que, potentiellement, la soirée peut vite se transformer en vaudeville qui ferait pâlir d'envie Labiche et Feydeau réunis.

— Oh mais dis donc, tu ne nous avais pas prévenus que tu ramenais de la compagnie ce soir. Ça n'est pas très poli pour la maîtresse de maison qui a déjà dressé le couvert.

— Ne vous en faites pas, Yvette, il va manger sur la table et avec les doigts.

Marius ne peut réprimer plus longtemps son hilarité.

— Bonsoir Yvette ! Vous allez bien ?

— Ah mais c'est vrai que je vous connais, vous ! Mais quand je vous ai vu la dernière fois, vous ne ressembliez pas à un sans-culotte, mon petit !

Les deux hommes se déchaussent dans l'entrée et se regardent silencieusement, prêts à affronter les foudres de la belle-mère.

— Dites-moi, Yvette, vous êtes resplendissante ce soir ! C'est une nouvelle robe ?

— Depuis quand tu t'intéresses à ma garde-robe, toi ? Tu n'es même pas fichu de faire la différence entre des manches bouffantes et un format chauve-souris.

— Un format quoi ? On vous colle des ailes dans le dos du chemisier ?

Alors que les yeux d'Yvette prennent une forme particulièrement inquiétante tandis qu'elle regarde Paul, les enfants de ce dernier finissent par arriver dans l'entrée. Ils lui sautent dessus, ce qui attendrit intensément le père de famille et son ami. Tyna, huit ans, et Jules, cinq ans, sont déjà à la fête.

— Hey tonton Marius, tu viens attendre le Père Noël avec nous ?

— Tu veux, petit Jules ?

— Mais je ne suis pas petit ! Je suis haut comme quatre pommes !

— Quatre ?

— Ben oui ! J'ai grandi ! C'est la maîtresse qui l'a dit !

— Celle de l'école hein, Marius, ne confonds pas !

Cette dernière phrase est quasiment jetée au visage de Marius par Claire, la femme de Paul, qui, ayant entendu le brouhaha dans l'entrée, a rejoint l'attroupement. Fière de son bon mot, elle s'approche des deux hommes en souriant.

— Surtout, chérie, ne tente jamais une reconversion dans l'humour. Tu t'y casserais les dents et ton implant à dix mille euros.

— Moi aussi, je suis ravi de te voir, Claire.

Marius, pas très à l'aise, remarque que, si la femme de Paul est venue l'accueillir en lui faisant une bise plutôt chaleureuse, elle ne s'est absolument pas rapprochée de son mari, et ne l'a salué ni par un baiser ni par un geste tendre.

— Alors, comment il va, le play-boy de la caserne ?

— Tu parles de moi là, ma chérie ?

— Toi, du play-boy, il reste à peine le boy. Va donc ouvrir la bouteille de rouge pour ton ami. La dinde est bientôt prête et maman ne supportera pas de manger froid ou trop cuit. Les enfants, allez donc regarder un dessin animé en attendant qu'on passe à table.

La tension est plus que palpable et Marius a la sensation d'être pris au piège dans un mauvais film. Il regarde Paul avec insistance, lequel ne cherche qu'à fuir son ami.

— Je vais bien, Claire, je te remercie. Je suis désolé de débarquer un peu à l'improviste ce soir. Je ne voulais pas m'inviter. C'est Paul qui a insisté.

— Tant que c'est toi, ça ne me dérange pas. Tu sais que ce soir, c'est important pour moi. Tu es tout seul ?

— Eh oui !

— Tu n'as toujours pas réussi à faire céder la toubib à ton charme ravageur ? Demande à Paul, il va te donner des cours. Il est devenu expert en la matière récemment.

Marius regarde son ami de manière de plus en plus pressante, laissant transparaître ses interrogations quant aux attaques de sa femme.

— Marius, tu viens ? On va se servir un verre le temps que le repas soit servi. Si cela ne te dérange pas, Claire !

— Depuis quand tu te préoccupes de ce que je peux penser de tes faits et gestes ? Allez dans le salon d'hiver, vous y serez mieux que dans la salle à manger. Maman et les petits vont finir par se battre. J'ai peur que cela ne se termine en pugilat avant minuit.

Claire disparaît en direction de la cuisine. Paul et Marius se dirigent tous les deux vers le salon d'hiver, dans lequel ils passent ensemble beaucoup de temps quand Marius est là. C'est leur refuge. Le lieu dans lequel ils refont les interventions, revivent les urgences, les blessures, les écueils, les peurs, les angoisses. Il n'est pas rare qu'ils vident là de nombreuses bouteilles d'alcool, la nuit durant, en essayant d'oublier les horreurs, le sang, les cassures et, parfois, la mort. Ce soir, alors que Mariah Carey s'époumone de nouveau entre les murs de la maison, ils se retrouvent comme deux âmes esseulées, conscients l'un comme l'autre qu'ils ne vont pas parler de leur journée mais bien de leurs vies respectives.

— Tu es surpris hein, minot ?

Paul a lancé cette phrase comme on jette une bouteille à la mer, s'attendant à ne rien recevoir en retour de la part de son collègue et ami. Mais Marius n'est pas de cette trempe et compte bien faire parler celui en qui il a placé toute sa confiance depuis de nombreuses années.

— Tu m'expliques ?

Paul sert deux grands verres d'un breuvage rouge écarlate.

— Tu veux savoir quoi ?

— Ben tout !

Paul éclate d'un rire qui laisse transparaître toute la nervosité qui l'accable.

— Paul, je sais bien que ta femme n'est pas la nana la plus cool de cette planète et que vivre avec elle pourrait vacciner tous les mecs qui me ressemblent contre l'idée de se mettre en couple de manière très officielle. Mais tu as l'air si heureux dans la vie de tous les jours. Alors que là…

— Tu te dis que je cache bien mon jeu ?

— Je me dis que j'ai clairement raté un wagon au cours de ces derniers mois !

— C'est ta toubib qui t'aveugle !

— À d'autres, gros malin ! Ce n'est pas parce que je suis paumé que je ne comprends rien. Et ce que je vois ce soir ne me rassure pas du tout quant à ta situation personnelle !

Sans crier gare, des larmes roulent silencieusement le long des joues de Paul, laissant Marius dans un état de sidération. Il n'avait rien vu venir.

— J'ai merdé, mon Marius ! J'ai merdé comme jamais. Et elle me le fait payer désormais. Et crois-moi, vivre avec Yvette, à côté de ce qui m'attend, c'est une promenade de santé…

2

Paul

L'été dernier

Paul termine une nouvelle garde en compagnie de Marius. Depuis quelques jours, sa vie de famille est devenue un enfer. Claire a été promue sur un nouveau poste de direction dans son entreprise. Elle ne jure plus que par cette nomination et le bulletin de paie qui va en découler. Il est épuisé et ne parvient plus à éloigner les pensées négatives qu'il trimballe avec lui du matin jusqu'au soir. Il n'en parle pas, préférant essayer de donner le change au quotidien mais son moral fluctuant prend souvent le dessus. Il n'est plus aussi attentif au cours des interventions et il sait que Marius ou ses autres collègues finiront par s'en rendre compte tôt ou tard. Et ce soir, il est presque soulagé que son ami lui ait proposé de rentrer seul à la caserne, trop occupé à aller retrouver sa toubib qu'il fréquente en cachette depuis quelques semaines. Ce soir, il vient de déposer un jeune homme blessé dans un accident du travail. Paul a fait rire le blessé durant l'intervention, lui permettant d'oublier la douleur et l'angoisse. Aline, l'infirmière que Marius a fréquentée par le passé et avec laquelle ils se sont liés d'amitié, est là. Ils sont tous les deux dans le hall de l'hôpital, fourbus par les dernières heures qui ne leur ont laissé aucun répit. Ils se dirigent ensemble vers la sortie, là où les attend le véhicule rouge et rutilant. À peine dehors, Paul pousse un profond soupir en allumant une cigarette.

— Eh ben, ça n'a pas l'air d'aller, Paul ?

— Oh j'ai connu mieux.

— Tu veux en parler ? C'est Claire ?

— Elle est complètement absente depuis qu'elle a eu sa promotion.

— Tu as essayé de lui en parler ?

— Claire n'écoute pas. Elle ne voit que par sa mère. Même les enfants, elle ne les regarde plus.

Aline se sent désemparée face au malaise de Paul.

— Vous avez terminé votre garde ?

— Oui, on s'apprêtait à rentrer à la caserne. Mais Marius a préféré rentrer par ses propres moyens ce soir. Donc je vais ramener le camion tout seul et j'irai me reposer.

— Bien ! Moi aussi, je viens d'achever vingt-quatre heures dignes des meilleures séries médicales américaines.

— À ce point ?

— Tu t'accommodes de Marius ! Moi, je tente d'en faire autant avec des équipes épuisées, des patients qui sont devenus des clients sans qu'on s'en rende compte et des dirigeants qui gèrent l'ensemble comme on s'occuperait d'une multinationale qui s'apprêterait à faire son entrée en bourse.

— Eh bien, ma foi ! Tu as le moral, Aline ! À côté, supporter Marius, c'est le jeu de l'oie pour un enfant de quatre ans !

Ils partent ensemble dans un fou rire incontrôlable. Ce moment entre un quotidien épuisant où les blessures côtoient les joies et les peines de la vie et la réalité de ces deux êtres que beaucoup de choses opposent semble hors du temps. Il ne tient qu'un instant mais il semble durer une éternité que Paul ne voudrait surtout pas interrompre.

— Quelques membres de mon équipe et moi, on se retrouve dans vingt minutes au bar de la rue principale. Il reste ouvert toute la nuit quand on est de garde. Ça te dit, de nous rejoindre ?

— Ce serait avec plaisir mais je dois aller retrouver ma famille.

Paul vacille brièvement sur ses jambes. L'idée de ne pas rentrer ne lui était jamais venue à l'esprit. Mais ce soir, il se voit bien laisser les enfants à Yvette, à Claire qui ne s'en préoccupera pas et à la télévision qu'ils dévorent sans limite à défaut de se faire dévorer par l'amour d'une mère absente.

— Euh… Oui… Je… Enfin…

— Tu n'as pas l'air dans ton assiette, Paul. Tu es sûr que ça va ?

— C'est la fatigue, sûrement !

Paul rit de nouveau bruyamment.

— La fatigue, oui ! Tu es sûr ?

— Aline ! Oui, crois-moi, je suis juste épuisé par les gardes qui s'enchaînent. On n'a pas un moment de répit.

— Ils sont cons aussi, ces gens qui font des chutes au milieu de la nuit à plus de quatre-vingts balais, tu ne trouves pas ?

Les éclats de rire repartent de plus belle.

— Allez ! Va pour un petit tour au bar tout à l'heure. Je dépose le camion, je me change et je vous rejoins.

— OK ! À tout à l'heure !

Sur le trajet jusqu'à la caserne, Paul ne peut s'empêcher de se faire quelques remarques intérieures très attendues. *C'est juste un verre. Un verre après une garde. Un verre entre collègues. Claire n'en saura rien. D'ailleurs, elle pourra bien le savoir. C'est juste un verre. Un verre après une garde. Une rencontre entre collègues après de longues heures de travail.*

À la caserne, Paul range ses affaires, prend une douche et enfile une tenue civile. Il quitte les lieux le cœur plutôt léger mais pétri d'angoisse à l'idée de ne pas rejoindre directement son domicile. En arrivant au bar qu'il a rejoint à pied, Paul repère tout de suite l'attroupement au milieu duquel Aline semble se complaire en toute simplicité. Lorsqu'elle le voit, elle s'exclame en levant son verre.

— Voilà le patron de la caserne !

Ils sourient et tous les visages se tournent instantanément vers le principal intéressé qui n'en mène pas large. Paul repère assez vite des visages familiers et se joint au groupe sans difficulté. Il commande une bière et se mêle naturellement aux conversations déjà engagées. Ils refont une opération en reproduisant certains gestes, se remémorent les résultats d'un scanner, la gueulante d'une patiente fortement alcoolisée, le départ d'un petit garçon considéré en rémission d'un lymphome. Paul évoque le dernier patient déposé et son échange plein d'empathie avec un homme qui avait voulu en finir et qu'il a fallu ramener à la vie.

— Je lui ai parlé des matchs de foot de la saison en le massant.

— Comment tu arrives à parler de ça au milieu d'une intervention ?

— Je ne sais pas… J'ai l'habitude de parler aux gens pour leur faire oublier qu'ils sont en train de vivre un truc pas drôle. Alors, bien souvent, je leur parle de l'actualité ou des choses que je vois dans leur résidence ! Là, le type avait des affiches du championnat accrochées à son frigo.

— Et ça fonctionne ?

— La plupart du temps, les patients arrivent à se détendre. Évidemment, ce n'est pas un produit morphinique mais je suis certain que le mental joue un rôle fondamental dans les situations d'urgence !

Les regards sont discrets. Pourtant, ils ont traversé ce qu'il reste de nuit avec autant de bonheur que les conversations à bâtons rompus autour du bar. Au moment de quitter les lieux, Aline et Paul sont l'un à côté de l'autre. Ils ne se parlent pas, laissant la ferveur de cette nuit s'enfuir du bistrot avec le peu de force qu'il reste à chacun. Chacun part vers son univers sans demander son reste, les laissant seuls tous les deux sur ce trottoir sans âme.

— Tu rentres comment ?

— Euh… Je… J'ai laissé ma voiture à la caserne.

— La borne de taxi est un peu plus haut, tu m'accompagnes ? On se partagera la voiture si tu veux ! je vais déposer le capitaine avant de rentrer ! Pour une fois que la petite infirmière prend en charge un gradé !

L'éclat de rire d'Aline vient parfaire l'instant. Ils se dirigent tous les deux vers des véhicules qui ont l'air de les attendre.

Sans difficulté et très rapidement, un chauffeur leur fait signe de le rejoindre.

— Il vaut peut-être mieux qu'on te dépose d'abord, non ? La caserne n'est pas si loin.

Sans répondre, Paul s'engouffre dans le véhicule, laissant Aline avec son interrogation et sa mâchoire proche de la chute. Elle met quelques secondes à s'asseoir à ses côtés. Le conducteur fait vrombir le moteur du véhicule et jette un œil surmonté d'un sourcil qui se courbe franchement sur ses passagers par l'entremise du rétroviseur. Aline regarde en direction de Paul qui a posé son front contre la vitre, le regard perdu au loin. Lui aussi semble attendre que quelque chose se produise. Aline, prise de court, donne son adresse. Le véhicule démarre aussitôt. Le silence s'installe et personne ne vient tenter de le rompre. Le trajet ne dure pas plus de quinze minutes mais le temps s'est arrêté et le palpitant d'Aline ne cesse de s'emballer. Pourquoi Paul n'a-t-il pas donné l'adresse de la caserne située à quelques centaines de mètres ? Pourquoi veut-il qu'elle soit ramenée en premier ? Pourquoi ne dit-il rien ? Pourquoi colle-t-il son front à la vitre comme ça, comme si elle n'existait pas ?

Le taxi se gare mal devant un petit immeuble.

— Voilà m'sieur dame ! Alors, ça vous fera trente-sept euros cinquante, s'il vous plaît !

Avant qu'Aline ait eu le temps d'expliquer que la course n'est pas terminée, Paul sort de la voiture de son côté et claque la portière sans réelle délicatesse. Aline paye le chauffeur mais perd progressivement le peu d'assurance qui lui restait quelques heures auparavant. Elle sort à son tour du véhicule et s'en éloigne pour le laisser partir. Elle s'approche alors de Paul, telle une enfant apeurée devant une grande personne inconnue.

— Tu m'invites à boire un dernier verre ?

— Mais… Euh…

— Un dernier. S'il te plaît !

Sans réfléchir, elle le précède en direction de l'immeuble. Des situations comme celle-ci, Aline en a déjà vécu plusieurs dizaines, notamment avec Marius. Les rencarts d'un soir qui se terminent chez elle ou chez l'autre et qui ne présagent rien d'autre. Les rencontres improbables au cours desquelles on ne se promet rien mais où on profite de tout. Elle a invité d'autres garçons avant Paul. Cependant, elle le sait, ce qu'elle ressent au moment de s'engouffrer dans l'immeuble, c'est une première. Une première qu'elle n'oubliera jamais.

Elle le précède et avance d'un pas déterminé. Quand ils arrivent dans le hall, elle lui laisse le choix entre l'ascenseur et l'escalier.

— Je suis au cinquième étage.

— Va pour la machine !

Ils se retrouvent tous les deux dans moins de deux mètres carrés. Habituellement, Aline est plutôt du genre entreprenant. Là, elle se colle au mur et cherche à se faire toute petite dans cet espace restreint. Elle connaît le bout de ses chaussures par cœur à force de les regarder. Paul la dévisage sans un mot. La tension électrique pourrait faire fonctionner toutes les lumières de Las Vegas. L'aube se lève au-dehors et Aline croise les doigts pour ne rencontrer aucun de ses voisins et ne pas donner une nouvelle fois une piètre image de ce qu'elle est. Une fille facile qui profite de la vie et de ses avantages. Tout en pensant à cela, elle se remémore rapidement l'état de son appartement quand elle l'a quitté la veille. N'étant pas la reine du rangement, elle se souvient avoir laissé de la vaisselle dans l'évier et certainement des vêtements sales à quelques encablures du panier à linge.

Au bout de quelques instants, l'ascenseur se fige. Aline en sort la première et se dirige vers l'entrée de son appartement, distante d'une vingtaine de mètres. Elle entend Paul la suivre et perd une nouvelle fois ses moyens au moment de récupérer ses clefs au fond de son immense sac à main qu'elle trimballe chaque jour à l'hôpital. Elle le jette sans ménagement au sol et s'énerve en ne parvenant pas à mettre la main sur son trousseau plus vite. Paul pose une main sur son épaule, ce qui la fait brutalement sursauter.

— On a le temps, Aline ! Ma prochaine garde n'est que ce soir.

Il sourit faiblement. Un sourire dans lequel Aline lit de la sagesse, une part d'excitation, d'angoisses, d'interdits et de liberté. Elle parvient à se calmer et à trouver le sésame. Elle ouvre la porte et laisse passer Paul qui entre sans aucune hésitation, sans un mot. Elle le rejoint, dépose son sac et referme derrière elle la lourde porte blindée. Elle se retourne et voit Paul fondre sur elle. Il l'entoure délicatement de ses bras et pose ses mains dans son dos. Elle repose sa tête contre son torse. Comme si elle allait pleurer. Comme si elle voulait juste se blottir contre lui. Comme si elle n'avait envie que d'être bien, apaisée.

Elle l'enlace à son tour et Paul l'embrasse sur le haut de son crâne. Il n'a aucune assurance de bien faire, persuadé de vivre un moment intense qu'on ne connaît qu'une fois dans sa vie. Aline relève sa tête et dépose un baiser sur ses lèvres. Il le lui rend tendrement. Ils sont toujours dans l'entrée, donc Aline attrape la main de son invité et s'apprête à le guider vers sa chambre. Mais elle sent une résistance immédiate.

— Je veux juste boire un dernier verre.

Elle lâche sa main. Dans un mouvement de recul, elle se dirige seule vers l'intérieur de l'appartement en ne quittant pas le regard de Paul.

— Entre !

Il se déchausse et la suit. Il découvre un appartement à la décoration sommaire. Ni rangé, ni en bazar. Des murs blancs. Un coin cuisine. Un large canapé. Une table haute avec deux tabourets de bar. Pas de plante, ni de photographie. Un lieu qui pourrait être occupé par n'importe qui, n'importe quand.

— Tu veux quoi ?

— Tu me proposes quoi ?

— Alcool ou pas ?

— Cocktail ?

— OK !

Aline s'affaire avec plusieurs bouteilles. Il ne pouvait pas forcément s'y attendre mais Aline a tout l'attirail d'une barmaid expérimentée. Le cliché intégral. Il s'attend à voir les Beach Boys sortir d'une pièce attenante et se mettre à fredonner *Kokomo*, comme dans le film. Au bout d'une dizaine de minutes, elle dépose devant lui un verre immense surmonté de plusieurs feuilles de menthe.

— Je ne suis pas certaine que l'heure soit bonne pour un mojito.

— Il n'y a pas d'heure pour les bonnes choses !

Ses yeux sont emplis d'une malice tendancieuse. Aline ne comprend pas très bien ce qu'il veut ni les raisons qui l'ont poussé à venir chez elle. Elle est plus habituée à passer des morceaux de nuit avec des types comme Marius qui se moquent éperdument des glaçons et de ses talents de serveuse. Généralement, ses conquêtes ne doivent même pas se souvenir de la couleur des meubles. Elles ne font que passer et ne reviennent que pour la même chose. Dans une situation similaire avec une autre personne, elle emploierait les grands moyens pour passer à l'acte, tout en respectant les envies souvent furieuses de son partenaire du moment. Mais là, Aline ne sait pas quoi faire, ni quoi dire.

Elle aimerait pouvoir appeler Marius ou lui envoyer un message. Il lui dirait certainement quoi faire dans ce genre de situation. Parce que, pour une fois, elle veut faire les choses bien et éviter de tout gâcher en disant un mot de travers ou en faisant un geste déplacé. Que lui dirait-il ? « Vis le moment ! Et évite de lui sauter dessus si tu sens qu'il n'en a pas envie ! » En revanche, si Marius connaissait toute la situation, il passerait certainement un temps infini à l'engueuler. « Un mec marié ? Et qui plus est, mon meilleur ami ? Il te les faut tous, c'est ça ? Tu veux gâcher ta vie et la sienne ? Tu veux détruire une famille ? Il a des mômes, bordel ! » Seulement, Marius, elle ne lui a pas réellement parlé depuis plusieurs semaines donc il ne lui dirait rien de plus que de simples banalités. Pourtant, elle pouvait en quelque sorte compter sur lui et lui demander quoi faire dans ce genre de circonstances. Alors que là, Aline se sent étrangement seule et mal à l'aise face à cet homme plus âgé qu'elle, qui lui fait un drôle d'effet alors qu'elle croyait plutôt bien le connaître et qu'elle ne se serait jamais imaginé l'amener chez elle. Elle avale quelques gorgées de son cocktail sans oser le regarder dans les yeux alors qu'elle sent qu'il la dévisage de plus belle.

— Tu ne me demandes pas pourquoi ?

— Pourquoi quoi ?

— Pourquoi je suis là ? Pourquoi je ne te saute pas dessus comme tous les autres pompiers qui ont dû passer de chaudes nuits ici ?

— Tous ? Il n'y a que Marius qui sait où j'habite. Ne sois pas si désobligeant, Paul !

— Pardon ! Je ne voulais pas dire ça.

— Alors, pourquoi es-tu là ?

— Je ne sais pas.

— Ah…

— Enfin, je sais pourquoi je suis avec toi mais pas pourquoi je suis chez toi.

— Euh… Désolée, ce n'est pas hyper limpide comme explication.

— Je sais !

Aline boit son mojito comme si elle s'hydratait avec de l'eau. En quelques gorgées, elle tord le cou du cocktail préparé.

— Je peux dormir avec toi ?

— Ghrdbrbbdfh !

Aline recrache une partie de sa boisson et avale l'autre partie de travers. Prise d'une toux assez violente, elle se précipite vers l'évier, attrape le premier récipient qui lui passe sous la main pour avaler une grande rasade d'eau.

— Si tu as ce genre de réactions à chaque fois qu'un homme dort avec toi, je ne suis pas certain de bien comprendre les raisons qui font que toutes les filles de l'hôpital disent de toi que tu es pire qu'un mec en termes de séduction !

Aline reprend doucement son souffle, piquée non seulement par la question de Paul mais aussi par ses révélations concernant l'image que les autres peuvent avoir d'elle, même si elle ne se cache que rarement de sa liberté.

— C'est la première fois ?

— La première fois que quoi ?

— Que le pompier heureux et époux parfait découche !

À cet instant, Aline sait qu'elle peut voir Paul partir avec pertes et fracas. Mais tant qu'à être dans un échange direct et transparent, elle se prend au jeu et se débarrasse de son angoisse et de son malaise d'un revers de la main.

— Touché !

— Je vais attendre un peu avant de te couler alors.

— Oui !

— Oui ?

— Oui, c'est la première fois !

Paul descend de son siège de bar et se dirige vers la baie vitrée de l'appartement. Cinq étages plus bas, la journée démarre pour bon nombre d'habitants. Il y a les départs à l'école, les transports en commun, les allées et venues des familles, les travailleurs pas encore réveillés et ceux qui n'ont pas dormi. Paul surveille ce ballet qui ne leur est pas si familier. Étant donné leur métier, ils ont un rythme inverse de celui du plus grand nombre. Ils se lèvent quand la majorité dorment à poings fermés. Ils dînent pendant que les autres prennent leur petit déjeuner. Ils ne peuvent faire des courses ou se balader que sur leurs jours de repos et cibler des lieux dont les horaires sont extensibles. Ils ne vivent pas comme les autres et les autres ne vivent pas comme eux, ce qui, bien souvent, crée des incompréhensions et des malaises profonds.

— Et pourquoi ?

— Je ne me sens plus très vivant dans mon costume de celui qui a tout réussi. J'en ai marre de jouer un rôle tous les jours. J'aimerais redevenir celui que je suis. Amoureux de la vie. Passionné par son métier. Surpris et surprenant dans un couple. Dans son couple.

— Et la petite infirmière, c'est quand même LA nana qui peut tout changer à cet ennui, c'est ça ?

Paul soupire et lui fait face.

— Si j'avais voulu me faciliter la tâche, je me serais inscrit sur un site spécialisé et j'aurais prétexté des colloques de pompiers aux quatre coins de la France pour aller renverser des inconnues en mal de sensations fortes.

Aline est choquée par cette vulgarité soudaine qui ne lui correspond pas et qui lui révèle violemment le mal-être de Paul.

— Je suis fatigué.

— La salle de bains est juste là. Tu peux l'utiliser à ta guise.

— Je te remercie.

— Je te prépare la chambre.

— Je veux dormir avec toi.

— Avec mon linge sale, mon maquillage et mes magazines éparpillés partout aussi ?

— C'est en option ?

— C'est généralement compris dans le packaging mais je vais te faire cadeau de ce fardeau qui fait de moi le plus gros cliché de ce siècle.

— C'est gentil !

Paul part s'enfermer dans la salle de bains pendant qu'Aline joue maladroitement les fées du logis dans sa chambre. Elle se déshabille rapidement, enfile la première tenue décontractée sur laquelle elle met la main et retourne dans son salon. Elle se prépare un thé alors qu'elle entend l'eau s'écouler. Elle n'a aucune envie de le rejoindre. Elle sait que ce n'est pas ce qu'il attend. Elle le respecte. Elle attend en se désaltérant machinalement. Elle attrape son téléphone portable qu'elle ne regarde pas souvent quand elle est chez elle. Elle a reçu un message d'une collègue qui a pris sa garde à son tour.

T'es rentrée ?

Il y a une petite heure.

Seule ?

T'es infirmière. Pas policier !

Seule ?

Sans ton mec !

Andouille !

Je me demande souvent
pourquoi tu es mon amie !

Seule ?

À ce soir !

— Un prétendant ?

— Une collègue !

Paul sort de la salle de bains. Il porte simplement un large tee-shirt qui couvre à peine un caleçon. Son corps ne porte aucun stigmate. Il a des jambes très musclées. Il n'est pas très grand. En d'autres circonstances, la durée de vie de ses vêtements serait très faible. Mais là, Aline prend un plaisir simple à le regarder.

— Je vais me coucher. Je commence une nouvelle garde ce soir et je veux pouvoir récupérer.

— OK ! Je te rejoins bientôt.

— OK !

Alors qu'il se dirige vers la chambre, Aline hèle son invité.

— Paul ?

— Oui ?

— Je... euh... enfin... Je voudrais... Tu... Euh... Il...

— Ma femme ne m'attend pas. Elle est en déplacement cette semaine. Mes enfants sont avec Yvette, ma belle-mère envahissante et, ensemble, ils savent très bien se débrouiller sans moi. Je les ai prévenus en sortant de la caserne que je ne rentrerais peut-être pas.

— Mais ? Tu savais ?

— Que je viendrais avec toi ? Non. Je n'en étais pas certain mais j'en avais très envie.

Paul part se coucher sans ajouter d'autre mot, laissant Aline seule face à cette explication. Il n'a jamais rien laissé paraître. Ni ce soir, ni les autres jours, donnant le change sur son image de professionnel sérieux et imperturbable. Elle se refait le film.

Lorsqu'Aline rejoint Paul dans son lit, elle se sent comme une étrangère dans sa propre chambre. Il s'est assoupi mais ne tarde pas à s'éveiller légèrement quand il sent son hôte s'installer à son tour. Il se tourne vers elle.

— J'imagine que tu ne comprends pas très bien.

— Pas très bien, effectivement.

— Tu veux savoir quoi ?

— Depuis quand ?

— Depuis quand quoi ?

— Depuis quand je te plais.

— Je ne t'ai jamais dit que tu me plaisais !

— Ah !

— Oui, tu me plais beaucoup. Je le sais depuis longtemps finalement. Cela fait quelques années que ton côté femme libérée attire bon nombre de mecs, Marius en tête. Mais je ne fais pas exception finalement.

Toujours cette foutue réputation qui la précède. Si elle en joue la majeure partie du temps, Aline en souffre à cet instant.

— Alors, pourquoi aujourd'hui ? Pourquoi pas avant ?

— Je ne t'apprends rien. Je suis marié. Et je suis le cliché total du type qui a réussi sa vie. Ma femme et moi nous sommes rencontrés sur les bancs du lycée. Nous avons tout fait dans l'ordre. Nos études. Les fiançailles. Le mariage. Un premier enfant. Puis un second quelques petites années après parce qu'on les voulait rapprochés. Une fille et un garçon. Le choix du roi. Un appartement en location. Puis une maison qu'on a fait construire. Les vacances d'été à la mer. Les vacances d'hiver au ski. La bande d'amis qu'on voit régulièrement. Un métier qui m'a permis de trouver un équilibre certain. L'agrandissement de la maison et de la bande d'amis. Des tracas quotidiens. Mais rien de grave. Et la routine…

Aline plonge de nouveau ses yeux dans ceux de Paul. Ils ne se parlent pas. Ils se découvrent. Et Aline, derrière le corps musclé et le visage rayonnant, découvre une fatigue, une lassitude, un besoin d'autre chose, de changement, des rides aux coins du cœur qu'on veut effacer en bravant les interdits.

— Elle ruine une vie, un couple, une famille. La routine, elle vous anesthésie. Elle vous transforme en machine en annihilant les sentiments. C'est une autoroute sans péage ni sortie. Une longue ligne droite qui donne sur un horizon ultra dégagé. Il n'y a aucune saveur, pas de tournant, pas de ralentissement. J'ai tenté de modifier la trajectoire à quelques reprises en proposant à mon épouse de changer nos habitudes. Mais je ne fais pas le poids face à sa carrière professionnelle faite de tableaux croisés dynamiques qui modélisent son propre quotidien. J'ai vite compris que les dos-d'âne et les nids-de-poule, je les trouverais seul, sans lui demander son avis. Je suis mon propre chef de chantier en quelque sorte.

— Et dans tout cela, je joue l'âne, c'est ça ?

Paul éclate de rire et l'image et le bruit font battre le cœur d'Aline à une vitesse qui lui est méconnue.

— Je n'avais jamais pensé à toi comme cela.

— Alors, tu as pensé à moi comment ? Je suis la jeune infirmière accessible qui va te permettre de transformer l'autoroute de ta vie, c'est ça ?

Paul reprend son sérieux brutalement.

— Au départ, oui. Quand je t'ai vue arriver les premières fois, je me suis dit que c'était ma chance et que tu jouerais suffisamment bien la dragueuse invétérée pour en profiter. Mais tu m'as surpris. Tu ne t'es pas aventurée dans un jeu de séduction et je n'osais pas faire le premier pas.

— Parce que tu crois vraiment que sauter sur un mec marié, c'est mon quotidien en dehors de l'hôpital ?

— Comment ça ?

— C'est cette image que tu as de moi ?

— Non, pas du tout. Au contraire. On sait tous que ton côté un peu « grande gueule » n'est qu'une armure.

— Donc, pour passer le temps et sortir de l'autoroute de ta vie, tu t'es dit qu'un combat entre armures, ce serait sympa ?

— Je n'ai pas forcément d'armure, moi, Aline !

— Tu es marié et je le respecte, Paul.

— La preuve !

Il sourit. Aline bouge de nouveau pour se retrouver sur le dos. Elle place ses bras sous sa nuque et fixe le plafond.

— Je ne voulais pas te blesser. Excuse-moi !

— Non, tu as raison. Je suis cette nana facile qui saute sur tout ce qui bouge et qui joue de son physique pour assouvir ses envies. Tu as complètement raison.

Paul se met sur le dos à son tour.

— Je te voyais comme ça effectivement. Et c'est presque trop facile pour moi, là. Mais finalement, ton attitude me déstabilise. Tu es si distante, si charmante, si normale.

— Tu aurais préféré que je sois la fille entreprenante dont tout le monde parle ?

— Non. Sinon je ne serais pas là. Enfin, je serais peut-être venu plus tôt mais je n'aurais fait que passer.

— Comme les autres !

Une nouvelle fois, Paul se tourne sur son flanc. Il place une main sous sa tête, prend un air grave et se lance.

— Tu sais pourquoi ils ne font que passer ?

— C'est le moment divan, c'est ça ? Monsieur le pompier va faire son diagnostic ?

— Ne te moque pas ! Je cherche à comprendre qui tu es.

— Parce que ça t'intéresse ?

— Non, je ne suis venu là que pour une bonne partie de jambes en l'air avant de retrouver les miens à l'approche de l'été et des vacances.

— Très drôle !

À son tour, Aline se repositionne face à Paul.

— Tu as un avis sur le sujet ?

— Lequel ?

— Pourquoi les hommes de ma vie ne font que passer ?

Après leurs premiers échanges, Aline et Paul ne se sont promis qu'une chose : se voir discrètement quand ils en ont envie et quand il peut. Lors de leur première nuit, qui a finalement eu lieu le jour, il ne s'est rien passé. Ils ont beaucoup discuté, tentant de se découvrir autrement l'un l'autre sans aucun jugement. Quand ils se sont quittés à l'approche de leur garde, Paul a de nouveau déposé un baiser sur les lèvres d'Aline, la laissant le cœur battant à la porte de son appartement. Le lendemain, à la fin de leurs gardes respectives, il a débarqué chez elle sans prévenir, a déposé simplement un large sac empli d'affaires dans l'entrée, l'a de nouveau embrassée et lui a dit qu'il reviendrait après une journée avec ses enfants. Et c'est ce qu'il a fait. Il est réapparu moins de vingt-quatre heures plus tard, le visage illuminé par une sérénité que personne ne semblait capable de lui retirer. Il leur a fallu moins d'une minute avant de se retrouver nus au milieu du salon, à assouvir leurs envies communes de découvrir le corps de l'autre sous tous ses angles, sans se préoccuper du reste de leur vie, laissé derrière la porte blindée de l'appartement d'Aline. Depuis, nombreux sont ces moments volés chez Aline, dans un bureau vacant à l'hôpital, dans la chambre d'un patient parti en soins, entre deux gardes, deux interventions, deux urgences. Dans un monde qui vit trop vite, qui souffre trop, qui ne s'écoute plus, qui n'écoute que la douleur et le manque, Paul et Aline se mettent en pause dès qu'ils en ont la possibilité.

Et durant l'été, ils n'ont voulu penser qu'à eux. Les enfants de Paul et sa femme, accompagnés d'Yvette, sont partis à plusieurs centaines de kilomètres dans une maison de famille afin de profiter des vacances dans un cadre différent. Les enfants ont retrouvé leurs cousins et leurs amis. Claire travaillait à distance, ne lâchant jamais très longtemps sa boîte e-mail regorgeant de demandes en tout genre. Les deux amants ont décidé de profiter de cet éloignement. Alors un soir, à la fin de sa garde et avant trois jours de repos, Aline a demandé à Paul de rentrer chez lui préparer un sac avec quelques vêtements.

— Oh ! Et on fait quoi ?

— Tu verras. Je ne vais pas tout te dire sinon je me serai décarcassée pour rien !

— OK Ducros !

Dans un élan amoureux indescriptible, Aline a préparé un court séjour loin de leurs secrets, loin de leurs habitudes, loin de leurs vies de tous les jours. Alors que les premiers barbecues et les soirées en famille se préparaient naturellement, les deux amants se sont retrouvés à l'appartement de la jeune infirmière.

— Tu es prêt ?

— À quoi ?

— À oublier tout le reste !

— Oui !

Tels deux adolescents, ils se sont échappés grâce à une petite voiture louée par Aline pour l'occasion.

Ils se sont engouffrés à l'intérieur, jetant leurs sacs sur la banquette arrière et n'ayant plus de regard que pour ce qui se présentait face à eux.

— Alors, on va où ?

— Dans les bois !

— Hein ?

— Dans les bois !

— On va jouer les apprentis aventuriers ?

— Sans eau ni électricité, exactement !

— Tu es sérieuse ?

— Évidemment !

Aline a très vite compris que la routine tant redoutée par Paul lui colle à la peau. Il a souvent peur de tout. Il ne supporte pas de ne pas avoir un certain confort matériel, se retrouve perdu s'il n'a pas sa trousse de toilette complète, ne comprend pas qu'on puisse vivre sans un aspirateur (ce qui est le cas d'Aline) et se complaît dans une forme d'autosatisfaction de savoir gérer son métier et sa vie de mari parfait vivant dans un décor en carton-pâte. Alors, elle veut le surprendre et lui permettre de lâcher prise en sortant de son univers aseptisé.

Au fur et à mesure du trajet, il perd peu à peu son assurance légendaire. S'il aime retrouver Aline, il pense qu'elle n'a pas compris à quel point la vie loin de tout en Robinson Crusoé ne le fait pas vibrer. Alors que les quartiers résidentiels s'éloignent dans leur rétroviseur, il lui donne l'impression de ne pas se réjouir face à cette surprise.

— Tu veux faire demi-tour ?

— Pas encore ! Mais mon petit doigt me dit que je ne vais pas être dans mon élément.

— Et ?

— Et tu sais à quel point je n'aime pas ça.

— Je suis là.

— Je ne suis pas certain que cela doive me rassurer.

— Eh, tu n'es pas sympa ! Tu ne crois pas que je suis capable de me battre avec un ours à mains nues ?

— Arrête, tu n'es pas drôle, Aline !

— Tu mens. Mon humour est aussi légendaire que ma réputation et tu le sais. Ne dis pas le contraire.

Pour ne pas le froisser ou pour oublier qu'il ne se sent pas à l'aise face à l'inconnu qui l'attend, Paul plonge l'habitacle du véhicule dans le silence. Après trois heures de route, sur une grande ligne droite, Aline ralentit assez soudainement à l'approche d'un carrefour. Un panneau presque invisible et à peine lisible indique sobrement « La bulle ». La voiture s'engage sur un chemin mal entretenu et parcourt une petite dizaine de kilomètres à travers une épaisse forêt avant de s'arrêter dans une large clairière. Pas âme qui vive d'après les premières constatations de Paul dont la bonne humeur s'est fait la malle subrepticement. Aline le regarde. Elle a les yeux d'un enfant qui sait qu'il va surprendre ses comparses. Paul ne sait plus s'il doit se fâcher ou se laisser porter par cette femme qui lui redonne le goût de l'aventure sans vraiment le vouloir. Elle sort du véhicule et se dirige vers un petit chemin que Paul distingue à peine. Aline sait qu'il est inquiet mais elle est persuadée qu'il ne pourra pas lui en vouloir trop longtemps. Elle n'a aucun doute sur le sujet. Elle le connaît à peine mais elle est pleine de certitudes face à cet homme qui est son aîné et qui, tout naturellement, lui a permis de mûrir et de se poser les bonnes questions sur ce qu'elle voulait pour son avenir en tant que femme, en tant qu'infirmière, en tant qu'être… voire en tant que maîtresse. Elle se contente de ces instants à deux, volés au reste de l'univers, qu'on cache aux yeux des familles et des amis, des collègues et des connaissances du quotidien. Et cela lui a plu durant plusieurs semaines. Elle arrive à croiser Paul régulièrement. Et il ne se passe pas plus de trois jours sans qu'ils se voient vraiment. Elle a finalement les avantages d'une vie de couple sans les inconvénients et cela lui sied à merveilles.

Après quelques minutes, elle retourne auprès de la voiture dans laquelle Paul semble l'attendre religieusement. Il n'en est pas sorti malgré de fortes températures.

— Tu me suis ?

— Je suis obligé ?

— Tu peux rester là mais je ne suis pas sûre que la voiture soit hyper confortable pour la nuit.

— Parce qu'on passe la nuit ici ?

— T'en fais pas. Je me suis renseignée. Le dernier panda a été observé la semaine dernière. Il est un peu plus haut actuellement.

— Mais il doit y avoir des serpents, des mygales, des bestioles en tout genre. Je suis pompier, OK, mais pas spécialiste de ce genre d'environnement.

— Paul, tu me suis ? Et prends nos sacs.

Bon gré mal gré, il s'engage derrière elle et quitte la clairière pour rejoindre un chemin qui se devine grâce à des plantations sommaires. Après une vingtaine de minutes de marche, Paul commence à ralentir. Aline s'arrête et lui tend la main. Il l'attrape sans se faire prier. Ils parcourent ensemble encore environ trois cents mètres et se retrouvent face à une nouvelle petite clairière au milieu de laquelle repose un chalet selon une mise à l'échelle minimaliste.

D'abord surpris par ce qu'il découvre, Paul n'a de cesse de s'extasier. À quelques mètres de l'habitation trône un jacuzzi posé sur une large terrasse en bois. À l'arrière du chalet, une grande verrière qui renferme un lit immense qui leur permettra de dormir sous un ciel étoilé et de formuler une multitude de vœux. Il se comporte comme un enfant, poussant de petits cris en découvrant chaque recoin de ce lieu isolé qui va leur permettre de passer du bon temps sans se soucier des autres. En un instant, il oublie ses angoisses, son quotidien, son statut d'homme marié, ses enfants partis en vacances, sa trahison. Paul n'est plus qu'un homme heureux de vivre quelques jours hors d'une routine qu'il cherche à fuir quitte à s'y brûler les ailes. Il n'est plus que lui-même, dans un élan de jeunesse retrouvée, malgré les interdits, la sensation permanente de mentir et de probablement devoir faire du mal bientôt.

3

Marius

— Comment elle l'a découvert ?

Marius est estomaqué par le récit que vient de lui faire son ami. Il le voyait si clean, propre sur lui, époux parfait, attentionné, gentil, marié à une femme psychorigide mais dont il est éperdument amoureux depuis qu'ils sont mômes. Alors qu'il souffre lui-même de la situation vécue avec Charlotte, il se rend compte que, parallèlement à son histoire qu'il n'a jamais cachée à son ami, ce dernier vivait sensiblement la même chose en secret.

— Claire ? C'est une femme, que veux-tu ? Elles ont un sixième sens sur le sujet. Elle a dû se rendre compte finalement que mes gardes duraient souvent plus longtemps ou que je prenais mes distances. Il y a trois semaines, elle est rentrée tôt. J'aurais dû être là mais elle est tombée nez à nez avec sa mère. Yvette en a certainement rajouté une couche car cela faisait plusieurs mois que je faisais appel à elle sous divers prétextes, ce qui n'était jamais arrivé aussi souvent auparavant. Elles se sont monté le bourrichon toutes les deux. Tu sais ce qu'on dit : telle mère, telle fille.

— Pires que des inspecteurs Gadget, les deux réunies, j'imagine ?

— Elles n'ont pas eu besoin de passer par la case « détective privé ». Le soir même, quand je suis rentré, en sortant de chez Aline, Claire m'attendait sur le perron de la maison, assise nonchalamment sur les marches menant à l'entrée. Vu la température extérieure, la neige pas encore fondue, la nuit sombre et sa mine déconfite, j'ai compris tout de suite.

— Elle t'a dit quoi ?

— Ni bonsoir, ni merde. Elle m'a juste jeté au visage « C'est elle ou moi » et elle est rentrée. Je savais qu'Yvette était derrière la porte, avec sa fille et les enfants qui devaient à peine être couchés. Je ne voulais pas d'esclandre. Je suis resté dehors un petit moment et j'ai fini par rentrer à la caserne. C'est cette nuit-là que j'ai remplacé Julien qui était malade. Finalement, ça tombait à pic, cette histoire d'arrêt inopiné.

— Et tu vas faire quoi ?

— Comment ça, je vais faire quoi ?

— Paul, tu me demandes de venir passer Noël chez toi, avec femme, enfant et belle-mère en sachant ce que je vis de mon côté avec Charlotte. Tu voulais que je te conseille ou que je t'évite un déclenchement de guerre nucléaire grâce à ma présence ?

— Je voulais surtout que tu ne sois pas seul ce soir, à ruminer ton histoire morte avant d'avoir existé avec une femme mariée qui finira sans doute par avoir les mêmes remords que moi.

— Qu'est-ce que tu en sais ? Elle ne fonctionne pas forcément comme toi.

— Certes. Mais je peux t'assurer que, quand tu prends conscience que tu vas peut-être foutre en l'air vingt ans de ta vie et l'équilibre de tes mômes parce que tu as jugé opportun de nourrir tes pulsions et de combler ton manque affectif dans les bras de quelqu'un d'autre, tu réfléchis différemment.

Dehors, la nuit de Noël s'est installée depuis longtemps. Les lumières festives et les chants traditionnels se battent d'une maison à l'autre. Les tables sont dressées avec la plus belle argenterie. Les habitations côtoyant celle de Paul et Claire sont toutes occupées par des familles aisées. Pas de divorce. Pas de recomposition. Pas de sentiments désunis. Marius prend conscience en écoutant son ami que, lui aussi, il peut être l'élément déclencheur. Celui qui détruira une famille, un équilibre, même précaire. L'atmosphère se veut extrêmement pesante et le vin rouge sorti pour l'occasion par Paul n'entame en rien le malaise qui croît en lui.

— Sympa, le réveillon !

— Désolé, Marius, j'aurais dû t'en parler.

— Je ne vais plus jamais regarder Aline de la même manière. Et je ne pourrai même plus la draguer lourdement.

— Tu ne dragues plus personne lourdement, Marius !

— Mais du coup, tu lui as dit quoi, à Aline ?

— J'ai mis cartes sur table. Je lui ai dit que Claire avait compris et que je ne savais pas quoi faire. Elle m'a dit que j'étais juste un mec normal, avec toute la lâcheté qui nous caractérise. Du coup, elle m'a demandé de ne plus rien tenter.

— Tu ne l'as plus revue ?

— Si, je la vois quand on fait une dépose aux urgences. Mais on se comporte normalement, comme avant.

— Tout ça pour ça !

Paul soupire face à la conclusion de Marius.

— Tu veux me faire la morale ?

— Paul, tu sais que je vais être mal placé pour cela.

— Je sais surtout que je ne veux pas te voir sombrer comme tu es en train de le faire en ce moment. Et surtout pas ce soir.

— Pour une fois que tu n'es pas contraint d'aller à la messe en plus !

— Pourtant, j'ai une panoplie de péchés à me faire pardonner.

— Et tu ne crois pas que c'est auprès de Claire que tu dois trouver le pardon ?

— Mon Marius, je ne sais pas s'il n'est pas déjà trop tard !

Sans s'en rendre compte, les deux hommes ont ingurgité la quasi-totalité d'une bouteille de vin en se lamentant et en s'avouant inexorablement leurs erreurs.

— Marius, je veux juste que tu ne reproduises pas mes erreurs. Je veux juste que tu sois heureux. Que j'aie réussi au moins ça dans ma vie. Rendre mon ami heureux !

— Eh mon Paul, je suis grand, t'inquiète !

— Oui, je sais. Mais tu comptes beaucoup pour moi. Et pour les enfants aussi. Même pour Claire, tu es important. Tu fais partie de notre famille, que tu le veuilles ou non.

— Je le veux ! Amen !

Ils éclatent de rire. En dehors du salon d'hiver, le calme s'est installé. Mariah a disparu. La douce voix d'Yvette s'est tue. La dinde doit être bien trop cuite. Ou peut-être est-elle déjà sortie sans que Claire les ait conviés à rejoindre la salle à manger. Ils profitent de cet instant entre amis. Ce soir, plus qu'aucun autre soir, ils ne s'offrent rien de concret. Mais ils tendent à l'autre une épaule, une oreille, une aventure à ne pas reproduire.

— Si tu veux savoir, il faut que tu lui parles !

— Hein ?

— Charlotte.

— Quoi, Charlotte ?

— Arrête de souffrir, Marius. Elle est mariée. Tu es en train de vivre ce que j'ai fait à Aline. Et elle est bien plus forte que toi mais je sais qu'elle a souffert même si je ne lui ai jamais rien promis. Ne subis pas la même chose. Pose-lui la question. Donne-lui un ultimatum. N'attends pas que son mari se rende compte de quelque chose. Va la voir.

— Maintenant ?

— Maintenant. Demain. Plus tard. Peu importe. Mais ne laisse pas votre histoire te ronger. Oui, tu jouis d'une réputation qui te précède jusque dans l'enceinte de l'hôpital. Oui, c'est compliqué d'être le don Juan du coin. Mais tu as le droit de ne pas rester à l'abri des regards, toi qui aimes plus que tout être dans la lumière. C'est ce que j'aurais voulu pour Aline. C'est ce que je veux pour elle désormais. Pas avec moi. Mais elle a le droit d'être heureuse avec quelqu'un qui prendra soin d'elle.

Sans un mot, Marius pose son verre sur la table basse qui le sépare de Paul. Il se lève et quitte le salon d'hiver. Il se dirige vers la salle à manger. Claire, Yvette et les enfants sont à table. Tous regardent d'un œil distrait un programme musical spécial. Claire porte les stigmates de la femme épuisée, délaissée et fautive de n'avoir rien vu. Ses cernes parlent pour elle. Marius se dirige vers elle. Il se penche au-dessus des enfants, les embrasse tour à tour, fait de même avec Yvette et se retrouve face à Claire qui s'est levée de sa chaise.

— Donne-lui une chance. Tu sais que ce n'est pas un mauvais bougre et qu'il t'aime malgré tout.

— Tu as raté ta vocation.

— Comment ça ?

— Si tu t'ennuies à la caserne, fais des études de droit ! Tu t'en vas ?

— Oui. Ce n'est pas que je n'ai pas envie de rester mais je dois aussi découvrir si on me donne ma chance.

— Ne la laisse pas te détruire, Marius.

— Tu vois, vous êtes faits pour vous entendre. Vous avez le même discours !

— Joyeux Noël, Marius !

— Joyeux Noël, Claire !

Le jeune pompier rejoint l'hôpital grâce à un taxi appelé alors qu'il quittait la maison de son ami. Il sait que son arrivée au troisième étage ne va pas passer inaperçue. Il est obligé de passer devant le bureau des soignants pour rejoindre celui de Charlotte. Alors qu'il s'avance normalement, il tombe presque nez à nez avec Élodie, une jeune infirmière qu'il croise régulièrement.

— Tiens, le play-boy ! Qu'est-ce que tu fais là à cette heure-ci ? Je ne savais pas que tu étais aussi attiré par les cougars de mon étage !

— Tu sais très bien que…

— Je sais très bien que tu t'apprêtes certainement à t'enfoncer encore un peu plus dans tes idioties d'adolescent en mal de sensations fortes ! Et que tu vas finir par t'en mordre les doigts.

— Je sais ce que je fais.

— Mouais… ça fait des mois que tu dis ça et on en est toujours au même stade puisque tu es là.

— C'est la dernière fois !

— Tu dis ça tout le temps aussi, Marius ! Plus personne n'y croit.

— Comment ça, plus personne ? Y a d'autres personnes que toi qui sont au courant ?

— Au courant de ? Charlotte et toi ? Attends, tout le monde le sait. Je me demande même si son mari n'a pas eu vent de l'info tellement la rumeur enfle depuis des semaines. À force de jouer les gamins mal élevés !

Marius est troublé par ce que lui révèle Élodie. Durant des mois, ils ont pris des précautions infinies pour ne jamais dévoiler leur relation. Et il était jusqu'alors convaincu que cela fonctionnait à merveille.

— Marius, du jour au lendemain, tu n'as plus dragué ni une patiente, ni une collègue. On a vite compris qu'une nana t'avait mis le grappin dessus. Alors on a cherché et on n'a pas mis longtemps à comprendre qui c'est.

— Mais comment ?

— Elle a quitté son manteau de femme parfaite, bien mariée et heureuse dans son couple et dans sa vie. Elle a enfilé celui de la femme épanouie, raccourcissant ses jupes et arrondissant ses phrases tranchantes aux équipes. Ça n'a trompé personne. Quand on a commencé à avoir des doutes, avec les filles des urgences, j'ai décidé de mener mon enquête. Et il est quand même très fréquent qu'à la fin de tes gardes, quand elle travaille, tu ne rentres pas avec tes coéquipiers mais que tu prolonges ta visite ici. Étrangement, je ne suis pas certaine que ce soit pour faire des numéros de charme à mes logées de l'étage. Et pourtant, tu es souvent dans les parages. Je me trompe ?

Pris la main dans le sac.

— Ne t'en fais pas ! Si certaines trouvent votre comportement dégueulasse, c'est surtout parce qu'elles sont jalouses de ne plus t'avoir pour elles.

— Et toi ?

— Moi quoi ?

— Tu trouves ça dégueulasse ?

— Vous êtes grands. Je n'ai pas à juger de ce que vous faites ensemble ou séparément. Ça ne me regarde pas. Si ça vous rend heureux comme ça, tant mieux.

— Et si ça ne nous rendait pas heureux ?

Élodie regarde Marius comme s'il venait de lui apprendre que Chantal Goya déteste les enfants depuis le début de sa carrière.

— Alors, ça ne relèverait plus de mon service, play-boy ! Faudrait descendre à l'étage du dessous !

Le second est réservé aux maladies mentales et regorge de fait de personnel soignant spécialisé : psychologues, psychiatres, thérapeutes… Marius éclate de rire. Élodie s'approche de lui et emploie le ton de la confidence pour lui apprendre que les infirmières du service y sont beaucoup moins gentilles et qu'il aurait tort de se faire du mal en doutant de son propre bonheur. Elle le quitte avec un clin d'œil et se dirige vers les chambres de ses patients qui dorment à poings fermés et qui, elle le sait, pour certains, ne se réveilleront peut-être plus jamais.

Marius s'avance dans le dédale des couloirs. Il a très envie d'être là, d'aller là où il va et de voir celle qu'il va voir. Pourtant, il est décidé à faire cesser la mascarade. Il savait, en mai dernier, dans quoi il s'engageait. Mais il était à mille lieues d'imaginer que cette relation consentie et néanmoins très mal vue aurait de tels effets sur sa vie. Il était loin de penser également que son ami et collègue vivait le même genre d'événements en même temps que lui. Depuis plusieurs semaines, son sommeil est léger, son appétit est moindre et il s'est mis à regarder des comédies romantiques dont les fins joyeuses le réjouissent alors qu'il s'imagine être à la place des protagonistes. Il pense que Paul s'est peut-être mis à regarder des films anglo-saxons avec Hugh Grant comme acteur principal et cela le fait sourire. Mais lui, au contraire de Paul, ne parvient même plus à distraire les patients qu'il prend en charge, et encore moins à dragouiller de jeunes blessées comme celle de sa dernière garde. La pauvre semblait vouloir aller à la rencontre de quelqu'un qui fait battre son cœur. Celui de Marius connaît des épisodes de tachycardie sentimentale qu'il ne parvient même plus à maîtriser. Il n'a plus qu'une envie : freiner cette escalade commencée en juin dernier.

Marius arrive devant le bureau de Charlotte et tombe sur un écriteau qu'il ne connaît que trop bien : « Médecin au bloc ». Il prend ça comme un signe.

Charlotte n'est pas là. Elle opère. Marius tourne les talons et jette un faible coup de pied dans la porte, au risque de déclencher des alarmes liées à des rythmes cardiaques qui soubresautent dans les chambres attenantes. Il quitte l'étage sans se préoccuper des regards. Il est tard. Il ne croisera aucune famille. Il ne peut voir que les équipes soignantes et il s'en moque totalement. Après tout, il paraît que tout le monde est au courant. Il n'a aucune raison de se cacher plus longtemps. Il se dirige vers les urgences. Il croise quelques infirmières qui, elles aussi, sacrifient le réveillon de Noël pour essayer de sauver des vies, pour mettre du baume aux âmes esseulées. Il les connaît pour la plupart mais il ne leur adresse qu'un bref salut, sans s'épancher. La colère gronde en lui et il le sait. Il appellerait bien Paul mais il sait que ce n'est certainement pas le moment pour cela. Ce réveillon va se terminer dans la solitude et dans les regrets, en essayant de ne pas penser à Charlotte et aux mois passés à ses côtés.

Il se dirige vers la sortie d'un pas pressé. Le hall de l'hôpital est étrangement silencieux pour qui n'y est pas habitué. À cette heure avancée de la soirée, il n'est pas rare de croiser du monde. À part durant la nuit de Noël. Même si les urgences ne sont pas à l'arrêt pour autant, il semble que les réunions familiales calment les ardeurs de beaucoup pendant cette nuit. Avant de sortir, Marius s'emmitoufle dans un lourd gilet. Les températures sont glaciales. Il se pose la question de savoir comment rentrer chez lui. Marius n'a jamais eu de véhicule à lui. Et les taxis sont rares en ce jour de fête. Il consulte néanmoins son téléphone, à la recherche d'un chauffeur disponible. Alors qu'il essaie de pianoter sur l'écran malgré ses doigts qui se transforment à la vitesse de l'éclair en bâtonnets glacés, il entend du bruit dans son dos.

— Ben alors, Don Juan, ton carrosse s'est transformé en citrouille avant l'heure ?

— Élodie ? Tu as fini ?

— Pourquoi ? Tu veux que je te ramène ou tu t'étonnes que je sorte si tôt ?

— Les deux, mon adjudant !

Marius fait un simulacre de salut militaire.

— Viens, je te raconterai sur le chemin.

Ils se dirigent tous les deux vers le parking du personnel attenant à l'enceinte de l'hôpital. Une fois qu'ils sont installés dans le véhicule, Élodie entame la conversation sans prendre de gant vis-à-vis du jeune pompier.

— Alors ?

— Alors quoi ?

— Tu l'as vue ?

— Non. Elle est au bloc.

Marius a une mine éperdument triste après tous les événements de la soirée.

— Qu'est-ce qu'il t'arrive ? Ne t'inquiète pas. Des ragots comme ceux-là, il y en a tous les jours des différents, et des nombreux. À côté de nous, les mecs de la téléréalité, ce sont des joueurs de pelote basque le dimanche. Tu savais qu'Aline se tapait le chef d'un service ?

— Ah bon ? Lequel ?

L'évocation d'Aline fait frémir Marius et le replonge instantanément dans le salon d'hiver de Paul.

— Ah ça ne se dit pas, ça ! Tu le découvriras bien toi-même, maintenant que tu vas recouvrer la vue !

Marius ne peut s'empêcher de sourire face aux remarques d'Élodie. Il la connaît peu finalement mais il sait qu'elle ne mâche pas ses mots. Elle ne se laisse pas faire et elle est connue pour son caractère affirmé.

— Va falloir que tu m'indiques le chemin, Don Juan, parce que je dois quand même être une des rares du bâtiment à ne pas savoir où tu vis !

— Je vais te guider ! Mais tu me laisseras à un endroit. Je finirai à pied comme ça, demain, tu seras toujours la seule à ne pas savoir. C'est mieux pour toi.

— Pourquoi ? Quand on a l'information, on se transforme ? On change ? Une malédiction s'abat sur nous ?

— Je ne sais pas si on peut parler de malédiction mais il faut croire que ça n'augure pas forcément que du positif.

Alors que la voiture s'engage dans une circulation peu dense, le portable de Marius vibre dans sa poche. Un message s'affiche.

Tu l'as vue ?

Non. Elle est au bloc.

Sois heureux, Marius.

Merci Claire !

— Oublie-la, Marius !

— Ah, toi aussi, tu vas t'y mettre.

— C'est que je ne dois pas être la seule à te voir dépérir depuis que tu la vois.

Une fois encore, Marius tombe des nues. Il ne fait que croiser Élodie. Comment peut-elle se rendre compte d'une situation dont elle doit avoir à peine connaissance, si ce n'est à travers des rumeurs de couloirs ?

— Dépérir ? Tu es sérieuse ?

— J'ai l'air de déconner ?

— Pas vraiment.

— Tu es un beau mec et tu le sais, Marius. À écouter toutes les nanas qui te côtoient de près ou de loin au centre hospitalier, avant même de te rencontrer, j'ai longtemps imaginé que j'allais voir débarquer George Clooney sans la machine à café mais avec l'uniforme. Toutes les femmes sont prêtes à tout et à n'importe quoi pour devenir une nouvelle proie. C'en est presque gênant. Pourtant, quand je t'ai vu la première fois, certes, je t'ai trouvé charmant mais j'ai surtout vu un mec pas très mature qui a juste envie de s'amuser. Et ce n'est quand même pas le signe d'une très grande stabilité affective à l'âge que tu dois avoir.

— Si j'avais su… C'est ma fête ce soir !

— Tu t'attendais à quoi avec Charlotte ? Elle est mariée. Tu connais beaucoup de femmes qui plaquent tout pour un mec plus jeune qu'elles et à la réputation qui ferait pâlir Ben Affleck et Matt Damon réunis ?

— J'y ai cru. J'y crois encore un peu.

— Tu es bien naïf, mon pauvre !

— Certainement !

Marius s'enfonce dans son siège. Pour la première fois de sa vie, il perd de sa superbe. Il n'est plus le bel étalon qui fait fondre toute la gent féminine dans un rayon de plusieurs dizaines de kilomètres. Il est épuisé par ce manège qui ne lui offre rien que des plaisirs éphémères et un tableau de chasse digne des plus grands.

— Je ne comprends pas que tu n'aies pas envie de construire une belle histoire. Ça ne t'est jamais venu à l'idée ?

— Si, avec Charlotte !

— À part avec elle ?

— J'ai rencontré des filles sympas mais j'étais trop paumé pour voir qu'elles pouvaient partager mon quotidien. C'était bien trop drôle de se plonger dans des scénarios dépourvus de romantisme et de sentiment.

— Drôle ?

— Oui, drôle !

— Ah ouais, tu es pire que ce que j'avais pu imaginer ! Et quand ça n'est plus drôle comme avec Charlotte mais trop compliqué pour donner lieu à quelque chose de sérieux, tu t'y engouffres comme dans un pot de pâte à tartiner en période de dépression post-partum ?

Marius parvient à sourire de la comparaison.

— J'ai l'air d'avoir accouché ?

— Physiquement non ! Mais mentalement, tu fais peine à voir !

Le jeune homme prend soudainement conscience du caractère pathétique de ses relations et de ce qu'il a vécu ces derniers mois. La fatigue l'étreint et aggrave son ressenti négatif. Une larme finit par rouler discrètement le long de sa joue.

— Tu peux t'arrêter là.

— On est arrivés ?

— Je suis à dix-quinze minutes à pied.

— Tu ne veux pas que je te dépose plus près de chez toi ?

— Tu veux savoir où c'est ?

— C'est une invitation ?

Marius a le sentiment d'effacer plusieurs mois en une fraction de secondes. Il pourrait retomber dans ses travers. Élodie est une jeune femme charmante qu'il n'a jamais vraiment regardée. Elle n'est pas très grande, a un visage presque poupon, de jolies mains qui tiennent fermement le volant.

— Personne ne t'attend pour le réveillon, Élodie ?

— À cette heure-ci, non ! Mes parents sont à plus d'une heure de route et ils sont habitués à ne pas me voir souvent. J'irai demain pour manger la dinde.

— Ah ! Toi aussi ?

— Toi non ?

Marius se renfrogne de nouveau. Élodie coupe le moteur de son véhicule et se tourne vers lui, prête à récolter les confessions d'un don Juan à l'image écornée.

— Tu vois qui c'est, Paul ?

— Ton collègue ? Oui, bien sûr !

— C'est devenu un gag entre nous car il a le droit au plat d'époque chaque année, quelles que soient ses heures de garde.

— Et toi, non ?

— Moi, ça fait bien longtemps que les plats surgelés s'invitent chez moi à n'importe quelle date. Noël ou pas.

— Et ta famille ?

— C'est compliqué.

La voiture est stationnée dans un quartier pavillonnaire. Autour d'eux, les fenêtres laissent voir une multitude de lumières, une nouvelle fois. Les décorations municipales sont installées depuis plusieurs semaines mais Marius ne les voit pas. Elles ne lui font aucun effet. Pourtant, à cet instant, au contraire de ce qu'il a vécu en allant chez Paul, les illuminations placées à l'intérieur des maisons et qui se reflètent au-dehors, laissant deviner des occasions permettant de construire des souvenirs, des partages et des bonheurs simples, lui glacent le sang. Il a longtemps pensé qu'il pouvait se satisfaire d'une nuit normale le 24 décembre, en privilégiant son travail, ses collègues, les patients à sauver. Il repense à la jeune femme croisée un peu plus tôt dans la soirée. Elle a sauvé la vie d'un vieux monsieur. Son vélo n'y a pas survécu mais elle en est sortie sans trop de blessures au regard de ce qui s'est passé. Cela aurait pu être plus grave. Elle aussi semblait bien seule quand il l'a prise en charge. Mais il n'a pas vraiment cherché à la réconforter, trop concentré sur ce qu'il voulait vivre avec Charlotte.

— C'est joli dehors !

— C'est surfait, Marius, toutes ces lumières qui consomment une énergie de dingue alors qu'on n'a pas besoin de ça à notre époque !

— Toi aussi ça t'agace, qu'on les installe au mois d'octobre ?

— Je trouve qu'on oublie un peu trop souvent le côté festif pour ne laisser place qu'à un aspect purement commercial. À la maison, j'ai un petit sapin en plastique. Hors de question d'en acheter un vrai chaque année pour participer à la déforestation programmée. Et je réutilise les mêmes décorations depuis que je suis toute petite. Cette année, je l'ai sorti et je n'ai même pas eu le temps de le terminer.

Dehors, les cloches d'une église toute proche se mettent à sonner. Ils n'ont pas besoin de compter les coups. Ils savent qu'il est minuit.

— Joyeux Noël, Élodie !

— Joyeux Noël, Marius !

Le jeune pompier semble très triste.

— Tu veux en parler ?

— Parler de quoi ?

— De ce qui te rend triste ? Ne me dis pas que tu penses à elle ?

— À qui ?

— À Charlotte ?

— Non, même pas ! Je pense à ma mère.

Élodie ne connaît pas son histoire.

— Elle aime la dinde, elle aussi ?

— Elle est morte quand j'étais enfant.

— Merde, pardon ! Je ne…

— Tu ne pouvais pas savoir.

Un silence pesant envahit l'habitacle, simplement entrecoupé par une salve de tonalités carillonnantes.

— Elle aimait Noël, je crois. Les premiers souvenirs que j'ai d'elle remontent à cette période. On décorait le sapin ensemble. Par la suite, j'ai continué à le faire avec mon père et mes sœurs mais ça n'avait plus la même saveur. La douleur était trop prégnante. Quand mon père est décédé, j'ai pris la décision de ne plus jamais faire de sapin.

— Même pas avec tes sœurs ?

— Mes sœurs sont parties loin d'ici. Elles ont fait leur vie. J'imagine qu'elles se battent chaque année pour savoir laquelle des deux a le conifère le plus grand, le plus volumineux, le mieux illuminé, le plus garni en bibelots hors de prix. Ça ne m'intéresse pas.

Sans crier gare, Élodie fait redémarrer la voiture et s'engage de nouveau sur la route, surprenant son passager fourbu par les dernières heures.

— Tu fais quoi ?

— On a un sapin à décorer, Marius. Il est en plastique, pas très grand, pas plus volumineux qu'un halogène du siècle dernier. Mais il a besoin de bibelots qui ont quasiment mon âge. Et toi, tu as besoin d'eux !

Marius se tourne vers Élodie. Il la regarde pour la première fois différemment. Il laisse Charlotte loin derrière lui pour l'instant. Il se laisse porter par ce petit bout de femme au caractère bien trempé, convaincu que, désormais, il pourra lui aussi passer la nuit de Noël en bonne compagnie…

Ni remords ni regrets

STÉPHANIE PELERIN

(Charlotte)
00 h 35

Charlotte retient ses larmes. La nuit de Noël, à l'hôpital, est toujours la plus longue de l'année. Après y avoir échappé à trois reprises, cette fois, c'est tombé sur elle. Malgré ses enfants, malgré son investissement sans faille. À cause de cela, sans doute. Plus on en fait, plus on se pense irremplaçable. *Les cimetières sont pleins de gens irremplaçables*, disait sa grand-mère quand elle sentait ses proches au bord de l'épuisement. Bon sang, ce qu'elle lui manque ! Quatre ans sans elle, déjà. D'autant plus que ces temps-ci, elle ne refuserait pas une épaule sur laquelle poser sa tête. Elle aurait tant besoin d'avoir un conseil avisé, tout du moins une oreille attentive.

Il faudrait qu'elle téléphone à son frère. Même s'ils ne sont pas toujours sur la même longueur d'ondes, c'est un homme attentif, doté de beaucoup d'empathie. Ils ne sont pas jumeaux, et pourtant… leur complicité est la bouée qui l'empêchera toujours de sombrer. Même si les kilomètres qui les ont longtemps éloignés physiquement n'ont pas entamé leur amour l'un pour l'autre, Charlotte est heureuse de le voir de retour dans la région.

Ce soir, lui aussi semble avoir besoin de soutien. Cependant, pour le contacter, il faudrait déjà parvenir à trouver un court moment pour souffler. Entre la date et les horribles conditions météo, les arrivées aux urgences semblent suivre un flux intarissable. Un peu plus tôt, son mari lui a envoyé un adorable message accompagné de jolies photos. Les enfants et lui passent la soirée dans le calme de leur joli pavillon de banlieue. Les clichés sont attendrissants : ses enfants lui envoient des cœurs avec les doigts. Elle n'a eu le temps que d'envoyer un émoji en forme de cœur en guise de réponse. Trop débordée…

Ou empêtrée dans ce maudit sentiment de culpabilité…

Elle s'accorde le droit de passer un coup de téléphone. Même si c'est pour quelques secondes. Boîte vocale. Déjà. Son frère est un lève-tôt qui préserve son sommeil. Alors elle lui laisse un message dans lequel elle le taquine sur ses déboires du jour, tout en lui envoyant le plein de tendresse. Nul doute que ça lui fera du bien, au réveil.

Charlotte fait des petits cercles avec ses épaules. Elle espère soulager un peu de la tension qu'elle ressent dans tout son corps. De la fatigue aussi. Ces nuits-là, tout pèse dix fois plus : les accidents, les enfants malades, les gens qui meurent. Lors du tout premier stage de son externat, un médecin lui avait confié que c'était difficile au départ, mais qu'on s'habituait. Aujourd'hui encore, même si elle sait faire la part des choses, elle est incapable de rester insensible au malheur qui touche les patients qui croisent sa route.

Après ces quelques étirements, Charlotte est prête à reprendre sa ronde. L'opération qui l'a tenue deux heures au bloc était certes bénigne, mais son patient et sa famille s'en seraient bien passés un jour comme aujourd'hui. Charlotte ne se souvient pas d'avoir connu une météo aussi calamiteuse depuis longtemps. Les soirs de fête, les urgences domestiques se succèdent… Alors, quand le temps s'en mêle, le nombre de blessés augmente. Heureusement, rien de dramatique jusqu'à présent.

Elle ne doit pas laisser son histoire personnelle la détourner de ses responsabilités. Après les fêtes, elle prendra le temps de regarder la vérité en face. Elle ne peut plus guère reculer et doit réfléchir à la manière de sortir de cette situation. D'une manière ou d'une autre. En essayant de faire souffrir le moins de monde possible. En essayant de se préserver aussi… au moins un peu.

Elle ouvre la porte de la salle de repos, dans laquelle elle s'était accordé cinq minutes de répit, et se jette à corps perdu dans le bourdonnement de l'hôpital. Un enchaînement de sonneries d'appareils, de soignants qui s'interpellent, de brancardiers qui slaloment plus ou moins vite dans les couloirs, de pompiers qui entrent et sortent, de patients à soulager. L'hôpital l'a toujours fascinée : tout le monde y est à égalité face à la souffrance. Et à la mort.

Charlotte, tu peux venir au triage, s'il te plaît ? J'ai besoin de toi pour un deuxième avis.

Même la nuit de Noël, le destin n'épargne pas les gens. Ils seront nombreux, cette année encore, à avoir pour souvenir un accident, une maladie, un décès même.

Charlotte se morigène : c'est aussi pour cela qu'elle est présente au lieu d'être parmi les siens. Pour aider à ce que chaque nouvelle pénible le soit un peu moins grâce à son intervention.

Pour l'instant, pas de temps à perdre. Loïc, son jeune collègue interne, la sollicite pour confirmer, ou non, un diagnostic.

— Tu vas voir, ils n'ont pas eu de chance... Le patient s'est d'abord blessé à la main, au domicile. Ils se sont ensuite rendus à l'hôpital et sur la route, ils ont eu un accident de voiture. Du coup, ils sont arrivés avec les pompiers.

Dans une petite salle d'examen les attend un jeune couple. La première chose qui retient l'attention de Charlotte, ce sont les rires qui fusent et qui l'ont accueillie avant même d'avoir franchi la porte.

— Je te présente Geoffrey Leroy, trente-deux ans. Il s'est largement ouvert la main avec un couteau à huîtres, explique Loïc.

Il est interrompu par un fou rire nerveux. Celui de la jeune femme qui accompagne le patient. Un regard en coin de Charlotte stoppe net cette manifestation.

— J'ai demandé à M. Leroy de mobiliser sa main, mais la flexion est compliquée.

— Je voudrais bien vous y voir, rétorque celui-ci. J'ai hyper mal, moi.

Un nouvel éclat de rire fuse. Charlotte sent l'agacement monter en elle. La situation est grave, des soignants sont mobilisés toute la nuit au lieu d'être près des leurs, et les gens s'amusent de leurs blessures. On n'est pas dans un parc d'attractions…

— Je peux savoir, madame, ce qui vous fait rire à ce point ? interroge Charlotte. Nous allons devoir évaluer si monsieur va perdre l'usage de sa main. Et la seule réaction qui vous vient, c'est l'explosion de rires. Je vous demanderai de vous contenir ou de bien vouloir sortir, afin que nous puissions faire notre métier.

À la tête qu'affiche instantanément la jeune femme, Charlotte comprend qu'elle a fait preuve d'un peu trop de sécheresse dans ses propos. C'est un réflexe de protection. Elle travaille dessus depuis des mois. Ne pas confondre professionnalisme et froideur. Elle sait qu'elle a cette réputation. Elle le regrette parfois ; cependant, elle trouve important de faire la part des choses, de garder des distances.

— Désolée, madame Leroy, j'ai été un peu brusque avec vous.

— Madame Leroy, répète-t-elle, en réprimant un hoquet. Après cette soirée, c'est peut-être même mal engagé. Je veux bien que vous m'appeliez Sarah, en attendant.

— Sarah, je ne voulais pas vous paraître désagréable, mais si j'ai été appelée pour un deuxième avis, c'est parce que la blessure est peut-être plus sérieuse que vous ne le pensez. J'ai besoin de calme afin d'établir le bon diagnostic.

La jeune femme s'excuse et laisse le médecin manipuler la main de son amoureux et lui poser des questions.

— Monsieur Leroy, pouvez-vous m'expliquer comment vous vous êtes fait cela ?

— J'avais tout prévu, docteur, sauf le fait que Sarah ne réagit jamais comme on l'attend.

Charlotte ne peut que valider, il suffit de voir la façon dont la jeune femme a gratifié son arrivée. Charlotte ne souhaite pas réellement un récit détaillé de leur soirée. En revanche, elle mise sur le fait que distraire son patient l'aidera à vérifier si c'est la blessure ou simplement la douleur qui gêne la flexion du doigt.

— Cette année, nous avons décidé de passer le réveillon ensemble. Nous réservons le 25 à nos familles respectives. Cela fait bientôt trois ans maintenant qu'on sort ensemble. Alors j'ai voulu marquer le coup.

Le moins que l'on puisse dire, c'est qu'il ne s'est pas loupé. Parler semble le tranquilliser, alors elle le laisse continuer.

— J'ai vu une vidéo sur Instagram, qui m'a inspiré. Le gars avait caché une bague dans une huître pour faire la surprise à sa copine. Des huîtres ouvertes juste avant par l'écailler.

Comment diable ce garçon a-t-il pu s'entailler dans ce cas ?

— Évidemment, avec une huître déjà ouverte, tout devait bien se passer. Tout ça, c'était sans compter avec Sarah.

Cette dernière semble avoir compris et ne rit plus.

— Je lui ai demandé de fermer les yeux, pour une surprise. Sarah les adore, alors elle joue le jeu. J'amène le plateau d'huîtres sur la table, tout en me faisant la réflexion que ça doit être la première fois qu'on en mange. Je prends le bon coquillage, celui qui renferme la bague. Je me mets en position, pour donner l'impression que je l'ouvre moi-même. Alors je lui permets d'ouvrir les yeux.

Charlotte réussit à se concentrer sur sa tâche sans perdre une miette du récit de Geoffrey. Elle adore les histoires romantiques. Celles qui parlent des premiers émois, des grandes annonces. Celles qui omettent de parler de l'érosion du couple, de ce moment où on bascule de la passion vers la monotonie.

Son mari ne la regarde plus depuis… depuis quand d'ailleurs ? Leurs vies se sont étirées. Ils ont été tellement occupés à foncer en direction de leurs objectifs qu'ils ne se sont sans doute pas aperçus qu'ils ne le faisaient plus sur le même chemin. Ils ne sont plus amants, peut-être même plus amoureux ; mais ils sont des compagnons de vie. Ils forment une équipe solide, autour des enfants. Leurs amis envient la stabilité qui définit leur couple. D'ailleurs… quand les années passent, c'est bien la même chose pour tout le monde, non ?

Risquer de tout plaquer pour Marius. Tout envoyer valser pour l'intensité et l'amour fou. Parfait. Et ensuite ? Dans cinq ans, dans dix ans… Pour que tout recommence, encore et encore...

Non, elle ne flanchera pas. C'était déjà une erreur que de faire un pas de côté… et puis Marius est bien trop jeune…

Elle se reconcentre. Sur le doigt et sur l'histoire de ce jeune couple.

— Je vous fais mal, là ? demande-t-elle afin de se reconnecter à son patient.

— Oui, quand même, reconnaît-il. Mais j'ai l'impression que ça me lance un peu moins.

Charlotte trouve d'ailleurs que la mobilité est moins mauvaise que ce à quoi elle s'attendait. Pas de quoi crier victoire, mais suffisamment pour espérer voir une amélioration une fois la douleur passée.

— Parfait. Allez, racontez-moi la fin de votre histoire. Que je comprenne quand même pourquoi vous êtes là, et pourquoi Sarah peine à contenir son rire alors même que votre main est dans une mauvaise passe.

Geoffrey poursuit son récit en quelques mots. En ouvrant les yeux et en découvrant les huîtres, Sarah, avec sa retenue habituelle, a hurlé qu'elle détestait ces trucs visqueux. Elle a hurlé si fort qu'il a sursauté et s'est coupé. La bague a volé en même temps que le sang giclait. Bizarrement, cela a stoppé net les hurlements de sa dulcinée qui s'est mise à rire.

— Vous croyez que ça va me dissuader de l'épouser ? Même pas…

— Moi aussi, je t'aime, mon gros bêta.

On voit tout l'amour et la complicité entre eux, dans leurs regards, leurs sourires. Au doigt près, Charlotte les envie.

— Bon, on va vous le sauver, ce doigt. Histoire qu'elle puisse vous y mettre l'anneau, alors. Je reviens tout à l'heure pour voir si la mobilité revient.

Cet épisode secoue Charlotte. Tout ce qui touche à l'amour la remue ces derniers temps. Sa rencontre avec Marius l'a beaucoup changée. Si elle a découvert qu'il n'est pas que le don Juan de service, elle a aussi appris beaucoup sur elle-même. Il est sans doute le premier avec lequel elle a baissé la garde, dans tous les sens du terme. Avec Flavien, son mari, elle a toujours voulu se montrer forte, fonceuse, capable d'indépendance. Ce n'est pas simple d'être une femme, surtout dans un monde où tout est fait pour la réussite des hommes. Alors, elle s'est souvent montrée froide et directive, sûre d'elle. Avec Marius, elle s'autorise à exprimer ses peurs, ses doutes, ses faiblesses. Elle a soudain cette étrange sensation d'être deux femmes différentes selon l'homme au côté duquel elle se trouve. Alors, qui est la véritable Charlotte ? Une somme de ces deux-là ? Ou une femme qui ne s'est pas encore révélée ?

Charlotte fait un crochet pour vérifier les constantes de la jeune femme tombée de vélo dans la neige, Lorédane. Même si tout semble aller bien pour elle, on n'est jamais à l'abri d'un contrecoup, des signes tardifs d'un trauma crânien. De plus, quelque chose d'inexplicable l'attire vers cette fille. Rien de sexuel évidemment. Un peu comme si un lien amical aurait pu se créer entre elles, en d'autres circonstances, en d'autres lieux.

— Alors, comment vous sentez-vous, Lorédane ? Pas de tête qui tourne, pas de confusion ?

— Appelez-moi Perrette, plutôt…

— Pardon ? Ah, si ! La fable, c'est ça ?

La jeune femme hoche la tête, avec un faible sourire. Charlotte jurerait qu'elle a même envie de pleurer.

— C'est vrai, vous avez fait une chute, comme Perrette. En revanche, pour le pot au lait… vous avez vu toutes vos perspectives s'envoler ?

— Non, je n'irai pas jusque-là. Disons que j'ai un goût amer, une impression de gâchis monumental.

Charlotte ne relève pas la contradiction des propos de sa patiente. Cette dernière semble affectée par le déroulement de sa soirée.

— Les choses finissent toujours par s'arranger, vous verrez. On va même miser sur la magie de Noël.

— La magie de Noël m'a quand même mise les quatre fers en l'air dans le décor. Et j'ai raté mon rendez-vous.

Charlotte aurait bien pris le temps d'écouter son histoire, mais les admissions s'enchaînent. Elle doit de nouveau filer vers le triage pour prendre en charge une nouvelle arrivée.

La magie de Noël. Charlotte s'étonne elle-même d'avoir sorti cette expression clichée. Chaque année, elle se moque de ceux qui commencent à écumer les boutiques dès octobre et à décorer leur maison dès novembre. Elle aime Noël, surtout parce que c'est l'occasion de rassembler la famille une journée entière, de s'échanger des présents, de rire, de se serrer dans les bras les uns des autres. En revanche, la magie de Noël… c'est un peu trop pour elle. Pas question de regarder les téléfilms à la télé, de se ruer sur les livres de comédies romantiques qui fleurissent désormais chaque année. Pas question non plus de se gaver de lait de poule et de fabriquer des sablés à la chaîne. Pour elle, Noël, ce sont les yeux émerveillés des mômes devant les cadeaux le 25 décembre, le repas de famille qui n'en finit plus. Elle aime, oui, mais elle ne lui voue pas un culte non plus.

Cette année, d'ailleurs, elle doute même de pouvoir passer une journée sereine. C'est sa faute, la conséquence de ses choix. Elle se demande comment sourire, comment jouer la comédie de la famille parfaite, de l'épouse comblée. Elle ignore si elle pourra regarder son mari dans les yeux, une fois de plus. Faire comme si de rien n'était, prétendre qu'ils ont des projets, sourire. Heureusement, plus personne ne leur demande s'ils comptent « faire un p'tit troisième ». C'est dingue, ce que les gens sont intrusifs avec leurs questions en apparence banales. On vous harcèle pour un premier, pour un deuxième. Voire pour un troisième. Au-delà, cependant, on vous rappelle qu'il ne faut pas abuser. Charlotte a dépassé la quarantaine. Allègrement. Alors, cette question gênante, là. On ne la lui pose plus. Tant mieux, ça évite d'avoir à ressasser cet épisode douloureux…

Le tumulte qui règne au triage l'empêche de divaguer. Elle ne doit pas penser à Marius, pas maintenant. Elle n'a eu aucune nouvelle depuis des heures. Pas un message. Elle ne l'a pas non plus croisé. Pourtant, elle aurait juré qu'il finissait sa garde ce soir. Il s'arrange toujours pour lui faire un signe, même quand c'est risqué. Elle n'est pas dupe : les gens ont deviné, compris. Les sous-entendus se font de moins en moins discrets. Elle sent bien que certains, certaines même, attendent leur os à ronger. Entre les curieux et les envieuses, leur secret n'en est plus vraiment un. Arrivera ce moment où tout va leur exploser au visage. Charlotte sait qu'elle ne peut plus vivre dans cet entre-deux, qu'elle doit trancher. Elle ne supporte plus de mentir aux deux hommes qui comptent dans sa vie. Elle va finir par se détruire, aussi.

Elle prend en charge un homme en costume de Père Noël. Un classique pour la date, forcément. Celui-ci a glissé et s'est de toute évidence cassé le bras. Il n'est pas de bon poil.

— Ça fait des heures que je poireaute. Faut pas être en train de mourir, dans cet hôpital.

— Justement, vous n'êtes pas en train de mourir. Ce qui explique votre attente, répond-elle avec le plus de patience possible.

— Ouais, ben, c'est pas une raison. Je pourrais me plaindre…

— En effet, l'interrompt-elle. Faites ça. En début de soirée, un homme a été pris en charge plus vite. Comme il est mort, il ne pourra pas donner son avis à quiconque…

À la mine de son patient, Charlotte s'aperçoit qu'elle est allée trop loin. Sa stupéfaction le fait ressembler à un poisson hors de son bocal. Elle n'aurait pas dû, mais il l'a bien cherché. Elle en a assez de ces gens qui pensent être des clients, qui veulent tout, tout de suite, et sans même un sourire. Elle a toujours considéré l'hôpital public comme un service rendu à la population. Si elle ne fait pas ce métier pour entendre les gens taper sur des casseroles à 20 heures, elle aimerait en revanche les voir plus reconnaissants. Et prêts à témoigner du soutien face à la casse du service hospitalier public.

Charlotte prend les radios, les consulte attentivement et se retourne vers son patient. Elle saisit doucement son bras et en vérifie la mobilité.

— Vous avez de la chance, la fracture est nette. Aucun membre ne s'est déplacé. Racontez-moi ce qui s'est passé.

Au moment où l'homme ouvre la bouche, Charlotte comprend une grosse partie du problème. Elle en regrette presque d'avoir posé la question.

— Je sortais du travail, en fait…

— Dans cet état ? demande-t-elle dubitative.

L'homme, pas gêné le moins du monde, répond :

— Évidemment, je m'habille pas comme ça. Je sortais du magasin dans lequel je joue le rôle du Père Noël.

— Je ne parle pas de votre tenue, monsieur. Mais de votre état d'ébriété… Rassurez-moi, vous n'étiez pas ivre pendant que vous recueilliez les vœux des enfants ?

Deuxième sortie de route pour Charlotte. Elle n'a pas à donner son avis, elle n'a pas à faire la morale. La fatigue et les tracas commencent à empiéter sur son travail. Elle doit se reprendre et ne pas sortir de sa posture de soignante.

— Vous m'avez pris pour qui ?

— Pour un homme qui boit, perd le contrôle de lui-même et vient encombrer les urgences en plein réveillon de Noël ?

L'homme fulmine :

— Ah ouais, et vous vous prenez pour qui, vous ?

— Pour celle qui perd sa soirée pour des gens qui font n'importe quoi, tout comme vous.

Elle sort précipitamment du box dans lequel elle se trouve. Ne sachant plus si elle souhaite pleurer ou hurler. Heureusement, elle tombe sur Jérémy, son meilleur interne. Non seulement parce qu'il fera un excellent médecin, mais aussi parce qu'il sait quand ce n'est pas judicieux de poser une question.

— Djé, tu veux bien me plâtrer le type au box 3, s'il te plaît ? Sinon, c'est lui que je vais emplâtrer…

— Woaw, je t'ai jamais entendue parler comme ça. Soit il a abusé, soit t'es au bord du burn-out.

Il y a bien évidemment des deux… Au regard qu'elle lui lance, Jérémy sait qu'elle n'est pas en état d'en dire plus.

— Je m'en occupe. Va souffler un peu en salle de repos. On dirait que ça se calme. Alors, recharge tes batteries… ce soir, il ne nous manque que l'arrivée d'un bus de touristes pour que l'enfer soit complet.

Charlotte commence par aller prendre l'air sur le parking de l'hôpital.

Elle a besoin d'inspirer à pleins poumons, là, tout de suite. L'air est glacé, des flocons tournoient et tout semble feutré. Charlotte se remplit du silence propre aux météos neigeuses. Marcher dans la neige, c'est comme marcher sur la pointe des pieds, ne pas faire de bruit, se faire oublier. Disparaître, presque…

Elle s'assied sur un banc, malgré le froid et la neige. C'est comme si elle en avait besoin pour faire redescendre tout le feu intérieur qui l'embrase. Elle prend son téléphone. Elle a bien besoin de parler mais à une heure pareille, elle ne va pas risquer de réveiller quiconque. Comme le téléphone de son frère est éteint, elle décide de lui laisser un nouveau message. Certes, elle n'aura pas de réponse, mais ça lui permettra au moins de poser sa colère quelque part.

Quelques minutes ont dû s'écouler quand la sirène des pompiers la sort de la torpeur dans laquelle elle s'est enfoncée après son message. Cette mélodie, angoissante pour de nombreuses personnes, provoque chez elle un autre effet. Elle lui tord le ventre, elle excite son impatience. C'est devenu un réflexe de Pavlov. Ce son est forcément associé à Marius, même si elle sait qu'il est impossible qu'il sorte de ce camion-ci. Il est déjà loin de l'hôpital à l'heure qu'il est.

Charlotte sait qu'elle lui a brisé le cœur ; elle ne pouvait néanmoins pas faire autrement. Elle est mariée, elle a des enfants. Elle ne le lui a pas caché. Certes, ils se sont avoué des sentiments… mais ce n'est pas une raison suffisante pour tout plaquer. Elle se repasse en boucle tous les mots doux qu'il a pu déposer, quasiment à ses pieds, pendant toutes ces semaines. Elle se remémore les moments volés, les moments doux. Alors, oui, c'est beau, ça lui fait vibrer les entrailles.

Marius… ce nom est à lui seul une promesse de chaleur. Un nom qui lui donne des papillons dans le ventre à défaut de lui faire entendre les cigales.

Rien de tout ça n'est raisonnable. Depuis le début.

Il y a un prix à payer pour chaque chose : la boule au ventre, la peur de se faire prendre, la culpabilité. Le temps que l'on s'accorde est aussi celui qu'on vole à la famille. Quelle est la part de vie privée, d'intimité, que l'on a encore le droit de s'accorder quand on est épouse, quand on est mère ? Elle sait que rien de tout cela ne répond à la morale que l'on nous vend comme étant la seule valable. Cependant, elle aime. Ou tout du moins, elle a aimé… Deux hommes plutôt qu'un seul. Elle ne sait pas s'ils pourront lui pardonner. Elle ignore d'ailleurs si elle a le droit de se le pardonner à elle-même.

Le camion s'arrête, il n'en sort évidemment pas Marius, ni même aucun des gars de son équipe. Elle les aime bien, surtout Paul. Le seul qui semble ne pas les juger. Les pompiers sortent précipitamment, l'arrière du véhicule s'ouvre. Encore un blessé. Elle s'apprête à le prendre en charge quand surgit Jérémy :

— T'inquiète, j'ai plâtré ton patient. Je vais prendre en charge celui-ci aussi.

Elle est sur le point de rétorquer que ça va aller, mais il plaque un doigt sur ses propres lèvres et poursuit :

— Allez, comme ça, on sera quittes. Tu me sauves les miches assez souvent pour que je puisse t'offrir cette petite respiration.

Tout le ballet de la prise en charge se met en place et en quelques secondes, tout le monde s'est déjà engouffré dans l'hôpital. Sauf elle. Rendue au silence et à la solitude. Elle serait bien restée là plus longtemps mais elle commence à avoir froid. La neige continue de tomber et s'amasse à présent. Si cela ne provoquait pas autant d'accidents supplémentaires, elle serait ravie d'une météo aussi adaptée à l'événement.

Elle décide de rentrer se mettre à l'abri et de profiter de dix minutes supplémentaires de repos. Ses collègues sont sur le pont et le flux des arrivées semble s'être réellement calmé. Elle traverse les couloirs, direction la salle de repos. Elle jurerait que les deux infirmières qu'elle vient de croiser parlaient d'elle. Des messes basses, des regards en coin, un gloussement. Et un silence soudain et gênant à son approche.

— Bonsoir, les filles. Alors, de garde vous aussi ? Pas trop dur ? lance-t-elle tout de même, pour détendre l'atmosphère.

— Bonsoir, docteur. On dirait que ça se calme un peu, répond l'une d'elles.

— En ce qui me concerne, rajoute la seconde, je suis ravie d'échapper à ma belle-famille. Je me porte volontaire chaque année, sans le dire à ma copine. Je pense qu'elle n'est pas dupe. Au moins, elle profite de ses parents. Et moi, je ne suis pas obligée d'écouter leur laïus sur le fait que, forcément, si deux personnes de même sexe choisissent d'être en couple, elles peuvent pas se plaindre de pas avoir d'enfants…

Charlotte aime beaucoup sa belle-famille. Presque autant que ses propres parents. En épousant Flavien, elle a littéralement doublé son cercle familial. Deux fois plus de gens, deux fois plus d'amour. Deux fois plus de gens qui seront déçus en apprenant qu'elle est sortie de son rôle d'épouse et de mère…

— Ils voient votre couple d'un mauvais œil ? ose demander Charlotte.

— Pensez-vous… ils sont ouverts, si on les écoute. Non, ce n'est pas de l'homophobie ordinaire selon eux. Ils expriment un point de vue, c'est tout. Je me tais, parce que ce sont les parents de ma copine, mais ça me fait bouillir. Moins je les vois et mieux on se porte.

Elle souhaite bon courage aux deux femmes et continue son chemin, consciente que cette petite conversation anodine n'aura pas suffi à créer du lien avec elles. Charlotte est persuadée qu'à peine le dos tourné, elles ont repris leurs commérages.

Marius et elle ont pourtant pris de nombreuses précautions. De son côté, elle ne l'a confié à personne. De toute façon, hormis Jérémy, elle veille à ne pas établir de lien personnel avec ses collègues. Elle a toujours eu besoin de dissocier ses univers. Sans doute car sa profession est si prenante que si elle venait à en parler en dehors de ces murs, si elle n'arrivait pas à suffisamment couper, elle aurait l'impression de ramener la maladie chez elle. Peut-être même la mort. La période de crise sanitaire de ces dernières années n'a rien arrangé à ce sentiment.

Arrivée dans la salle de repos, elle fonce vers la cafetière. Vide… Depuis deux ans, ils sont revenus à une bonne vieille machine à filtre. D'un commun accord, le personnel a accepté de ne plus utiliser de dosettes. Certains récupèrent même le marc pour faire l'engrais pour leurs plantes. C'est leur petit geste collectif en faveur de la planète.

Elle ouvre le meuble bas sur laquelle repose l'appareil. Malheureusement on dirait que personne n'a pensé à faire le plein. Elle n'a pas le temps d'aller jusqu'à la cafétéria et n'a guère envie du brouhaha qui entoure souvent le distributeur automatique. D'autant qu'en matière de goût et d'écologie, ça laisse cruellement à désirer.

La porte s'ouvre derrière elle :

— Mon royaume entier pour un café bien sucré, s'exclame une voix que Charlotte n'identifie pas.

En se retournant, elle reconnaît la grande brune à l'air jovial. C'est Margaux, une des intervenantes de l'association Yadlajoie qui s'occupe en priorité de divertir les enfants à l'hôpital. Elle l'a croisée en début de soirée, passant de chambre en chambre pour apporter un petit présent, une blague, une chanson.

— Votre royaume n'y suffira pas. Y a pas un gramme de café moulu qui traîne.

— Je vais avoir du mal à tenir jusqu'au petit matin, moi, répond Margaux dont les yeux pétillent tout de même. On pourrait se tutoyer, depuis le temps qu'on se croise, non ?

Charlotte a tendance à vouvoyer les gens. Elle trouve qu'on a plus de mal à envoyer vertement sur les roses les gens qui nous insupportent lorsqu'on les vouvoie. Quand elle tutoie, elle a toujours peur que ses paroles dépassent ses pensées. Impossible pour elle d'être vulgaire quand elle vouvoie. En revanche, cela lui donne sans doute une image de femme froide, voire imbue de sa personne.

— Excellente idée ! Dis-moi, ça te mine pas trop d'être là plutôt qu'en famille ?

— C'est vrai que je suis pas avec mes enfants et mon mari, ce soir.

— Je pensais pas trouver des bénévoles dans les hôpitaux, une nuit de Noël.

— Et pourtant, c'est sans doute la nuit pendant laquelle on a le plus besoin de nous. Les familles sont pas toujours présentes, pour tout un tas de raisons différentes. Alors les patients, les enfants surtout, ont besoin qu'on égaie leur soirée. Leur réveil aussi.

Margaux lui propose de faire un tour avec elle. Elles longent le couloir, et Margaux entrouvre plusieurs portes pour lui raconter l'histoire de chacun des enfants qui occupent les chambres. Charlotte connaît les pathologies de certains pour avoir participé à leur parcours de soins. Cependant, elle s'aperçoit qu'elle connaît peu, voire rien, de leur histoire en dehors de ces murs.

— Là, ils dorment enfin tous, raconte Margaux. Mais ça n'a pas été évident. Les petits appellent beaucoup un soir de Noël. Notre intervention soulage le personnel soignant et offre une autre présence que celle qui est liée à leurs soins.

— Tu peux rentrer chez toi, à présent, non ?

— Je pourrais mais je veux être là à leur réveil. Pour voir leurs yeux émerveillés… l'association dépose des cadeaux pour eux. Ainsi, peu importe le reste de leur journée, ils pourront se dire que pour eux aussi, le Père Noël est passé.

— Et comment on se retrouve bénévole dans une association qui met des étoiles dans les yeux des tout-petits ?

Margaux commence le récit de son histoire. Quatre ans auparavant, sa petite Augustine, âgée de seulement cinq ans, enchaînait les épisodes de grosse fatigue à répétition. À cela s'ajoutaient des douleurs abdominales importantes. L'enfant faisait peine à voir. N'ayant plus de médecin généraliste, Margaux a dû se battre pour obtenir un rendez-vous avec un pédiatre. On lui affirmait qu'elle s'inquiétait à tort ; mais au fond d'elle, elle le sentait. Elle savait que quelque chose clochait.

Une longue batterie d'examens a commencé : prises de sang, endoscopie, vidéo-capsule, etc. Après de nombreuses explorations, divers diagnostics avancés, d'autres écartés, la sentence a fini par tomber : la moelle osseuse de sa petite fille n'effectuait pas son travail. Il fallait la transfuser très régulièrement car son taux d'hémoglobine et ses plaquettes étaient toujours au plus bas.

Augustine commençait un long chemin de soins, dont on ignorait totalement quelle serait l'issue.

Charlotte a la gorge nouée et le cœur serré, elle n'ose pas demander comment va Augustine, si elle a guéri.

Le tumulte de l'hôpital reprend et elle est de nouveau appelée aux urgences par Loïc.

— Je reviens tout à l'heure, promis. Tu me raconteras la suite, d'acc ?

Margaux acquiesce et opine du menton pour lui confirmer que c'est bon, elle peut aller accomplir son devoir.

— Djé, tu me fais un point rapide de la situation ?

— Homme de cinquante-six ans, suspicion de fracture de vertèbre. Il a perdu connaissance après une chute violente dans la neige. Il est désormais conscient mais, selon les pompiers, il n'a pas dit un mot depuis sa prise en charge.

Charlotte regarde Jérémy, circonspecte. Elle a en face d'elle un couple et pourtant ce n'est pas l'homme qui semble souffrir. La femme qui l'accompagne est en pleurs. Elle est sans doute en proie à une crise de panique. Il va falloir aider les deux.

— OK, je m'occupe de monsieur. Djé, essaie de voir si Loïc est dispo et confie-lui madame. Sinon, reste auprès d'elle pour vérifier qu'elle parvient à revenir au calme.

Djé sort difficilement de la pièce car sa patiente se raidit. Tout son corps est tendu, elle refuse de quitter la salle.

— Madame, dit-il avec une précaution infinie. Il est entre les mains de la meilleure médecin de l'hôpital. Venez avec moi, s'il vous plaît.

— Vous ne comprenez pas, dit le tout petit bout de femme. Il a besoin de moi.

— Et c'est justement parce qu'il aura besoin de vous juste après ses soins médicaux que je veux m'assurer de vous ramener près de lui quand vous serez tout à fait apaisée.

Le mélange de douceur et de fermeté dont fait preuve Jérémy fait mouche, puisqu'il parvient à quitter sereinement la pièce avec sa patiente. Charlotte se sent chanceuse de participer à la formation d'un soignant de cette envergure. Dans le domaine du soin, les qualités humaines sont tout aussi précieuses que la dextérité médicale.

— Monsieur Léandry, je suis le docteur Delvaux. Je vais toucher votre dos, vous êtes d'accord avec ça ?

L'homme ne prononce pas un mot mais acquiesce. Son visage marque l'étonnement plus que l'inquiétude. Le personnel soignant omet parfois de communiquer avec le patient sur l'accès à son corps. Charlotte est très attentive à cela. Évidemment, les gens savent que c'est logique pour un médecin de toucher la zone concernée, mais demander le consentement a un double intérêt. Tout d'abord, il témoigne du respect du corps de l'autre, mais il inclut aussi le patient dans le processus de recherche de la douleur, puis de soin.

— Je vais y aller très doucement, sans vous faire bouger. Ensuite, on vous emmènera passer une radio pour vérifier d'éventuelles lésions. Vous voulez me dire ce qui vous est arrivé ?

L'homme secoue la tête et tente de retenir ses larmes comme il le peut.

— Ce n'est pas grave, prenez votre temps. Je suis là pour vous, dès que vous serez prêt.

Un brancardier prend la relève et amène M. Léandry au service des imageries. Il faut prendre beaucoup de précautions quand les gens chutent, et ne pas risquer de passer à côté de lésions de la colonne vertébrale.

Jérémy revient à ce moment-là.

— C'est bon, Loïc a pris en charge Mme Léandry. Sa tension est très haute, alors on va vérifier que c'est juste passager.

— Tu as réussi à savoir ce qui s'est passé ?

— Alors dans les grandes lignes… Le réveillon de Noël, c'est sacré, dans cette famille. On se réunit, on fait la fête, on chante des cantiques et on va à la messe.

Bon nombre de familles antillaises perpétuent cette belle tradition. Mme Léandry semblait très agitée à ce sujet, mais j'ai du mal à comprendre où elle veut en venir.

— Djé, l'interrompt Charlotte le sourire aux lèvres, je parle de ce qui a provoqué sa blessure.

— Ah, oui, pardon. Il est sorti avec ses petits-enfants, un peu avant minuit. Il leur a fait croire qu'ils allaient chercher le Père Noël. Pour permettre au reste de la famille de mettre les cadeaux sous le sapin.

— Djé…

— Oui, j'y arrive. Plein d'enthousiasme, il a apparemment glissé et chuté. Il s'est écroulé sur les fesses. Il a réussi à se relever, tenté de rentrer avec les enfants. La douleur était si intense qu'il a voulu faire une pause et s'asseoir sur un banc. C'est quand il a constaté qu'il ne pouvait pas plier ses membres pour s'asseoir qu'il a paniqué, appelé les pompiers, et sa femme aussi sans doute.

Ce genre d'incident peut prêter à rire. Charlotte sait qu'il faut être très attentif à ces chutes car le rachis peut avoir été endommagé. Dans ces circonstances, chaque geste compte car les choses peuvent s'aggraver, et parfois de manière irréversible, si elles sont prises avec trop de légèreté. Celui qui tombe se dit, à tort, que ses fesses amortissent le choc. Et parfois, c'est le drame. De plus, il faut être deux fois plus vigilant avec les personnes dont la peau est foncée car elle ne permet pas de voir les traces de contusions, et donc une possible hémorragie.

— D'accord, appelle-moi quand il revient des radios. En attendant, je vais voir si Loïc s'en sort avec son épouse.

Dans une petite salle, l'autre interne a pris en charge Mme Léandry. Celle-ci est plus calme. Loïc est en train de prendre sa tension. La sérénité qu'il dégage est sans doute pour beaucoup dans celle qui émane à présent de sa patiente. Charlotte l'admire. Depuis la crise du Covid, les soignants ont été soumis à rude épreuve. Plus rude qu'à l'ordinaire. Nombreux sont ceux qui ont craqué, sont en arrêt maladie. Ceux qui ont quitté le navire pour trouver une autre orientation professionnelle. Autour d'elle, Charlotte constate aussi que ses collègues sont plus irritables, moins impassibles. Elle le comprend parfaitement, d'ailleurs. Elle a de plus en plus de mal à trouver de l'énergie pour être sur tous les fronts en même temps. Alors, regarder Loïc accompagner cette dame, c'est comme trouver de l'eau en plein milieu du désert : une bénédiction, un miracle même.

— Voilà, madame Léandry, quelle idée de se mettre dans des états pareils !

— C'est que je m'en veux terriblement…

— Voyons, vous ne l'avez pas poussé votre mari, si ?

Loïc, tout en blaguant avec cette dame, vérifie une dernière fois ses constantes. Elle a l'air si fragile entre les mains de ce colosse.

— Non, mais je me suis vraiment fâchée contre lui. Il est toujours en train de faire le pitre, pour amuser les gosses. Il ne prend rien au sérieux… ces choses-là, c'est toujours pour cette brave Yvonne…

Yvonne lui a donc passé un savon, l'a accusé d'avoir dérangé les pompiers pour rien. Au départ, elle l'a même incité à ne pas appeler.

— Vous vous rendez compte ? Je lui ai dit que quand on se comportait comme un gamin, à son âge, il fallait assumer. Je voulais à toute force qu'il prenne son mal en patience ou qu'il aille à l'hôpital par ses propres moyens.

Loïc s'assied en face d'elle. Il sort de sa posture de médecin pour lui montrer qu'il est à son écoute.

— Je lui ai même dit que je regrettais de l'avoir épousé et de ne pas compter sur moi pour pousser son fauteuil. J'ironisais, mais maintenant… s'il est vraiment gravement blessé… je le laisserai pas tomber, hein, sanglote-t-elle doucement.

— Ne vous inquiétez pas, je suis certain qu'il le sait. Je vais aller prendre de ses nouvelles. Je peux vous laisser un peu seule ? Je reviens le plus vite possible.

— Merci beaucoup, docteur. Je vais me reposer, ne vous en faites pas.

Charlotte essaie d'avoir l'œil le plus attentif et le plus discret possible sur ses internes. Transmettre sa pratique lui tient particulièrement à cœur. Elle tient sans doute cela de sa grand-mère, une ancienne institutrice. Une main de fer dans un gant de velours, disait-on d'elle. Des années d'enseignement dans les quartiers les plus défavorisés. Autant Charlotte n'aurait pas été capable de patience avec des tout-petits, autant elle aimait l'idée qu'elle aussi pouvait partager, léguer à son tour ce qu'on lui avait appris.

Après avoir constaté rapidement que la jeune Lorédane se repose sans aucune complication à l'horizon, Charlotte jette un coup d'œil à son téléphone. Un SMS de son époux lui indique que les enfants et lui vont se coucher après avoir beaucoup ri devant des bêtisiers de Noël. Ce message la réjouit. Ses enfants, c'est ce qui compte le plus au monde. Dit ainsi, ça fait cliché. Et pourtant, c'est l'unique raison pour laquelle elle n'a pas tout quitté, après le début de sa liaison avec Marius. Elle ne sait pas comment font les parents des couples séparés pour supporter de ne pas vivre avec leurs enfants au quotidien. Si Charlotte apprécie quand ils sont en vacances, à l'école ou au centre de loisirs, elle sait qu'elle va les retrouver dans les jours ou les heures qui viennent. La perspective de ne plus être dans leur vie qu'une semaine sur deux paraît inconcevable.

Le message est touchant : ils ont hâte de la retrouver au réveil et espèrent que le Père Noël sera bien passé pendant la nuit. Elle se réjouit à l'idée de partager leur joie dans quelques heures.

Cependant, quelque chose la tiraille. Elle en éprouve une honte certaine, et pourtant… elle espérait aussi un message de Marius. Ou un signe de quelque ordre soit-il. Elle regarde son profil Instagram et constate, dépitée, qu'il a passé son statut en mode privé. Ils ne sont pas abonnés l'un à l'autre, pour éviter les soupçons. En revanche, ils ont l'habitude de consulter leurs profils respectifs et d'accompagner leurs publications de messages sibyllins que seul l'autre peut comprendre. Qui les suivrait tous les deux s'apercevrait même qu'ils se répondent souvent de photo en photo. Elle n'est pas dupe, c'est à son regard à elle qu'il veut se soustraire avec cette restriction de visibilité. Une manière de la faire réagir ? Une sorte d'ultimatum ? Ou une rupture qui ne dit pas encore son nom ? Elle ne peut pas lui en vouloir… Il veut davantage et elle sait bien, au fond d'elle-même, qu'elle est incapable de lui donner plus. Elle s'aperçoit qu'elle fait preuve d'égoïsme en agissant ainsi. Elle garde tout : le confort de son couple et le piment de l'interdit. Charlotte les aime tous les deux, différemment. Ce n'est pas pour la rendre plus humaine, ni pour la dédouaner. Elle les aime réellement tous les deux. Trop. Ou peut-être pas suffisamment ni l'un ni l'autre pour parvenir à trancher. Parce que choisir, c'est renoncer. Et qu'au milieu du mot « aimer » s'est rajoutée une lettre qui l'a transformé en « abîmer ».

Finalement, elle remercie le sort de la faire travailler ce soir. Elle a de plus en plus de mal à jouer la comédie, ça la ronge. Alors, jouer l'épouse parfaite la veille de Noël, c'est plus qu'elle ne peut s'imposer.

— Charlotte, on a un souci. Tu peux venir ? Tout de suite !

Le ton alarmé de Jérémy ne laisse aucune place au doute. Elle court à sa suite.

C'est Sarah, la compagne rieuse du début de soirée, qui l'inquiète.

— À les écouter raconter leur histoire de demande en mariage digne d'une comédie romantique de Noël, je crois qu'on est passés à côté d'un énorme truc.

La jeune femme, légèrement hagarde, est sur un brancard en position mi-assise, mi-allongée. Jérémy relève délicatement ses cheveux et dévoile le côté gauche qu'ils cachent. Un gros hématome.

— Bon sang, d'où ça vient, ça ?

— Je l'ignore. Son mari nous a appelés une première fois car, je cite « elle dit vraiment n'importe quoi ». Je me sens coupable, on aurait tout de suite dû prendre ça au sérieux, mais comme…

— … comme elle rigolait sans cesse, vous l'avez pris à la légère. Contrariant, très contrariant. Mais logique.

Dans un premier temps, Jérémy lui a fait passer un test de Glasgow dont les résultats ont semblé encourageants. Sarah était réactive ; mais elle a très vite commencé à se plaindre de violentes céphalées.

— Et là, comme tu peux le voir, on a du mal à la faire réagir. Elle a fini par nous confier qu'au moment de l'accident de voiture, elle s'est cogné la tête.

— Mais pourquoi est-ce qu'elle n'a rien dit avant ?

Sarah se met à geindre, elle tend la main vers les deux soignants :

— J'en avais assez fait pour la soirée, je voulais surtout qu'on soigne Geoffrey.

La jeune femme commence par réprimer un haut-le-cœur et vomit brutalement.

— Putain, à tous les coups, on est passés à côté d'un trauma crânien. On n'a pas le temps d'attendre un brancardier. Bipe le service, on la monte pour un scanner cérébral.

Sarah est prise en charge par l'équipe de neurologie. Jérémy et Charlotte sont secoués par la rapidité avec laquelle la situation s'est dégradée.

— Je vais informer le mari, annonce Charlotte.

— Je peux le faire si tu veux.

— Non, Djé, merci. C'est à ton tour d'aller souffler quelques minutes.

— Merci… c'est pas encore ce soir que je vais arrêter de fumer. J'espère vraiment que ça va aller, pour Sarah…

Charlotte pose une main sur son épaule. Il hoche la tête et s'éloigne à pas lourds. Il semble porter tout le poids du monde sur ses épaules.

La médecin retourne au chevet de Geoffrey qui a assisté, impuissant, à l'effondrement de l'état de celle qui n'a toujours pas pu accepter sa demande en mariage.

— Docteur, alors, comment va-t-elle ?

— Elle est dans les mains de notre meilleur neurologue. Vous avez de la chance, c'est lui qui est de garde, ce soir.

— De la chance ? C'est ainsi que vous qualifiez cette soirée, vous ? Je veux la demander en mariage, je me coupe un doigt. Elle m'amène aux urgences, c'est le carambolage. Par-dessus le marché, elle se cogne la tête et ne dit rien. Et maintenant, je dois attendre de savoir si celle que je veux épouser est sur le point de perdre la boule.

L'homme se met à pleurer. Cette soirée est bien trop chargée en émotions.

— Je passe mon temps à la vanner, à lui dire qu'elle est timbrée. Que personne pourra jamais supporter une fille pareille à longueur d'année. En réalité, tout ce que j'espère, c'est passer ma vie avec elle. J'ai envie de son imprévisibilité au quotidien, de jamais savoir à quoi m'attendre à chaque nouvelle journée qui commence.

Charlotte se tait mais elle n'en pense pas moins. La routine s'est installée dans son couple. Prévisible… oui, c'est bien l'adjectif qui qualifie le mieux sa vie, la relation avec son mari. C'est supposé être rassurant, surtout quand on exerce un métier dans lequel tout bascule d'une seconde à l'autre… la preuve… On parle de la nécessité d'entretenir la flamme, de toujours chercher à séduire l'autre, de se renouveler. C'est épuisant… mais surtout, est-ce réellement possible ? Ne faut-il pas plutôt accepter que les relations évoluent et profiter de ce qu'elles nous amènent année après année ? Ou faut-il partir et tout recommencer régulièrement ?

— Geoffrey, courage ! Elle est entre de bonnes mains…

— Elle va s'en sortir ?

— Oui, on l'espère…

— Sans séquelles ?

Comment rassurer sans s'avancer sur un pronostic qui ne dépend pas d'elle ? Les chocs à la tête et leurs conséquences sont tellement variables…

— Je ne peux pas me prononcer, c'est vrai. Sarah est jeune, elle a été prise en charge rapidement et par un des meilleurs. Alors, en attendant, on va regarder où en est votre main, d'accord ?

La mobilité est meilleure. La blessure a nécessité quelques points mais le risque de section d'un tendon est désormais écarté. Si ce n'était que la main, ce gentil petit couple aurait pu rentrer finir son réveillon à la maison.

— Votre main va mieux. Essayez de vous reposer un peu, le temps qu'on ait des nouvelles de Sarah.

À la mine interloquée de son patient, elle ajoute :

— Oui, je sais, difficile de dormir alors que celle qu'on aime est en train de braver une épreuve. Pour l'instant, vous ne pouvez rien faire d'autre qu'attendre. En revanche, tout à l'heure, elle aura sans doute besoin de toute votre attention. Alors, mieux vaut être reposé.

— Dès qu'il y a du nouveau, vous me tenez au courant ?

— Promis.

Décidément, ça n'arrête pas cette nuit. Il paraît que la neige a enfin cessé de tomber. Pourvu que les températures ne baissent pas. Il ne manquerait plus que le verglas s'invite et transforme la région en patinoire à ciel ouvert. En parlant de cela, les résultats des imageries de M. Léandry devraient déjà être arrivés. Charlotte décide de monter à la radio pour voir si son patient y est encore. C'est le cas : il a passé les examens mais attend encore les comptes rendus. Charlotte s'approche de la secrétaire pour s'enquérir du temps d'attente :

— Salut, tu sais où en sont les résultats des radios de M. Léandry, s'il te plaît ?

— On fait au plus vite, lui répond l'autre assez sèchement, sans même la regarder.

— Oui, je me doute mais… tente-t-elle d'ajouter le plus aimablement possible…

— Va falloir être patiente… si ton meilleur sourire, ça marche avec les pompiers, à la radio, c'est peine perdue, lui balance son interlocutrice en la fixant droit dans les yeux cette fois.

Charlotte manque de s'étrangler. Elle ne s'attendait pas à cela. Cette jeune femme a-t-elle eu ou aurait-elle aimé avoir une histoire avec Marius ? À moins qu'elle ne porte un jugement sur l'attitude de la médecin en sachant qu'elle est mariée. Et qu'on attend sans doute d'elle un comportement exemplaire.

Que répondre à cela ? Rien. Elle ne sait plus trop quoi faire : tourner les talons ou attendre tout de même les résultats alors même qu'elle aimerait se terrer dans un trou de souris ?

Heureusement le médecin radiologue vient les interrompre :

— Charlotte, salut ! J'ai entendu que tu voulais des résultats. Je les ai, viens, je vais te les montrer.

— Merci Rihad, tu me tires d'un mauvais pas.

— Je sais, j'ai entendu…

Avant même que Charlotte tente de se justifier ou de rajouter quoi que ce soit, il poursuit :

— Je déteste les gens qui se mêlent de ce qui les regarde pas et se trouvent intelligents d'utiliser leur sarcasme à de telles fins. T'inquiète pas, en ce qui me concerne, ce qui m'intéresse, c'est de faire un super job à tes côtés.

Si tout le monde pouvait penser ainsi, le monde serait un peu moins moche. Surtout une nuit de Noël.

— Revenons au dos de ton patient. Fracture et déplacement de vertèbre lombaire, c'est pas joli-joli. En revanche, il s'en tire bien car même s'il y a eu un léger déplacement, la colonne et la moelle ont été complètement épargnées. Il m'a dit avoir essayé de s'asseoir. Heureusement qu'il a pas forcé, sinon il aurait risqué de plus jamais pouvoir se relever.

— Bon, eh bien, il en est quitte pour un sacré plâtre du buste. Merci, Rihad. Je vais descendre m'occuper de ses soins et informer son épouse.

— Je t'en prie ! Prends soin de toi.

Charlotte redescend aux urgences. Elle profite du temps pendant lequel un brancardier va redescendre son patient pour aller informer son épouse.

— Je m'occupe de le plâtrer, madame Léandry, et ensuite je vous vois tous les deux pour vous expliquer les précautions qu'il faudra prendre dans les prochaines semaines.

Charlotte a invité Loïc et Jérémy à assister à cette intervention. C'est assez rare et dans les hôpitaux universitaires, on accorde un soin particulier à faire découvrir un maximum de procédures aux aspirants médecins.

Après s'être assurée que le transit de son patient est bien revenu à la normale – il se bloque souvent en cas de choc –, Charlotte explique à M. Léandry, ainsi qu'à tous les observateurs, comment elle va procéder. Pour permettre à la vertèbre de se reconstruire, elle choisit le plâtre. C'est encombrant mais peu invasif. Aidée par une équipe, elle va devoir le suspendre à l'aide d'une armature ressemblant à un lit à baldaquin, sans le lit. M. Léandry ne porte que son slip et du monde s'est pressé dans la salle pour voir cela. Quand Jérémy lui demande s'il peut photographier, il ne peut réprimer un fou rire :

— Je vous interdis d'envoyer ça à *Playboy* !

— Mince, ça m'aiderait pourtant à rembourser mon prêt étudiant, répond le jeune interne.

Un petit coup d'œil sévère indique à l'assemblée que le moment de détente est passé. Malgré la situation incongrue dans laquelle se trouve le vieil homme, les précautions sont de mise. On ne rigole pas avec ce genre de blessure qui peut, à tout moment, menacer la mobilité de la personne.

Une fois la manœuvre terminée, Mme Léandry est invitée à rejoindre l'équipe. Charlotte leur explique que la position assise est interdite pendant au moins six semaines. À l'issue de ce temps, il faudra vérifier la consolidation par une radio. Suivront des semaines de port de corset et de rééducation. Voyant Mme Léandry éclater en sanglots, Charlotte rajoute :

— Je sais, c'est impressionnant, mais il s'en tire bien.

— Vous allez me trouver idiote, mais on n'a pas vu nos petits-enfants ouvrir leurs cadeaux cette année. Alors, ça me rend triste, ça aussi.

— Chou, dit M. Léandry qui s'est plutôt fait discret depuis sa prise en charge, tu veux toujours que tout soit parfait et comme tu l'as planifié. Eh ben, c'est pas possible. Alors, on va faire avec, prendre notre mal en patience. Le plus important, c'est que je t'aime, un peu plus chaque jour. Et rien n'est catastrophique, hein docteur ?

— En effet, monsieur, si vous êtes raisonnable, votre récupération sera bonne. Vous devrez certes prendre davantage de précautions avec votre dos à l'avenir, mais vous l'avez échappé belle.

Charlotte s'éclipse avec un regard attendri pour ce couple qui se dévore encore des yeux alors même qu'ils ont été parents et grands-parents. Elle leur aurait bien demandé leur secret. Comment s'expliquer qu'elle ne regarde plus son époux de la même manière ? C'est un bon compagnon, un partenaire de vie hors pair. Ils se sont rencontrés jeunes, se sont soutenus dans leurs études à rallonge, leurs examens exigeants. Ensuite, ils ont coché toutes les cases de ce que la société décrit comme la réussite : le bon métier, le mariage, les enfants, la voiture familiale, le pavillon. Ne manque que le labrador pour que le tableau soit complet.

Machinalement, elle regarde encore son téléphone. Elle n'attend pas de message de Flavien, il dort à cette heure. En revanche, elle ne comprend pas le brusque silence radio de Marius. Elle décide de lui écrire, mettant son orgueil de côté.

Coucou, tu vas bien ? Pas de nouvelles de toi
depuis des heures… tu es fâché ?

Elle envoie et voit quasiment aussitôt que son message a été lu. L'application indique qu'il est en train d'écrire. Mais rien n'arrive… est-ce qu'il réfléchit ? est-ce qu'il réécrit ? De nouveau, une notification indiquant qu'il écrit. Puis plus rien. Après quelques minutes, elle envoie un autre message :

Charmant… tu me lis mais tu ne me
réponds pas. Laissons passer Noël,
et parlons-nous ! Tu veux ?

Cette fois, la réponse ne se fait pas attendre. Elle est des plus laconiques puisqu'elle consiste en de simples points de suspension.

Cette fois, elle ne parvient pas à contenir ses émotions et se met à sangloter, en plein milieu d'un couloir. Niveau discrétion, on repassera. De toute façon, il semble que tout l'hôpital fasse des gorges chaudes de son histoire. Voilà qui donnera du grain à moudre à certains et alimentera de nouvelles conversations devant la machine à café.

L'arrivée précipitée de Jérémy interrompt ses pensées négatives.

— Mauvaise nouvelle ! Sarah a une légère hémorragie cérébrale. Le docteur Vintan l'a prise en charge pour une intervention au bloc. Je vais prévenir son amoureux. Quelle soirée pourrie pour eux…

— Ouais, ils auraient dû fêter une demande en mariage et maintenant, la vie de cette femme est suspendue à un fil. Dire que j'étais en train de me morfondre sur mes petits problèmes.

— Ce n'est pas parce qu'il existe de pires galères que les nôtres qu'on n'a pas le droit d'avoir du mal à encaisser certains trucs qui nous tombent dessus. Y a pas d'échelle à respecter. Chacun fait comme il peut.

— Comment tu fais pour être aussi jeune et aussi mûr ?

— C'est à force de fréquenter des vieilles comme toi, la taquine-t-il. Allez, je file voir M. Leroy.

La taquinerie de Jérémy a fait mouche. Charlotte a eu quarante-six ans cet été. Pour certains, c'est encore très jeune. Elle est même de cet avis, le plus souvent. D'ailleurs, si la différence d'âge l'a freinée quand elle a senti qu'elle se rapprochait de Marius, elle en a vite conclu que ce n'étaient que des chiffres, que ça se passait dans la tête. Quand elle est avec lui, elle oublie complètement son âge, sa difficulté à récupérer de ses nuits de garde, ses responsabilités. Elle croirait presque avoir remonté le temps sans Doloréane. Mais quarante-six ans, c'est aussi la ligne droite vers la cinquantaine ; comprendre qu'une belle grosse partie du chemin est déjà faite. Et si elle se plante à l'intersection ? Si elle choisit la mauvaise bifurcation ? Elle craint un instant de se retrouver seule. Que se passera-t-il quand Marius voudra des enfants ? Quand il s'apercevra qu'elle se tape un paquet de rides, qu'elle cache comme elle peut ses cheveux blancs…

Flavien, lui, fêtera ses cinquante ans l'an prochain. Il est serein, ça lui plaît de vieillir. Ils ont tout passé ensemble, ses cheveux ont déjà blanchi. Ça lui va bien d'ailleurs. Il pense que les rides sont de jolis ornements qui racontent notre histoire, qu'elles nous embellissent car elles témoignent de ce qu'on a déjà accompli. C'est une belle manière de voir les choses. Tout semble plus simple, plus rassurant à ses côtés. Certes, rien n'est gagné pour autant et rien ne dit qu'il ne va pas la quitter un beau matin. Pour une plus jeune, lui aussi…

Margaux la hèle à ce moment précis :

— Charlotte, ça va ? T'as vraiment une petite mine.

— Plus les années passent et plus je fatigue. À mon âge, c'est soupe aux croûtons et au lit après le journal télé, plaisante-t-elle.

Elle exagère, c'est vrai, mais elle apprécie de plus en plus les soirées calmes. Une série ou un bon roman, un plaid et une tisane. Voilà de quoi la combler.

— Tu veux un bon chocolat chaud ? J'en ai préparé pour le réveil de mes loulous. Il est bien épais et délicieusement parfumé à la cannelle !

— Ils ont de la chance de t'avoir. Et du coup, moi aussi.

Les deux femmes dégustent leur breuvage debout, adossées au mur. À cette heure de la nuit, prendre le risque de s'asseoir, c'est aussi prendre le risque de ne plus se relever. Même quand on est habitué à travailler la nuit, le corps rappelle ses limites. Et ces deux femmes sont plutôt habituées à un rythme diurne.

— Il a très vite été décidé qu'Augustine devait être hospitalisée. Elle devait subir une greffe de moelle osseuse, puis de la chimio. Heureusement, son frère était compatible. Alors même qu'il était encore très jeune, et sacrément impressionné, il a accepté comme un vrai guerrier. Il a donc subi un prélèvement pour aider sa sœur à survivre. L'opération a été une véritable épreuve pour le tout petit corps de notre fille. Et pourtant, elle a été d'un courage admirable, déterminée à se battre contre la vilaine maladie.

Les yeux de Margaux brillent. Ce ne sont pas les étoiles de Noël, mais bien le trop-plein d'émotions qui remonte à la surface. Instinctivement, Charlotte lui prend la main. Il y a quelque chose de l'ordre de la reconnaissance entre mères. Cette chose qui souvent prend les mères aux tripes, les mères, toutes les mères, qu'elles aient porté ou non leur enfant.

— Si c'est trop dur, t'es pas obligée de raconter.

— Crois-le ou pas, ça me fait du bien d'en parler. Les mots permettent aux choses de ne jamais disparaître.

Deux ou trois minutes passent, temps nécessaire à Margaux pour recharger ses batteries. Elle se ressert un peu de chocolat chaud et serre sa tasse entre ses mains tremblantes.

— Augustine a dû entrer en bulle stérile. Elle a enchaîné traitements et soins permanents. Qu'elle n'a pas tous bien supportés… On a dû couper ses cheveux. Elle les aurait probablement perdus, alors, pour éviter l'inconfort dans la bulle, on a anticipé. Elle a été nourrie par sonde. Et surtout, malgré toute notre organisation, il y avait le douloureux moment où nous devions la laisser seule. La nuit, surtout. Imaginer mon petit bout, aussi nue qu'un ver, fragile, loin de nous… j'en pleurerais encore aujourd'hui. Il y a la maladie qui effraie, la peur de la mort omniprésente. Mais cette culpabilité de laisser son enfant, cette certitude infondée que tant qu'on est là, rien ne peut lui arriver.

Margaux pose sa tasse et regarde Charlotte dans les yeux.

— Quand tu passes un truc pareil, c'est le cataclysme. Dans ta tête, dans ton cœur, dans ta vie. Plein de choses volent en éclats, tu remets tout en perspective. Les choses importantes et les choses futiles ne sont plus forcément les mêmes. C'est dur de continuer à aimer ton mari, d'accorder le temps nécessaire à tes autres enfants. Tout tournait, à juste titre, autour de la bulle d'Augustine. Seuls son père et moi étions autorisés à la voir, en prenant des précautions drastiques. Nous vivions, en quelque sorte, deux vies côte à côte, avec toutes les peines du monde à créer des passerelles, pour ne pas isoler Augustine encore plus qu'elle ne l'était.

Ces deux femmes se connaissent à peine, et pourtant Margaux parle et vide son sac comme elle ne l'a sans doute jamais fait depuis l'annonce de la maladie de son enfant. Parler à Charlotte, c'est si simple. Elle est médecin, elle est maman, elles se connaissent suffisamment pour se confier, mais pas assez pour craindre leurs regards respectifs. Leurs routes se croisent vraiment en ce soir de Noël, et c'est un peu comme un cadeau pour Margaux que de pouvoir se confier à cette femme qui ne fait pas, et ne fera sans doute jamais, partie de son cercle restreint.

— On savait que les choses seraient dures et longues. On n'avait pas anticipé de devoir passer Noël sans Augustine. Ses frères voulaient que le Père Noël ramène leur sœur à la maison pour l'occasion. Ils avaient décrété ne rien vouloir d'autre. Va leur expliquer que le Père Noël n'a pas ce pouvoir-là ; retiens ton envie de leur dire que si le Père Noël ou toute autre puissance existait vraiment, aucun enfant innocent ne risquerait sa vie. C'est à cette occasion qu'on a réellement compris le rôle des associations qui donnent de leur temps dans les hôpitaux. Du temps quand les parents, les proches, ne peuvent matériellement pas être là. Cette nuit de Noël, alors que nous étions rentrés à la maison, une belle âme de l'association a accompagné notre petit ange. Elle était là au coucher pour lui raconter une belle histoire de Noël, et même nous permettre une petite visio. Elle a été là également à son réveil pour lui montrer que le Père Noël était passé pendant son sommeil. Avec la bulle, elle n'a pu que voir ce qu'elle avait reçu, pas y toucher. Cependant, elle nous a raconté un peu plus tard que c'était son meilleur Noël. Au réveil, elle avait été soulagée de voir que le Père Noël l'avait quand même trouvée. Je me souviens de ses paroles qui ont failli me détruire de l'intérieur : « C'est peut-être car je suis pas sage que je suis malade. J'avais peur que le Papa Noël, il passe pas. » Du haut de ses cinq ans, elle avait intégré que si elle avait cette saleté, c'était sa faute.

— Punaise, c'est hyper dur, prononce Charlotte, le souffle court. Au quotidien, ça a dû être très compliqué à gérer.

— Même si j'ai pu arrêter de travailler un moment, grâce aux congés spéciaux, mais surtout à une cagnotte organisée par mes proches, la vie au-dehors continuait pendant que celle d'Augustine était suspendue à un fil. Ses frères avaient besoin de leurs parents, ils réclamaient à juste titre un peu de temps, d'attention, de protection. Celui que j'ai le moins vu pendant cette période, c'est mon mari. On se croisait, on se passait le relais. Si on peut penser qu'on a manqué du soutien l'un de l'autre, je suis persuadée que ça nous a évité les moments communs d'abattement. On n'a jamais eu le temps de se regarder dans les yeux et de se demander clairement, l'un à l'autre, si nous allions perdre notre enfant. On était en mode automatique. Les gens nous disaient qu'on était courageux. Je ne pense pas. On n'avait pas le choix, on avançait. On ne pouvait pas craquer, ni pour Augustine, ni pour nos autres enfants.

Charlotte aimerait dire quelque chose, mais aucun mot ne sonne juste. Aucune parole ne lui semble pertinente. Elle n'a jamais traversé davantage d'inquiétudes qu'un genou écorché, une bronchiolite et un bras cassé. Les difficultés d'apprentissage de son aînée la contrarient beaucoup, mais à la lumière de ce qu'elle entend ce soir, tout cela lui semble dérisoire. Elle en rencontre, pourtant, à l'hôpital, des cas comme celui d'Augustine et de sa famille. Cependant, cette fois, ce n'est plus un cas dont elle peut se protéger derrière sa posture de soignante. Cette nuit, c'est une conversation de mère à mère… et la frontière est bien plus poreuse. Alors, elle laisse Margaux continuer à s'épancher. Être une oreille attentive, ça peut être précieux.

— La greffe a bien pris, les résultats ont commencé à s'améliorer. En dents de scie, certes, mais globalement, on allait dans le bon sens. Augustine a commencé par sortir de sa bulle pour passer dans une chambre sas. Ça s'est fait sous les applaudissements de tout le service. Notre petite guerrière en était impressionnée, et nous très émus. Tout n'a pas été parfait, certains résultats étaient bons, d'autres moins. Si la greffe avait bien pris, elle ne donnait pas non plus les résultats attendus. Une moelle paresseuse, si je peux vulgariser ainsi. Quand on a eu l'autorisation de la ramener à la maison et de continuer le suivi en hôpital de jour, on était tellement heureux. Cependant, rien n'avançait comme prévu, Augustine était épuisée. Nous aussi, car nous devions assurer tous les soins pris en charge auparavant par l'hôpital. On se battait comme des lions, on faisait tout correctement. Mais la vie de notre poulette continuait à ne tenir qu'à un fil. On sentait en permanence l'épée de Damoclès au-dessus de nos têtes.

Jérémy arrive à ce moment-là.

— Djé, tout va bien ? Tu as besoin de moi ?

— On dirait que les choses se tassent. En espérant que ça va rester comme ça jusqu'à la relève.

— Des nouvelles de Sarah ?

— Oui, justement, elle vient de sortir du bloc. Le docteur Vintan aimerait s'entretenir avec toi avant d'aller voir son amoureux.

Charlotte se retourne vers Margaux.

— Vas-y, vas-y. Je vais continuer mes préparatifs. On se revoit d'ici la fin de ta garde ? propose la bénévole.

— OK, ça roule. À tout à l'heure.

Les deux médecins se dirigent d'un pas assuré vers le service de neurologie dans lequel la jeune Sarah a été prise en charge. Charlotte a le sourire aux lèvres. Paradoxalement, le récit poignant de Margaux lui a donné l'envie de mordre la vie encore plus fort.

— Elle est incroyable, cette femme !

— Margaux, ouais carrément ! répond l'interne.

— Ah, tu la connais ?

— Ouais, c'est notre exemple à tous. Accorder ainsi de son temps, surtout après ce qu'elle a traversé.

— Oui, c'est une belle histoire de Noël, finalement, tu ne trouves pas ?

— Charlotte, tu ne sais pas ? Sa petite Augustine… Comment te dire ? Elle a rejoint les anges.

Charlotte s'était posé la question au début du récit de la bénévole. Cependant, à sa manière impassible de raconter son épreuve, elle en avait déduit que tout s'était bien terminé. Charlotte se sent brusquement coupable d'être partie ainsi, alors même qu'elle allait sans doute lui dire que tout ne s'était pas bien fini.

Elle sent ses jambes céder sous elle. Sans le renfort instantané de Jérémy, elle aurait pu vaciller.

— Tu veux t'asseoir un instant ?

— Non, Djé ! Vintan nous attend sans doute, j'ai besoin de savoir comment va Sarah ! Il me faut un putain de miracle de Noël, maintenant, tu comprends ?

— Vintan, c'est au-delà du miracle, c'est un ponte !

Le fameux neurologue est au chevet de sa patiente. Elle est encore endormie. L'anesthésie va mettre encore un peu de temps à se dissiper.

— L'opération n'a pas duré très longtemps. L'hémorragie était vraiment très légère et elle a été prise à temps.

— On n'a pas été assez bons sur ce coup-là, Maxime. On a blagué avec elle, cette nana est un clown. On n'a rien vu venir.

— Charlotte, c'est pas le moment de vous flageller. Elle avait l'air d'aller bien. Apparemment, c'était son mec qui était blessé.

— Oui, mais ils ont eu un accident de voiture, quand même. Je m'en veux.

Maxime Vintan est un colosse, une force de la nature. Et pourtant, il a un regard doux comme on n'en voit plus. C'est un grand chirurgien, non seulement parce qu'il a des doigts en or, mais aussi car il fait preuve de beaucoup de sang-froid, en toutes circonstances. Charlotte l'a déjà entendu défendre l'idée qu'au moment où il intervient, ses patients sont mal en point. Alors il voit sa pratique comme une possibilité d'arranger les choses. *Rien à perdre, tout à gagner.*

— Du coup, elle va s'en tirer ? Il va lui rester des séquelles ?

— J'aimerais le savoir, mais il va déjà falloir attendre son réveil. Le cerveau, c'est fragile et complexe à la fois. J'espère que rien n'a été altéré mais je n'aurai un début de réponse qu'une fois que j'aurai pu échanger avec elle.

— Ah… ça va prendre du temps, tu crois ?

— J'espère que non. Tu es de garde encore longtemps ?

Charlotte regarde sa montre et soupire. Le temps a filé et pourtant il lui reste encore un peu plus de deux heures à tenir.

— Trop, si tu veux mon avis. Et toi, tu arrives au bout ?

— Tu vas me prendre pour un dingue… je tournais en rond chez moi. Tout à coup, j'ai eu l'impression qu'on avait besoin de moi ici. Alors je suis venu. Maintenant que je suis là, ne te fais pas de souci, je vais attendre que ma patiente reprenne conscience. Si tu as besoin de quoi que ce soit, bipe-moi.

Jérémy, qui était resté silencieux jusque-là, marmonne un « Si ça, c'est pas un miracle de Noël » qui n'échappe pas à Charlotte.

Ils croisent Loïc dans les couloirs. Le jeune homme a le sourire, on sent qu'il aime son métier. Il a encore la fraîcheur des débuts, même s'il a été lui aussi mis à rude épreuve pendant le Covid. C'est un optimiste qui se réjouit d'avoir passé cette période insensée dans des conditions dignes d'un mauvais film apocalyptique.

— Alors Loïc, le charrie Jérémy, qu'est-ce qui nous vaut ce sourire ? T'as trouvé l'amour au détour d'un brancard ?

— Blaireau, va ! le rembarre l'autre.

Charlotte sourit. Elle a du mal à assimiler le langage relâché de la jeune génération. De son temps, au travail, surtout devant ses supérieurs, on se forçait à utiliser un langage châtié. Même si les langues se déliaient une fois le service bouclé ou dans les soirées entre internes.

— Eh, les garçons, surveillez votre langage ! Devant les patients, ça fait pas sérieux.

— Pardon, tu as raison, confirme Loïc. Je voulais vous dire que les constantes de Lorédane sont bonnes. Elle réagit bien aux stimuli. Hormis cette histoire de rendez-vous raté qu'elle nous ressort en boucle, je dirais que tout va bien. Le temps que quelqu'un vienne la chercher, elle va rester avec nous jusqu'au petit matin, mais c'est juste une question de logistique, à présent.

— C'est fou quand même. Deux coups à la tête et finalement, c'est celle pour laquelle on s'est le plus inquiétés qui s'en tire le mieux.

Loïc les interroge tous deux du regard.

— Sarah ira peut-être mieux tout à l'heure. On va rester sur la bonne nouvelle de Loïc et en attendre d'aussi bonnes de la part de Vintan tout à l'heure, rajoute Jérémy.

Avant de retourner une énième fois dans l'arène, Charlotte se saisit de son téléphone. Quelques vœux collectifs de joyeuses fêtes, de personnes avec lesquelles elle n'échange au demeurant quasiment jamais. Elle scrolle son fil Instagram qui lui déverse une succession de décorations de tables, de mugs fumants, de sapins et de cadeaux. Elle se sent si loin de tout cela. Non seulement parce que la nuit a été rude, non seulement parce que sa vie amoureuse est un désastre, mais aussi parce qu'elle n'y est pas. Comme si fêter Noël, au milieu du chaos en marche, lui apparaissait la chose la plus incongrue au monde. Si ce n'était la joie de ses enfants, elle tenterait même d'esquiver la traditionnelle fête familiale. Il y a tant de choses dans son cœur, dans ses tripes. Elle aimerait avoir le droit de dire qu'elle n'a pas envie, pas cette année, merci bien, faites sans moi. Noël est une illusion, comme sa vie en ce moment. Or le mensonge et la poudre aux yeux, elle n'en peut plus.

Elle décide de laisser un troisième message sur le répondeur de son frère : « Ouais, c'est encore moi. Tu dors encore. Plus pour longtemps, je pense. J'en profite. C'est tellement plus simple de déposer ce qu'on a sur le cœur, en étant certaine de ne pas être interrompue. J'ai fait l'idiote, mais vraiment. »

Elle contient à grand-peine les sanglots qui l'envahissent. Elle respire un bon coup et reprend : « Je ne sais pas si j'arriverai à t'en parler de vive voix. Même à toi, alors que je te dis tout… T'imagines ? Mais si je t'en parle, ça pourra pas être autrement que les yeux dans les yeux. Tu vas trouver ça dingue, mais j'aimerais qu'on soit déjà le 26. Pour la première fois, j'ai pas envie de fêter Noël. J'ai juste envie de me coucher, de pas avoir à faire semblant que tout va bien. C'est ma faute tout ça, c'est sûr. Mais entre mes âneries, le boulot, les gens qui boivent, les gens qui meurent… c'est trop, vraiment, c'est trop. Là tout de suite, je donnerais cher pour partager un café avec toi, sans forcément parler. Juste poser ma tête sur ton épaule et t'entendre dire que tout va bien se passer. Bon, trêve de blabla, ton répondeur va me raccrocher au nez. Bon réveil, petit frère. Je t'aime. »

Elle raccroche, presque sereine. Cet appel n'a évidemment rien résolu, mais vider son sac l'a délestée d'un poids très lourd à la poitrine. Dans la foulée, elle ouvre son moteur de recherche, trouve le site de l'association Yadlajoie. Elle clique sur le formulaire de contact et envoie un e-mail. Elle aimerait s'investir à leurs côtés, donner de son temps, dans la mesure de ses disponibilités. Après tout – et ça, elle ne l'écrit pas –, elle a su en trouver, du temps libre… pour des futilités.

Un nouveau coup d'œil à son téléphone confirme que le regarder ne fait pas passer le temps. La fatigue s'abat sur elle et ne lui laisse aucune chance. Elle tente une nouvelle batterie d'étirements, se masse la nuque. Mais à ce stade, il en faudrait plus pour chasser la torpeur qui s'empare d'elle doucement mais sûrement. Heureusement, à cette longue nuit vont succéder quatre jours de repos bien mérités. Quatre jours pour souffler et faire le point. Quatre jours à l'issue desquels elle aura pris une décision. La stabilité avec Flavien – et les enfants. La fougue avec Marius.

Et si la solution était autre ? Si elle les quittait tous les deux ? Ils méritent mieux. Tous les trois. Oui, c'est ça, ils ont tous droit à une vie qui ne repose pas sur le mensonge, qui n'a pas été écornée par les non-dits et la trahison. Elle ne peut poursuivre aucune de ces deux histoires, à jamais entachées par son double jeu. D'ailleurs, avant tout, elle est certaine d'avoir besoin d'être seule. De comprendre, à bientôt cinquante ans, qui elle est devenue et de quelle manière elle veut mener la deuxième partie de sa vie.

C'est décidé, elle fera les choses proprement. Une fois les fêtes passées, elle dira la vérité. Ce sera douloureux, mais elle n'envisage pas de continuer à mentir.

Son téléphone sonne.

— Eh, frérot, j'espère ne pas t'avoir gâché le matin de Noël.

— Tout dépend, t'as porté ton bonnet de Noël, cette nuit ?

— Il est dans mon casier, mais tu penses bien qu'ils n'ont pas réussi à me le faire mettre.

— Tu ne changeras jamais, plaisante-t-il. Je compte sur toi pour le porter chez les parents.

— Comme chaque année, promis. Tu sais que tu es mon frère préféré…

— Normal, je suis le seul…

— Allez, j'ai encore un peu de temps à tenir. Je te laisse. À tout à l'heure.

Une large main s'appuie sur son épaule. Celle de Marius ?

— Charlotte, je viens d'entendre ta conversation. Je voulais pas être indiscret, je venais te donner des nouvelles de ta patiente, Sarah.

— Ah, ne t'excuse pas. C'est moi qui devrais être gênée de passer mes appels perso pendant mon temps de travail. Alors, Sarah ? Pitié, pas de mauvaise nouvelle, je crois pas être capable d'encaisser.

— Elle s'est réveillée et elle semble avoir retrouvé toutes ses facultés neurologiques. En revanche, elle est encore secouée par le choc et l'intervention, je pense. Elle n'a aucun souvenir de la soirée, depuis les minutes qui ont précédé la tentative de demande en mariage de son amoureux. Ils vont pouvoir en refaire une dans les règles de l'art.

Une amnésie partielle, voilà qui se termine bien. D'autant qu'il n'est pas rare que la mémoire revienne complètement dans les heures qui suivent. Charlotte se fait la réflexion qu'elle aimerait bien effacer ces derniers mois, ce serait tellement plus simple. Elle aussi, elle pourrait tout refaire, dans les règles de l'art. Sans tromper personne, sans se tromper elle-même. Une larme lui échappe, puis deux.

Maxime Vintan a la confirmation de ce qu'il pensait : sa collègue arrive à saturation. Il n'est pas venu pour rien. Rien n'arrive jamais totalement par hasard.

— Charlotte, je vais te signer une décharge et je vais finir ta garde à ta place.

— Maxime, ça va aller, il me reste…

— Trop de temps, oui, je sais. Va prendre une douche et quand tu iras mieux, tu choisiras si tu veux rentrer ou…

Il ne finit pas. Il sait, lui aussi.

— C'est pas ce que tu crois, Maxime…

— Je ne crois rien. Fais au mieux. On fait tous du mieux qu'on peut, même si c'est pas toujours suffisant pour tout le monde. Allez, file. Tu es libre d'écrire la fin de l'histoire, tu sais. Tu es aux commandes de ta vie.

Charlotte se jette dans les bras de son collègue et se reprend aussitôt. Il a raison, elle va trancher. Et choisir, sans remords ni regrets, d'être heureuse.

Déjeuner en paix

CÉLINE ROUILLÉ

Elle prend son café en riant

(Arnaud)
6 h 30

1

25 décembre

Le soleil se fait attendre, le ciel prend une teinte bleutée qui ne cesse de changer de nuances. La nuit rôde encore, la neige qui est tombée ces dernières heures rend la lumière presque artificielle, tout est figé et silencieux sous ce manteau inattendu. Julie s'est endormie sitôt couchée mais le sommeil s'est enfui quelques courtes heures plus tard sans qu'elle parvienne à le rattraper. Elle en a pris son parti et s'est levée. Elle a ouvert sa fenêtre pour respirer la nuit, a senti la neige avant de la deviner dans l'obscurité et a décidé d'aller marcher pour profiter de la solitude et des rares sensations qu'offrent les flocons fraîchement tombés.

La maison familiale est silencieuse. Comme chaque année, ils dorment tous chez les parents. Elle passe devant l'immense sapin. Ils ouvriront les paquets au petit déjeuner. La veille au soir, ses frères et elle n'ont pas échappé au couplet sur l'absence de petits-enfants et sur leurs célibats endurcis. Elle n'ose pas imaginer les extravagances des décorations de Noël et le nombre de cadeaux sous ce toit quand il y aura des yeux enfantins à émerveiller. Cette image la fait sourire. Elle est descendue habillée avec ce qui lui est tombé sous la main à l'ouverture des portes de l'armoire de la chambre dans laquelle elle a grandi. Un jean un peu fin pour les températures qui l'attendent et un pull en laine. Elle prend dans l'entrée ce qu'elle trouve de plus chaud parmi les manteaux qui s'entassent dans la maison et choisit des chaussures de randonnée doublées, pas très imperméables, se dit-elle, mais elle ne compte pas marcher des heures non plus. En réalité, elle a une idée très précise de l'endroit qu'elle veut rejoindre, elle veut retourner sur le chantier, s'imprégner des lieux, encore, se projeter dans les semaines à venir, visualiser ce que cela va devenir.

Elle fait crisser la neige tout le long du chemin qui conduit aux trois fermes. Il y a deux kilomètres. En plein jour sur un terrain sec, c'est l'affaire de vingt minutes avec son pas rapide. Ce matin, il en est autrement. Elle marche prudemment mais elle savoure surtout chaque seconde. Au bouquet d'émotions que ce paysage lui procure se mêlent les souvenirs de la veille. C'était un curieux réveillon. Son frère aîné a fini par revenir dans le salon, il a maugréé de manière inintelligible pendant quelques minutes sans que personne réagisse pour finalement déposer les armes quand sa mère est venue le décoiffer comme on le ferait avec un enfant boudeur. Le silence un peu lourd qui s'était installé à son départ a fini par céder la place à des échanges polis, toujours très pudiques comme chaque année, puis à des conversations plus personnelles, inédites, sur les projets des uns et des autres, des préoccupations encore jamais partagées, et même quelques éclats de rire à l'évocation de souvenirs d'enfance. Son frère a profité d'un moment animé pour glisser à l'oreille de Julie qu'il lui reconnaissait un vrai talent, et qu'il avait peut-être finalement plus de réflexes machistes que ce qu'il avait pensé jusqu'alors. Il est comme ça, entier et vif, mais il n'a pas la rancune tenace, elle sait que les bases de leur relation sortent assainies de cette soirée.

— N'essaie même pas de le répéter ! a-t-il même plaisanté en chuchotant à son oreille.

— Quelle idée ! Je suis jeune et en bonne santé, pourquoi est-ce que je gâcherais tout cela en me mettant volontairement en danger ?

À ce moment-là, sa mère et son frère ont demandé ce qui se tramait entre eux. Ils ont joué les étonnés, nié avoir échangé quoi que ce soit à l'abri des oreilles du reste de la famille, et ont créé, ce faisant, une complicité qui avait déserté leur relation depuis longtemps.

Sur l'insistance du père, Henry Jubert est resté au début du repas. Il s'est éclipsé avant le service du chapon. Julie ne se rappelle plus quel prétexte il a avancé pour disparaître, ça ne tenait pas vraiment la route, ça sentait l'alibi mal préparé, comme s'il avait quelque chose de peu avouable en tête. Il n'a pas beaucoup parlé mais il a ri aux propos légers qui fusaient au-dessus de la table. Il a posé des questions sur le chantier, s'est intéressé au projet qui était finalement retenu. Elle a apprécié sa réaction de bon perdant et les compliments qu'il lui a adressés succinctement mais sincèrement.

Mais ce qui a le plus marqué la soirée, ce sont les minutes qui l'ont close, un moment rare et inédit avec son père. Lui, si prompt d'habitude à se coucher sitôt le dessert servi, semblait ne pas vouloir quitter le large fauteuil crapaud du salon. Julie a fini par comprendre, quand ils se sont finalement retrouvés seuls, qu'il attendait le moment propice pour évoquer le fil des événements des dernières semaines avec elle. L'homme qui tient d'une main de fer et sans relâche les rênes de l'entreprise familiale depuis trois décennies a reconnu qu'il n'avait pas pris sa fille au sérieux. Il imaginait sans peine ses deux fils prendre pleinement sa succession quelques années plus tard, mais il n'avait jamais projeté sa fille ailleurs que dans un coquet bureau, au milieu d'écrans et de plantes vertes, à une place respectable et utile, mais en retrait des chantiers et des véritables décisions. Quand elle lui a demandé si elle pouvait se saisir de l'opportunité de la rénovation des longères pour éprouver son master tout frais, il lui a confié un projet qu'il savait déjà bouclé, convaincu qu'elle allait suivre le chemin tracé par ses frères et se rallier aux méthodes et aux habitudes en place ; mêmes artisans et entrepreneurs, maîtrise d'œuvre assurée par Jubert et son architecte, matériaux habituels, et une réalisation similaire à l'hôtellerie classique portée par la famille depuis trente ans. Elle les a tous pris de court et lui en premier. Elle a exploré la région en quête des rénovations les plus réussies, a conduit une véritable étude de marché, elle a croisé ses connaissances et ses intuitions de jeune ingénieure en bâtiment avec celles d'un architecte chevronné spécialisé dans les pierres et a choisi Arnaud Fondoire pour son sens inné de la mise en valeur de ces mêmes pierres. À ce stade, son père a révélé avoir commencé à s'intéresser à ce qu'elle proposait et s'être même étonné d'y éprouver un intérêt certain, jusqu'à ressentir le goût de la nouveauté qui l'avait fait vibrer à ses débuts. La première tranche des travaux a été accordée à l'artisan qu'elle avait découvert et les choses ont commencé à se corser à ce moment-là. Elle revit la confidence qu'il lui a faite comme un aveu de faiblesse :

— J'étais persuadé que tu allais baisser les bras aux premiers retards, que tu allais venir nous demander de l'aide pour pallier les ruptures de matériels, les absences imprévues, pour le contrôle de la sécurité du chantier, pour contourner les dépassements de budgets, que tu allais être dépassée par la somme de travail à abattre… Je reconnais que je ne te pensais pas capable d'assurer la maîtrise d'œuvre en faisant front sans jamais te démonter ni te laisser impressionner. J'avais effectivement dit à tes frères que je te rendais service pour que tu puisses te prévaloir d'une première expérience sur ton CV mais que les longères resteraient leur chantier, qu'ils allaient vite le retrouver une fois ton enthousiasme redescendu.

Julie a encaissé en masquant son trouble. Focalisée sur la compréhension des événements qui faisait enfin jour :

— C'est pour ça qu'ils n'ont rien dit pour la première tranche des travaux ? Vous vouliez me donner une petite leçon en quelque sorte ? Me laisser aller dans le mur pour m'aider à me relever et vous redonner la main ?

— Ça ne fera pas partie de mes grandes fiertés.

— Je comprends mieux ce brutal revirement de situation d'avant-hier, quand vous m'avez demandé… ordonné plutôt… de conditionner l'exécution du chantier par Fondoire au respect à la lettre des plans imaginés par Jubert plutôt que par ceux que vous ai proposés… En réalité vous n'avez jamais changé d'avis, depuis le début vous pensiez à ce projet, vous attendiez juste que je déclare forfait… Tu as préféré me faire passer pour une girouette plutôt que d'assumer ta maladresse et ton erreur de jugement ?

— Tes frères ont planché dur sur le projet initial.

— Je n'y suis pour rien, tu as joué avec le feu et tu as fait le mauvais pari. Promettre la même carotte à deux chevaux, quelle idée ! Vous avez du bien vous amuser, tous les trois…

Le ton que Julie a employé était plus acerbe qu'elle ne l'aurait voulu. Elle a depuis longtemps perçu la façon différente dont son père les considère, elle et ses frères, une question de génération, s'est-elle toujours convaincue, rien à voir avec elle. Mais d'apprendre le complot qui s'est ourdi dans son dos et dans celui de Fondoire par ricochet l'a blessée et lui a donné envie de mordre à son tour. L'acidité l'a prise par surprise et elle a eu toutes les difficultés du monde à faire le tri entre l'amertume, la tristesse et la colère :

— Pourquoi est-ce que tu ne m'as pas dit tout cela avant ? Pourquoi est-ce que tu m'as laissée me ridiculiser ? Ça n'aurait pas été plus noble et plus élégant de ta part de prendre la responsabilité de ce changement de cap ? Et tu imagines que j'ai besoin de la recommandation de papa sur mon CV, après sept ans d'études, quatre stages prestigieux et une demi-douzaine de propositions d'embauche ? Tu crois vraiment que j'allais me laisser impressionner par quelques voix de chantier bourrues, des caractères trempés et des remarques misogynes ? Finalement, tout cela est venu de ma propre famille quel comble ! Je ne suis plus une débutante, j'ai déjà fait mes armes, ce chantier me plaisait pour son potentiel, par pour la sécurité de vous avoir en back-up au cas où.

À ce moment-là, le père a marqué un long silence. Ses yeux ont plongé dans ceux de sa fille, il a semblé choisir ses mots avant d'ouvrir à nouveau la bouche :

— Celle-là, je l'ai pas volée. Tu as raison. Y a pas d'âge pour apprendre. Tu viens de me donner une belle leçon.

Il a poursuivi, avec la voix plus assurée :

— Peut-être que je n'étais pas sûr de moi ? Que ton projet et la manière de le mettre en œuvre de ton Fondoire avaient réveillé quelque chose qui me plaisait ? Peut-être que je comprenais enfin que tu étais capable de provoquer le revirement de situation qui s'est finalement produit ? Fondoire aurait pu tout aussi bien accepter de travailler sur les autres plans, quand on crée sa boîte, on prend tout ce qu'on nous donne, c'est ce que je croyais, il faut croire que tu as trouvé quelqu'un qui place l'amour de son métier très haut… Ça rend humble et ça me renvoie à mes débuts, quand faire de l'argent ne comptait pas… pas autant qu'être fier de mon travail en tout cas…

Julie a retrouvé son calme. Elle s'est rendu compte de l'effort qu'avait dû produire son père pour sortir cette dernière tirade. Elle s'est adoucie :

— Il s'en est fallu de peu que tout se passe comme vous l'aviez prévu… Devant lui, j'ai été la petite fille et la sœur obéissante que vous m'avez demandé d'être. Mais je crois que c'était trop violent d'aller à l'encontre de mes convictions professionnelles et humaines, c'est pour ça que vous avez eu droit à la grande tirade romanesque tout à l'heure.

Il n'a fait qu'acquiescer en silence, en l'invitant à poursuivre, il a senti que ce n'était pas terminé :

— C'était courageux de revenir sur ton engagement et de me laisser finalement reprendre la main. Mais tu n'as pas fini d'en découdre avec les frangins. Nous avons bien discuté et si aucun des deux ne m'en tiendra rigueur, je crois que le fait que tu me soutiennes ce soir en les prenant à contrepied va te valoir quelques explications complémentaires… La pilule n'est pas tout à fait passée.

— Je sais. Mais ils vont apprendre aussi de cette expérience. Et je crois qu'ils ont tout à gagner à t'avoir à leur côté pour les années à venir.

Julie s'apprêtait à poser la tasse vide qu'elle avait dans les mains, elle a suspendu son geste.

— Tu me proposes de rejoindre l'entreprise ?

— Oui, ça me semble évident. Tu es faite pour ça, tu as ça dans le sang. On vient tous de s'en rendre compte.

Elle a alors confié à son père qu'elle n'avait pas envie de travailler en famille, qu'elle laissait cela à ses deux frères, qu'elle voulait voler de ses propres ailes, quitte à se mettre en danger. Elle a réussi à le convaincre que sa décision n'était pas une forme de susceptibilité en réaction aux manigances familiales, il a compris, il a même approuvé ce choix courageux en lui garantissant qu'il serait toujours là en cas de besoin.

Elle a fini de dérouler le fil de la soirée en arrivant au bout du chemin. Trente minutes d'une marche prudente, propice à la réflexion. Ses chaussures n'ont pas résisté à l'humidité, ses pieds sont trempés. Elle aurait dû être plus prévoyante. Le soleil se rapproche de l'horizon mais il ne l'a pas encore percé. Elle rentre dans le premier bâtiment et allume sa lampe frontale. Ici, l'électricité n'est pas installée et sans la neige qui a éclairci son chemin jusque-là, la pénombre est totale entre les murs épais, seulement percés de fines meurtrières.

Elle navigue d'une longère à l'autre, elle projette déjà l'issue des travaux. Elle sait qu'elle va trop vite, qu'elle brûle les étapes dans sa tête, le projet peut encore évoluer en fonction des surprises que ce type de chantier recèle toujours, mais c'est plus fort qu'elle, elle est déjà à l'inauguration et à la communication institutionnelle pour remplir les lieux, elle projette la couleur des rideaux et le choix des tableaux avant même que les canalisations d'eau soient installées. Cela fait partie des remarques que son père lui a faites et dont elle devra tenir compte dans la gestion de ses projets : le domptage de son impatience.

Elle arrive dans la dernière des longères avec les premiers rayons du soleil. Celle par laquelle les travaux ont commencé. Elle n'a pas encore pénétré vraiment dans la première pièce quand elle devine, immobile, une forme humaine plantée de dos, droit devant elle, face à la fenêtre. Il lui semble revivre la scène de la veille. Est-ce qu'Arnaud Fondoire serait lui aussi déjà revenu sur le chantier pour imaginer la suite ?

2

25 décembre – 7 heures

Arnaud se lève avant le soleil. Il est souvent calé sur l'aube, l'habitude du métier et des journées qui commencent tôt. Il a mal dormi, la tête encombrée d'amertume. Pourtant, il a passé une bonne soirée chez Yann et Jeanne. Le Père Noël n'était pas passé à l'heure où les enfants se sont couchés, transis d'impatience, il ignore donc encore s'il a visé juste avec ses cadeaux mais il imagine la joie dans leurs yeux rien qu'à voir les paquets sous le sapin. Il a bien besoin de ces images-là pour lutter contre son humeur grise.

Il a attendu Pauline au café-restaurant pendant plus d'une heure. Elle n'est pas venue au rendez-vous. Il est reparti passé 20 heures avec pour seule compagnie le souvenir de leurs échanges, l'immense déception de ne pas l'avoir vue et l'inquiétude d'en ignorer la raison. Dépité, il a laissé sur la table la broche en forme de lutin et est sorti le cœur beaucoup plus lourd qu'il ne l'aurait imaginé. Il a essayé de se retenir de guetter la messagerie de l'application mais il n'y est pas parvenu. Toute la soirée, il est allé vérifier. Yann a fini par remarquer son manège :

— Tu comptes nous faire croire longtemps que tu n'as rencontré personne ? Je ne t'ai jamais vu autant sur ton téléphone ! Est-ce qu'Acauno a finalement rencontré sa muse, celle qui supportera son humeur ombrageuse et ses cheveux hirsutes ?

Il a hésité à se confier à son ami. Depuis quelque temps il y pense, à chaque fois il se heurte à la difficulté de traduire avec des mots l'intensité de cette relation épistolaire. Il y a aussi cette petite voix qui lui chuchotait jusqu'à présent de garder ces moments précieux rien que pour eux. Mais hier soir, il aurait été encore plus en peine d'avouer un chagrin d'amour pour une histoire qui n'a même pas commencé.

— Tu n'y es pas du tout… Acauno n'a trouvé aucune autre compagnie que celles de ses pierres qu'il apprécie par-dessus tout.

Il ne l'a pas convaincu, mais Yann n'a pas cherché à en savoir plus, ils se connaissent si bien ces ceux-là, les confidences sont rares entre eux, elles arrivent quelquefois au moment les plus inopportuns, mais ils savent se trouver quand ils ont besoin de vider leurs sacs ou de demander conseil.

Sa surveillance a été vaine, la messagerie est restée muette toute la soirée. Malgré la bonne humeur de son ami et de sa femme, la musique contemporaine légère et les facéties des enfants, Arnaud n'a eu qu'une hâte toute la soirée : se retrouver chez lui pour lire et relire les messages qu'ils se sont échangés depuis plus d'un mois.

Il se trouve pathétique au petit matin, revivre les conversations n'a pas aidé, au contraire. L'absence de Pauline la veille au soir, sans qu'elle le prévienne ou le tienne informé *a posteriori*, ne colle pas avec la personne qu'il a appris à découvrir, une femme au caractère affirmé mais attentive aux autres, extrêmement sensible, drôle, intelligente, douce et prévenante. Repenser à elle réveille les nœuds dans son ventre, il ne comprend toujours pas comment il a pu s'attacher au point de développer une forme de dépendance, aux mots et aux émotions que lui procure cette femme. Il se cogne sans arrêt à la même question : pourquoi n'est-elle pas venue ? Il oscille entre inquiétude, incompréhension et déception, il passe de l'un à l'autre sans arrêt. Autant dire que le sommeil n'avait aucune chance cette nuit.

Il jette un coup d'œil à son téléphone et trouve que la lumière qui traverse déjà ses fins rideaux ne correspond pas à l'heure qu'il est. Il fait une fraîcheur inédite également. Lui qui n'est pas frileux s'empare d'un deuxième pull tout en allant se préparer un premier café dans son antique machine italienne. La blancheur immaculée de la forêt le surprend et l'envoûte à la fois quand il passe devant la fenêtre. Il découvre un nouveau paysage, le décor rend sa mélancolie plus profonde encore, il voudrait être avec elle, cette envie le dépasse et le dévore à la fois. Que s'est-il passé ? A-t-il été maladroit juste avant leur rendez-vous ? Rien de ce qu'il a relu dans les récents échanges n'alimente cette possibilité. Est-ce qui lui est arrivé quelque chose ? A-t-elle oublié ? Est-ce lui qui s'est à ce point trompé sur la nature de ce qui les reliait à travers la Toile ?

Il a déverrouillé le mode hors ligne et voit des messages apparaître. Son premier réflexe est d'aller voir l'application, l'absence de notification lui donne un coup au cœur supplémentaire. Sa sœur a laissé des messages en revanche. Il va prendre le temps de les écouter avec son café. En attendant, il choisit une musique en lien avec l'ambiance de ce réveil, un titre qui fait écho aux sentiers qu'il a découverts en discutant avec Pauline. *A Forest*, la mythique chanson de The Cure, est parfaitement adaptée au décor enchanteur de ce 25 décembre, un son qui accompagne sa mélancolie tout en ajoutant sa poésie surnaturelle pour dépasser ce moment de solitude, le premier qu'il vit mal depuis qu'il est rentré dans la région.

Il a serré le café, il remplit un bol aux trois quarts et décide de le boire sur sa terrasse, emmitouflé sous sa parka professionnelle. Celle-là résiste à toutes les températures, pas comme lui qui flanche au premier coup de froid sur son cœur. Installé sur le banc qu'il a lui-même construit, il prend une première gorgée et écoute son répondeur. Ce n'est pas un, mais trois messages que sa sœur a laissés dans la nuit. Elle connaît ses habitudes et ne craint pas de le réveiller en l'appelant quand il dort. Le premier est très léger : « J'ai eu ton message, je suis certaine que la citrouille de ta

Cendrillon a eu un problème de démarrage à cause de ce temps de folie, imagine-toi rouler en cucurbitacée un 24 décembre sous une pluie verglacée ! En tout cas, si je vois une princesse en taffetas de soie ou en tulle et dentelle arriver aux urgences avec trois laquais à queue sur ses talons, je t'appelle, promis ! »

Charlotte est médecin urgentiste à l'hôpital, pour elle, ce n'était pas une année « Noël en famille ». Elle avait gagné au concours des trois dernières années, mais pas cette fois.

Il reprend une gorgée, tourne la tête au son de branches qui viennent de craquer sous le poids de la neige, il aperçoit un lièvre détaler à quelques mètres. Il remercie le hasard de l'avoir conduit à cette masure qui tient à peine debout quand il a cherché un lieu pour s'installer. Ce qu'il éprouve à cet instant même, la paix intérieure de faire partie de la nature qui l'entoure, le remplit d'une sérénité à laquelle il pensait devoir renoncer au moins pour la journée.

Le second message de Charlotte est plus sombre, presque angoissé, en tout cas elle a déjà sa voix fatiguée alors que la nuit venait à peine de commencer : « C'est encore moi. Ce Noël aura ma peau. Ça n'arrête pas ici, les gens ne sont vraiment pas prudents, comment leur dire de ne pas sortir sur les routes verglacées après avoir bu ? Il est une heure, j'en peux déjà plus. En plus de ça… Bon, je te raconterai, c'est pas une histoire qu'on laisse sur un répondeur, et de toute façon, on me bipe à nouveau. J'espère que tu as finalement retrouvé ce miracle de femme qui a tourné ta tête ces dernières semaines. Je t'aime petit frère. »

Il n'aime pas la tristesse et l'épuisement qui se mêlent à la lassitude dans ce qu'il entend dans la voix de sa sœur. Son dernier message date de quelques minutes, elle attend l'équipe de jour pour faire les transmissions de la nuit. Elle ne dit rien de plus que dans le précédent, mais tout a l'air encore plus lourd. Le lièvre qui a bondi à dix mètres quelques minutes plus tôt est revenu, il s'arrête au pied du chêne et semble observer l'animal qui vient de finir son café sur la terrasse du chalet. Arnaud n'ose pas bouger de peur de le faire détaler à nouveau. Il sait ce qu'il va faire juste après. Charlotte va sans doute rentrer dormir quelques heures avant le déjeuner en famille, pour éviter de sombrer dans le canapé avant la fin du repas, mais il lui reste au moins deux heures à tenir avant de quitter l'hôpital. Il a senti, aux mots qu'elle a employés et aux infimes brisures qui coupaient sa voix entre chaque phrase, qu'un café et un croissant à la cafétéria de l'hôpital avec son frère seraient une bonne idée. Malgré son breuvage corsé, la neige et son voisin qui continue de l'observer, les oreilles pointées vers le ciel, il est lui-même encore groggy de déception à cause de son rendez-vous fantôme et il a le cœur beaucoup plus lourd qu'il ne le voudrait. Cela leur fera du bien à tous les deux.

3

25 décembre – 7 h 30

L'homme de dos a été alerté par la lampe frontale de Julie et par le bruit de ses pas sur le gravier qui recouvre encore cette ancienne grange. Il se retourne et Julie comprend sa méprise. Ce n'est pas Arnaud Fondoire venu en repérage, mais Henry Jubert sous une épaisse parka à capuche qui se tient là, à cette heure et en ce jour improbable, sur le chantier que la famille vient de lui retirer. Passé la surprise, elle goûte et apprécie le calme qui revient en elle, rassurée de ne pas se trouver face à un rôdeur mal intentionné. Ils restent l'un et l'autre à quelques mètres, immobiles et silencieux, avant que Jubert ne brise la glace :

— Je suis désolé si je vous ai fait peur. Vous ne deviez pas vous attendre à trouver quelqu'un ici à cette heure-ci ?

— Effectivement.

Elle hésite.

— Et vous encore moins. Après la soirée que je vous ai fait vivre… Je vous imaginais plutôt tout faire pour oublier notre famille quelque temps !

Elle s'efforce de mettre un peu de légèreté dans sa voix mais ça sonne faux, elle est réellement mal à l'aise. Henry Jubert n'était pas dans les combines de ses frères et de son père, on lui a promis la maîtrise d'œuvre d'un chantier important qu'elle va finalement reprendre à sa charge en choisissant d'autres entreprises que celles qu'il a toujours fait travailler et auprès desquelles il avait sans doute pris aussi des engagements. Il ne semble pas se formaliser de la situation, au contraire, elle le trouve presque plus décontracté que d'habitude. Peut-être est-ce lié à sa tenue, elle ne l'a jamais vu qu'en costume, ou bien à ses épaules qui semblent s'être relâchées, ou tout simplement à la neige qui rend tout plus doux autour d'elle.

— Cette soirée a piqué ma curiosité comme vous voyez. Je partais marcher quand j'ai eu envie de revoir ces lieux à la lumière de votre projet.

Il suspend sa phrase. Julie se surprend à guetter son avis. Elle se retient de lui poser la question et attend patiemment qu'il poursuive. Comme s'il avait senti qu'elle était intriguée, il continue :

— C'est intéressant de regarder ces lieux avec un autre regard.

Il balaye la pièce des bras, puis les laisse retomber le long de son corps.

— Je crois que vous avez trouvé l'âme qui s'était cachée entre ces pierres et que vous avez réussi à la libérer. Ce n'est que le début mais je perçois déjà tout à fait ce que vous voulez faire. Je trouve cela admirable, curieusement évident, comme si je venais de retirer des lunettes opaques.

Julie est surprise par ce flot de compliments, elle entend la sincérité dans la voix d'Henry Jubert sans deviner aucune trace de flatterie. Elle répond sobrement.

— Merci.

L'homme reste encore quelques secondes plongé dans l'observation des murs fraîchement rénovés et revient vers elle, comme s'il s'extirpait brutalement d'une pensée lointaine :

— Vous avez l'air frigorifiée. Vous n'êtes pas venue jusqu'ici à pied de la maison de vos parents quand même ?

— Je n'ai pas été assez minutieuse dans le choix de mes chaussures, reconnaît-elle en laissant échapper un rire un peu gêné.

— Venez avec moi.

Elle ne pose pas de question et emboîte les pas de Jubert jusqu'à sa voiture. Il ouvre le coffre et lui désigne une caisse rouge qui contient une demi-douzaine de paires chaussures de sécurité.

— Il y a toutes les tailles, ce sont des paires de secours pour les chantiers, il y a aussi des chaussettes dans la sacoche juste là. Prenez ce qui vous convient.

Vous risquez de tomber malade si vous restez avec les pieds trempés.

Elle s'assied sur le rebord du coffre, choisit une paire à sa taille, retire ses chaussettes mouillées et les glisse dans la poche de son manteau. Quand elle se retrouve les pieds enfin au sec, elle soupire de soulagement, ce qui fait sourire Jubert.

— Julie, je me demande une chose depuis hier soir…

Il a cette habitude, dans sa manière de s'exprimer, de souvent faire des pauses comme s'il attendait une réaction de la part de ses interlocuteurs. Pourtant il poursuit alors qu'elle n'a pas ouvert la bouche :

— Nous nous sommes côtoyés toute notre enfance et pendant notre adolescence, comment en sommes-nous venus à nous vouvoyer ?

Julie se souvient très bien de ce moment, mais elle se gardera bien de le lui rappeler. C'était une journée particulièrement éprouvante pour elle, vouvoyer Henry Jubert avait été la seule alternative qu'elle avait trouvée pour se sortir de la situation dans laquelle elle s'était empêtrée. Elle feint de ne pas s'en souvenir et lui propose de reprendre le fil de la visite maintenant qu'elle est convenablement équipée.

— J'avais pensé vous proposer autre chose, reprend-il.

— Vous voulez toujours aller randonner ? Je ne suis pas certaine d'être partante, et je suis attendue pour le petit déjeuner. Vous ne connaissez pas la famille, l'ouverture des cadeaux le 25 décembre, c'est un moment réglé comme du papier à musique, la tradition familiale la moins improvisée de l'année, et elle a lieu à 10 heures pile chaque Noël !

— Il n'est pas 8 heures. Venez boire un café avec moi, allons-nous mettre au chaud dans un endroit confortable qui accueille les lève-tôt du 25 décembre. Vos pieds sont secs mais vous avez toujours l'air transie !

— Vous exagérez !

— Je cherche une raison valable de vous convaincre.

Elle est un peu étonnée par la chaleur naturelle et la complicité qui se glisse de manière inédite entre eux, comme si, en dehors du vouvoiement, toutes les barrières qui s'étaient élevées tombaient les unes après les autres.

— C'est d'accord. J'ai très envie d'un thé brûlant, mais vous connaissez un endroit ouvert ce matin ?

— Je connais un lieu qui, je pense, vous plaira.

— Vous pourrez me ramener ensuite ?

— Oui naturellement.

— Alors allons-y !

Le silence s'installe sur les premières centaines de mètres. La neige encore fraîche n'est pas spécialement dangereuse mais Henry fait preuve de prudence. Quand il sort de l'allée et rejoint la route déjà salée, c'est Julie qui prend les rênes de la conversation, surprise par son initiative :

— Nous avons cessé le tutoiement le jour de mes dix-huit ans, Henry. J'avais décroché un petit boulot pour l'été comme serveuse, j'avais toutes les peines du monde à me faire ma place. Deux filles avaient commencé à répandre la rumeur que j'avais été pistonnée grâce aux relations de mon père et que d'autres avaient davantage besoin de ce salaire estival que moi. Et puis vous êtes arrivé dans ce même restaurant, vous aviez réservé toutes les tables du fond, vous et vos copains de promo, vous veniez fêter la fin des partiels en grande pompe, si on m'avait associée à vous, c'en était fini.

— C'était dans le restaurant de mon oncle ? Je me rappelle ce jour-là… Dans l'euphorie du moment, je n'ai pas dû faire attention. Je me souviens que votre frère m'avait prévenu et que j'ai veillé à ne pas vous mettre mal à l'aise en signifiant qu'on se connaissait… Mais pourquoi avoir continué ensuite ?

Julie hausse les épaules.

— Je ne sais pas. Le pli était pris. On ne s'est plus beaucoup vus par la suite, on s'est recroisés sur des chantiers de la famille, à un colloque aussi une fois, je faisais mes études, je voulais être crédible, ne pas passer pour une privilégiée, ça s'est fait comme ça…

Elle le voit qui sourit.

— Vous me trouvez ridicule ?

— Oh là là, pas du tout non ! Je suis content de comprendre. Nous avons bâti notre relation sur quelques malentendus il faut croire. Sachez que j'ai tutoyé la plupart de mes collaborateurs sans que jamais aucun d'entre eux passe pour un privilégié. Et jamais mon oncle n'aurait demandé conseil et avis avant de choisir ses recrues, surtout auprès de la famille !

— Oui mais on ne réfléchit pas à tout cela quand on est à peine majeur, on vit les choses dans l'instant, à l'instinct. Vous étiez déjà un peu impressionnant pour moi.

Julie essaie de se rappeler, l'évocation de cette époque la touche et la faire rire à la fois.

— J'étais une jeune fille très réservée, timide même, très loin de l'assurance affirmée de tous les membres de ma famille. Cela ne rend pas toujours très objectif.

— Je ne me permettrai aucun jugement. J'ai une révélation bien plus grave à vous faire !

— Pardon ? demande-t-elle, surprise par cette dernière phrase.

— Pour cela, je vais vous demander de patienter jusqu'à ce que nous soyons installés au café. Je ne peux pas vous raconter cette histoire sans vous regarder dans les yeux.

— Vous m'effrayez presque, Henry !

— Aucune raison, le ridicule ne tue pas, et il ne concerne que moi, vous êtes en sécurité. Je vous demande juste un peu de patience, nous sommes presque arrivés.

C'est devant le fameux café-restaurant dont Julie a parlé quelques minutes plus tôt qu'il se gare. Sur la fin du trajet, il lui a raconté qu'il était le seul de la famille à ne pas avoir cédé aux sirènes de la restauration, pour la plus grande déception de ses parents, oncles et tantes qui projetaient la relève aussi de son côté. C'est aussi la raison pour laquelle les fêtes de fin d'année ne sont jamais célébrées de manière conventionnelle pour lui. Chaque membre de la famille est derrière un bar ou les fourneaux ou tient un carnet de commandes, un menu ou une carte des vins dans les mains. Chez lui, les rassemblements familiaux se tiennent entre le 26 et le 30 décembre, quels que soient les jours de la semaine sur lesquels tombent Noël ou la Saint-Sylvestre.

Julie l'a écouté attentivement. La beauté et la paix des paysages qu'ils traversent, recouverts de l'épaisse couche de neige tombée dans la nuit, s'accordent à merveille avec le timbre de sa voix. Elle a l'impression de faire connaissance avec lui et elle apprécie la personne qu'elle découvre sans son costume professionnel. Il est en réalité drôle et humble, loin de l'homme dont elle avait fait une caricature sans chercher à aller plus loin.

Le restaurant semble ouvert depuis un moment malgré l'heure matinale. Quelques rares tables sont occupées, Henry lui a expliqué que c'était plutôt la mise en place des réservations du déjeuner qui allait occuper le personnel. Rares sont ceux qui se lèvent pour un café à l'extérieur le matin de Noël. Ils se mettent côté rue, près d'une fenêtre qui permet de balayer toute la place du regard et d'observer les premiers mouvements dans la rue, les entrées et sorties devant les quelques commerces de bouche ouverts, les gens qui ressortent les bras chargés de pain frais et de viennoiseries, les traits tirés compensés par un sourire aux lèvres en ce jour particulier.

Henry attend que le thé de Julie et le café qu'il a commandés soient posés sur la table pour reprendre la conversation là où il l'avait laissée en suspens.

— Après ce que je vais vous dire, vous n'aurez peut-être plus envie de me vouvoyer et vous me regarderez plutôt comme un enfant un peu gauche.

— Je ne sais pas de quoi j'aurai envie mais ma curiosité n'a pas été ainsi piquée depuis un moment, je suis tout ouïe.

— Je me lance Julie. Je me lance.

Il prend une gorgée de café. Repose sa tasse. Lui lance un regard comme pour évaluer si elle est prête à entendre ce qu'il s'apprête à lui révéler, et déverse d'une traite le secret qu'il a si longtemps gardé.

— Ça fait un moment maintenant que je me dis que j'ai envie de vous raconter l'histoire de ce jeune garçon d'une quinzaine d'années, qui tombe sous le charme, un soir de bal de 14 Juillet sur la place de ce même village, de la sœur cadette d'un de ses camarades de collège. Un moment que ce garçon revoit ses années lycée, quand il guettait la rentrée où enfin cette jeune fille, plus jeune d'à peine deux ans, rejoindrait l'établissement qu'il fréquentait, pour la croiser un peu plus souvent qu'aux rares occasions où il se rendait chez son frère. Ma confession de Noël, c'est qu'au tout départ, mon amitié avec votre frère n'était qu'un alibi pour vous approcher, et que je n'ai jamais eu le courage de vous le dire avant ce soir.

Il l'a regardée droit dans les yeux, avec ce sourire dans le regard qu'elle trouve décidément charmant et qui donne une lumière tout à fait différente aux traits de l'Henry qu'elle côtoie depuis près de quinze ans. Elle se dit, en gardant cette réflexion pour elle, qu'elle aussi a dû porter des lunettes un peu trop opaques ces dernières années, et qu'elle a bien envie de découvrir le personnage avec un autre regard, tout comme il l'a fait avec les longères quelques minutes plus tôt.

4

25 décembre – 8 h 15

Arnaud s'est préparé en un temps record. Il n'a pas relancé le feu dans l'âtre pour le peu de temps qu'il restait avant de rejoindre Charlotte à l'hôpital. Non seulement il veut arriver le plus tôt possible pour lui faire la surprise, mais il a envie d'un vrai moment avec elle, pas d'un café gobelet avalé rapidement avant qu'elle file se reposer. Il doit faire douze degrés chez lui, son prochain chantier sera celui de l'isolation, il vient de se décider. La fraîcheur saisissante a au moins eu le mérite de lui remettre un peu les idées en place et de le sortir de cette torpeur mélancolique qui l'avait pris dans ses bras et dont il avait du mal à s'extirper. Il sait que Charlotte l'aidera à lui faire reposer les pieds sur terre, à coups d'humour et de perspectives optimistes. Il revoit la soirée à la lumière des bonnes nouvelles, ce chantier d'abord, avec la famille Manin, qui sera à la hauteur de ses exigences et de leurs ambitions communes, et puis cette subvention qui arrive à point nommé, pour asseoir sa société et fidéliser les compagnons qu'il vient de recruter. Il se félicite de résister à la tentation de vérifier la messagerie sur laquelle Pauline aura peut-être donné des nouvelles, en oubliant qu'il l'a fait juste avant sa douche, et au moins quatre fois depuis le réveil. Il termine son bol en manquant de se brûler, le pose dans l'évier. Tout en attrapant ses clés et en enfilant son épais blouson, il cherche ce qu'il voulait ne surtout pas oublier avant de retrouver sa sœur. Cela lui revient quand il est prêt à renoncer, il se dirige vers le placard, prend l'objet en question, attrape également « leur » traditionnel bonnet rouge de Père Noël qu'il avait suspendu au portemanteau et file retrouver sa sœur.

Le parking des visiteurs est bondé. Il est courant que les familles soient au chevet de leurs proches hospitalisés le jour de Noël, mais il est encore tôt et ce n'est pas l'heure des visites. Arnaud tourne un peu et finit par trouver une place à l'opposé de l'entrée du service des longs séjours dans lequel est située la cafétéria de l'hôpital. Il va proposer à Charlotte de se retrouver là-bas, elle est souvent dérangée dans son bureau et Arnaud n'est pas un grand fan des couloirs d'hôpitaux, des gens qui souffrent et des visages inquiets.

La cafétéria est presque déserte, à l'inverse du parking ou du hall d'entrée où il a vu les familles prendre d'assaut les distributeurs de boissons froides et chaudes. Ce lieu habituellement bruyant où se croisent les blouses blanches, les patients et les visiteurs, serait presque un havre de paix. Il s'apprête à s'installer à une table pour appeler sa sœur quand le seul être présent derrière les présentoirs à viennoiseries l'interpelle d'une voix cassée :

— Si c'est pour un café ou pour un petit déjeuner, va falloir attendre m'sieur. Court-circuit en cuisine, plus d'électricité pour les boissons chaudes et le four de cuisson du pain et des viennoiseries a rendu l'âme. Mais si vous êtes tenté par un petit hachis parmentier ou des pâtes bolognaise, je vous les conseille !

— Je vous remercie, vous me tentez mais c'est un peu tôt j'avoue ! Les machines automatiques fonctionnent dans le hall ?

— Oui mais dépêchez-vous, au rythme où elles travaillent depuis la coupure, à mon avis elles vont bientôt être vides et, tout hôpital qu'on est, pas sûr qu'on nous approvisionne en café, chocolat chaud et barres de céréales un jour de Noël !

Arnaud acquiesce et remercie du conseil. Il envoie un message à Charlotte pour l'informer de sa présence et de la panne de courant. Elle réagit aussitôt :

Tu es là ? !

Il répond par l'affirmative et lui demande ce qu'elle veut faire. Comme si elle avait les yeux rivés sur son téléphone, elle lui écrit dans la seconde qui suit :

Dévalisés même dans le service, plus une goutte de caféine, fais la queue aux machines j'arrive ! Tellement contente !

Il jette un coup d'œil à travers la paroi vitrée de la cafétéria pour mesurer l'attente, il a intérêt à ne pas trop perdre de temps en effet, pas moins de dix personnes patientent devant chacun des trois distributeurs du hall et une file vient de se dissoudre, lasse et un peu agacée, face à la pénurie qui vient de se déclarer dans la machine qu'elle convoitait. Il s'avance et prend place derrière un jeune couple qui se tient par la main. Les mots de Pauline surgissent sans crier gare : « *Rien de plus beau que deux personnes qui s'aiment et qui ne cessent de s'en adresser des preuves toute leur vie, je suis toujours émue quand je vois des amoureux se tenir la main.* »

Il chasse le souvenir de cette conversation, il est là pour sa sœur, mais aussi pour essayer d'oublier sa soirée de déconvenue. Il essaie de deviner ce que le distributeur continue de proposer à travers les épaules des personnes qui le précèdent. Il voit des voyants rouges sur déjà trois types de boissons. Avec sa chance du jour, il risque d'arriver avec pour toute alternative une soupe de tomate ou un thé au citron, deux breuvages que lui et sa sœur sont incapables d'avaler. Au moins, il a pensé à la gourmandise réconfort de Charlotte. Ils n'auront peut-être pas leur dose de caféine, mais elle aura ses barres chocolatées au caramel. En pensant à cela, il tâte la poche intérieure de son blouson et se maudit de son étourderie. Il se revoit les prendre dans le placard, les poser consciencieusement sur la table de l'entrée pour ne pas les oublier... Il les visualise distinctement, tout comme il se revoit, au moment d'ouvrir la porte, hypnotisé par un chevreuil matinal et le lièvre dont il a fait la connaissance à l'aube et qui est revenu comme par magie, exactement au même endroit. Il a attendu, immobile, pour ne pas les effrayer, puis, une fois que les deux animaux se sont lassés de lui, il a inséré la clé dans la serrure et a doucement refermé la porte, en laissant les sucreries chocolatées préférées de sa sœur sagement installées à l'intérieur de sa maison. Dans sa poche il n'y a que leur bonnet rouge, celui qu'il porte tous les ans sans exception pour faire rire son neveu et sa nièce, mais surtout sa sœur.

Il inspire et s'étire, essaie de faire le vide, il a hâte de la voir. Il jette un coup d'œil vers les ascenseurs et elle apparaît, le visage marqué d'une fatigue inédite. Elle a retiré sa tenue de médecin, elle pourrait être une simple visiteuse comme lui, elle porte son manteau sur le bras et son sac à main en bandoulière. Il sort son bonnet rouge de sa poche et l'enfile sur sa tête en vitesse, il n'a pas le temps d'ouvrir la bouche qu'elle le prend dans ses bras et y reste quelques secondes.

— Mon frère... Déjà tout va mieux... Merci d'être là.

Elle se détache de ses bras et l'embrasse d'un baiser sonore sur la joue. Quand elle est dans cet état de fatigue là, sa grande sœur a l'émotion facile, il la sent à fleur de peau.

— Prie pour qu'il nous reste du café lyophilisé ! Ton hôpital va mettre en circulation les tickets de rationnement pour la journée comme c'est parti… regarde, plus que notre machine qui fonctionne, les deux autres sont déjà à sec !

— On a une bonne étoile tous les deux, je crois en notre chance petit frère !

L'optimisme de Charlotte est visionnaire. Quand ils arrivent à la machine, ils ont encore le choix entre plusieurs breuvages compatibles avec leurs envies. En revanche, plus la moindre madeleine ou l'ombre d'une barre chocolatée. Charlotte se résigne et reste obstinément accrochée aux bons côtés de la situation.

— Au moins, il y a de la place sur les bancs confortables, tout le monde a dû partir en exploration dans les autres ailes de l'hôpital.

Elle détache ses cheveux, secoue un peu la tête, prend une gorgée et regarde son frère en souriant, les yeux emplis d'une reconnaissance non feinte :

— Je suis comblée Arnaud : je quitte le travail une heure plus tôt grâce à un collègue très empathique qui a lu l'épuisement dans mes yeux, mon frère préféré vient me trouver coiffé d'un bonnet rouge et me tend l'un des derniers gobelets de café en grain moulu de la journée, et je suis en congé presque quatre jours.

Arnaud entend beaucoup plus de choses qu'elle ne lui en livre dans sa voix fatiguée. Il y a de la tristesse, indubitablement, mais de la résolution également, comme si sa sœur s'était placée dans une autre perspective pour regarder sa vie, elle se tient plus droite, son regard est franc, sa voix ne tremble pas, elle ne finit pas ses phrases avec des points d'interrogation, à la recherche de l'accord de son interlocuteur comme cela lui arrive dans les périodes de fragilité. Oui, sa grande sœur a changé, il ignore ce qui s'est passé dans la nuit et il la connaît, il est probable qu'elle ne lui en dira pas plus ce matin, mais sa présence était utile et bienvenue, ça aussi il le sent.

Alors qu'ils ont terminé leurs boissons depuis un moment et que Charlotte a fait le récit de la nuit en insistant, comme elle n'a pas son pareil pour le faire, sur les situations parfois drôles que son métier l'amène souvent à rencontrer, comme pour compenser le côté impitoyable qu'elle s'est engagée à endurer en choisissant cette voie, elle s'arrête brutalement de parler.

— Quoi, qu'est-ce qui se passe ? Tu as vu un fantôme ou quoi ?

— Non ! Tu ne m'as pas dit ?

— Quoi ? Charlotte, finis tes phrases s'il te plaît !

— Ta Cendrillon ! Elle est venue ou pas alors ?

Il se rembrunit malgré lui. Il retire son bonnet de Père Noël. Il tente de se recomposer le visage de celui qui n'accorde pas beaucoup d'importance à ce dénouement décevant mais il en a toutes les peines du monde.

Il est sur le point de raconter quand une jeune femme l'interpelle en lui touchant l'épaule :

— Jésus ?

Charlotte éclate de rire, elle met sa main devant sa bouche pour contenir sa surprise. Arnaud se lève et précise à sa sœur, toujours hilare :

— Non, je ne me fais pas appeler ainsi, rassure-toi. Je te présente Luce, nous avons fait un bout de chemin ensemble cette nuit, un autre épisode de la soirée que je te raconterai.

Puis il se retourne vers la jeune femme :

— Votre amie va bien ? Vous êtes restée là toute la nuit ?

— Oh là, non, c'est plus compliqué que ça, mais le plus important, c'est qu'elle aille bien oui. Je ne suis pas autorisée à monter dans les chambres mais elle a eu le feu vert pour sortir ce matin. On s'est donné rendez-vous à la cafétéria mais…

— Laissez-moi deviner… Vous n'aviez pas envie de hachis parmentier au petit déjeuner non plus ?

Luce éclate d'un rire franc :

— Je vois que le cuisinier a fait les mêmes blagues à tous ses visiteurs ! J'ai failli craquer pour les pâtes bolognaise mais je me damnerais pour un café, alors j'ai fait comme vous, la queue aux machines, ajoute-t-elle en désignant du regard les gobelets vides que Charlotte et lui tiennent encore dans leurs mains.

— Installez-vous ici, je vous présente ma sœur, Charlotte.

Luce s'exécute et ajoute à l'intention de Charlotte :

— Votre frère m'a sauvée d'une quintuple ampoule et d'une nuit blanche cette nuit, en me prenant en stop. Ma voiture m'a lâchée alors que j'étais en talons aiguilles.

— Jésus votre sauveur, d'accord. Vous m'avez fait peur tout à l'heure, je suis habituée aux étrangetés de Noël à l'hôpital mais là… mon frère rebaptisé Jésus, c'était beaucoup.

Arnaud sent la légèreté à nouveau affluer dans son sang et il s'en réjouit. Il était trop tôt pour raconter à Charlotte son rendez-vous manqué de la veille. Il est beaucoup plus meurtri qu'il ne le pensait, il n'arrive pas à chasser cette irrationnelle et persistante inquiétude. Il a failli à la promesse qu'il s'était faite et il a consulté la messagerie du site de rencontres en attendant que Charlotte descende tout à l'heure. Il n'y avait toujours aucun signe de Pauline. La diversion qu'apporte Luce est salutaire.

— La voilà enfin !

Luce s'est levée et va à la rencontre d'une jeune femme qui arrive en boitant légèrement, un bras en écharpe. Arnaud ne parvient pas à la quitter des yeux. Il y a quelque chose chez elle d'étrangement familier alors qu'il est certain de ne l'avoir jamais vue. Il ne se rend même pas compte qu'il se lève à son tour et reste debout, planté devant le banc, à regarder cette femme avancer vers eux. Le plus surprenant, c'est que ce n'est pas son amie Luce qu'elle fixe sans cesser de marcher vers le petit groupe, mais lui, Arnaud. Elle s'arrête à un mètre, ignore complètement son amie qui fait les yeux ronds et s'adresse à lui :

— Acauno ? C'est bien vous ?

Arnaud ne perçoit plus rien d'autre qu'elle, le visage qu'il a imaginé pendant des semaines, cette voix qui le bouleverse instantanément, il ne voit ni les yeux ni la moue de sa sœur qui semble perdue dans cette nouvelle histoire de prénoms, ni la lumière rieuse qui éclaire le visage de Luce qui, elle, a tout compris. Il se contente de répondre sans oser bouger d'un centimètre.

— Oui Pauline, c'est moi.

— Appelez-moi Lorédane.

— Je suis Arnaud.

5

25 décembre – 9 h 15

La surprise et l'incroyable hasard qui les a fait tomber l'un sur l'autre ont balayé toute gêne avant même qu'elle surgisse entre Arnaud et Lorédane. Ils se sont raconté leur soirée et leur nuit en rebondissant sur leurs narrations respectives. Luce et Charlotte ont suivi, médusées, le flot de détails et de rebondissements qui semblait intarissable. Comme les distributeurs de café ont fini par tous rendre l'âme, Arnaud a proposé de trouver un lieu plus chaleureux que le hall de l'hôpital pour poursuivre les conversations.

Charlotte est fatiguée, elle décline la proposition devant Luce et Lorédane, elle prend son frère un peu à part et lui confie sur un soupir :

— Je vais aller dormir un peu à la maison. J'en ai besoin plus que jamais. Ta Cendrillon a l'air parfaite, votre rencontre ressemble à s'y tromper à un conte de fées.

Elle marque une infime pause et poursuit, plus bas encore :

— Fais attention à toi, petit prince charmant. Je connais ton cœur, il est aussi fragile que ta caboche est têtue, prends ton temps, savoure, profite, ne t'oublie pas.

Elle hésite à ajouter quelque chose, semble se raviser pour opter pour une autre conclusion :

— Et n'oublie pas ta grande sœur non plus, il est possible qu'elle ait un peu besoin de tes bras un de ces jours.

Arnaud l'attire contre lui, il pose une main sur sa tête et encercle ses épaules avec l'autre.

— Besoin ou pas, mes bras seront toujours là pour toi, Charlotte. La Wonderwoman a mal à son cœur, elle me racontera quand elle aura envie. Tu es épuisée, tu es bousculée, tu as besoin de rire, beaucoup, et de vacances, un peu, mais tu as une bonne voix et les yeux de quelqu'un qui regarde devant. Et j'aime ça.

Charlotte le regarde, se détache un peu de ses bras, sourit.

— Je ne sais pas comment mon infernal petit frère est devenu l'homme devin que j'ai sous les yeux ce matin, mais j'aime ça aussi. Il y a comme un ouragan qui se déchaîne dans mon cœur et dans ma tête, mais j'ai envie de l'ignorer aujourd'hui, de laisser Noël prendre toute la place et les décisions que je dois prendre, attendre un peu. Mais le plus important…

— Oui ?

— C'est que je t'aime, toi ! Allez, je file, on se retrouve chez maman tout à l'heure. Je t'en supplie, apporte un dessert, je ne supporte plus la bûche aux marrons !

Il retient un éclat de rire, la reprend quelques secondes dans ses bras, un peu plus fort cette fois, il sent ses larmes qui ne sont pas loin, l'humour qu'elle a fait revenir en est la preuve. *Attention, grande sœur fragile aujourd'hui*, pense-t-il, malgré la détermination sereine qui semble l'habiter.

— Des sorbets et des cigarettes russes, j'ai tout prévu. Allez, file dormir.

Elle ramasse son sac à main et salue les deux amies qui se sont lancées dans un échange à bâtons rompus. Arnaud note le « à bientôt » que Charlotte lance, certainement sans y prendre vraiment garde, à Lorédane, comme si, à elle aussi, cette rencontre semblait évidente.

Arnaud la regarde partir vers les ascenseurs qui conduisent au sous-sol avec cette démarche assurée qu'elle a toujours eue. Sa sœur est capable de donner le change d'une manière impressionnante, il est impossible, quand on la voit se diriger ainsi vers le parking, la tête haute en distribuant un sourire à chaque personne qui la salue, d'imaginer qu'elle traverse une épreuve inédite même s'il n'en connaît pas encore les contours, et qu'elle a n'a pas dormi depuis près de vingt-quatre heures. Luce le sort de ses pensées et le ramène au présent :

— Je vais vous laisser tous les deux, je vais retrouver ma famille que j'ai abandonnée entre les croissants et le reste de bûche, lance Luce.

Arnaud tente de deviner les pensées de Lorédane à cette sortie de son amie, il lui semble y lire la même chose que ce que son instinct lui dicte :

— Sans vous, nous ne nous serions jamais trouvés ce matin. Il n'y a pas de hasards, surtout à Noël, alors faites-nous le plaisir de prendre au moins un chocolat chaud avec nous.

Elle n'attendait que cela, comme en témoigne le large sourire qui s'imprime sur son visage et son joyeux et spontané « D'accord ! ». Lorédane aussi semble se réjouir à cette perspective, elle fait un signe de tête à Arnaud qui le confirme.

Alors qu'ils prennent le chemin de la sortie et sont sur le point d'arriver à l'extérieur du bâtiment, Lorédane s'arrête et s'exclame :

— Attendez ! Je crois que je reconnais le pompier qui est venu me relever de mon trottoir infernal hier soir ! Mince, comment s'appelle-t-il déjà ? Cette chute m'a finalement peut-être un peu secoué la tête… Un prénom du Sud, un personnage de Pagnol ? Aidez-moi !

Sans se consulter, Arnaud et Luce font fuser les idées qui leur viennent en tête :

— César, Aimable, Innocent, Jean, Ugolin ? propose d'abord Luce.

— Vous imaginez vraiment des parents appeler leur enfant Ugolin après ce qu'il fait au pauvre Jean de Florette ?

— Ange, Albin, Marius, Panisse, Topaze ? continue Arnaud sans se laisser perturber par sa remarque.

— MARIUS ! Oui ! Vous m'attendez une seconde ?

Lorédane se dirige, toujours en claudiquant légèrement, vers le trentenaire qui vient de se faire interpeller par une jeune femme. Cette dernière le regarde avec des intentions qui ne laissent planer aucun doute sur l'effet que le jeune homme produit sur elle. Il semble assez réceptif aux signaux qu'elle lui adresse mais se rend néanmoins compte de la présence de Lorédane qui approche. Il prend poliment congé de l'autre jeune femme qui lui a vraisemblablement rapporté un objet oublié, son portefeuille semble-t-il, il se retourne et se retrouve nez à nez avec Lorédane.

— Vous ici ! Vous avez meilleure mine qu'hier soir ! Comment allez-vous ?

— Très bien. Comme vous voyez, je suis libérée ! Pas comme vous j'imagine ! Je voulais vous remercier, je n'en ai pas eu l'occasion. Vos mots et votre attention ont été extrêmement réconfortants hier soir.

Elle s'arrête, interrompue par une autre pensée :

— Mais vous vous rappelez toutes vos interventions ?

— Vous nous avez fait un joli carambolage et un double sauvetage, vous et ce monsieur. Difficile d'oublier la scène, sourit-il. Je suis content pour vous, simples ecchymoses alors ?

– Une légère entorse, quelques hématomes, rien de grave, et mon sauveteur rescapé a pu s'évader de l'hôpital hier soir également pour fêter Noël avec sa femme. Vous travaillez encore aujourd'hui ?

Arnaud observe la scène avec curiosité. Cet homme porte la bonté et le courage sur son visage, il a choisi un métier qui semble correspondre à ces traits de personnalité. Il a l'air épuisé, vraisemblablement d'une nuit éprouvante également, mais il a le regard droit et une posture qui laisse supposer qu'il sait où il va, qu'il n'est pas du genre à subir les événements mais plutôt à chercher toujours la meilleure réaction à ce que la vie lui présente. D'où il est, il entend la réponse qu'il fait à Lorédane :

— On m'a proposé des heures supplémentaires mais j'ai décliné.

Il a dit cela comme s'il se parlait à lui-même, en regardant au loin. Il semble se rappeler l'endroit où il se trouve et revient à son interlocutrice :

— Je vous souhaite un joyeux Noël, et s'il vous plaît, plus de vélo sous la neige !

Elle prend congé d'un signe de tête et revient vers Luce et Arnaud. Ce dernier ne se sent pas tout à fait dans son état normal. Il ne connaît pas vraiment cette femme mais il est à fleur de peau rien qu'en sa présence. La réminiscence des milliers de mots échangés au fil des dernières semaines, l'impatience qu'il a eue avant leur rendez-vous, l'inquiétude et la déception qui l'ont pris à la gorge depuis la veille au soir, et cette rencontre improbable dans le hall de l'hôpital, grâce à l'auto-stoppeuse qu'il a dépannée, toutes les sensations se démultiplient et lui font tourner la tête. Il s'empêche de trop la regarder, il est troublé par son visage, son allure, ce sourire surtout, qui ressemble tellement à ce qu'il avait imaginé.

Les deux amies sont déjà dehors. Elles vont prendre la voiture de Luce. Il leur indique l'adresse du café auquel il pense. Il a eu le temps de lire vingt fois l'ardoise la veille au soir : « Nous sommes ouverts le 24 et le 25 décembre, faites-nous plaisir, passez nous voir ! » Dans leur petite ville, ils sont rares les lieux ouverts aujourd'hui. Lorédane sourit, finalement ils vont se retrouver là-bas, il y aura juste quelques heures de décalage. Arnaud s'apprête à rejoindre son véhicule à son tour mais quelque chose le retient. Il a perdu son bonnet de Noël. Il se retourne vers le hall et le voit abandonné sur le banc qu'ils ont occupé quelques minutes plus tôt. Son regard est attiré par autre chose, il s'immobilise. Alors qu'il pensait sa sœur déjà repartie au sous-sol, elle se tient toujours devant les ascenseurs, face au pompier que Lorédane a interpellé plus tôt. Arnaud va chercher son bonnet, il ne sait pas s'il doit attendre ou pas. Ce jeune homme pourrait bien être la cause de la mine fatiguée et de la voix triste de Charlotte. Ils ont l'air de très bien se connaître, ils ne parlent presque pas, ils s'observent. Arnaud connaît sa sœur, son langage corporel est parfaitement lisible, elle a dressé les barrières, les mains derrière son dos, le cou droit et la tête haute. Déterminée. Il s'approche, un réflexe de protection, il la sent en danger, il ne sait pas ce qu'il va faire. Il arrive trop tard, la scène s'est écourtée, Charlotte ne l'a pas vu, il l'a juste entendue dire à l'homme « On parlera plus tard, la semaine prochaine, quand on sera reposés », avant de s'engouffrer dans l'ascenseur et de laisser le pompier debout devant les portes métalliques qui se sont refermées.

Il a du mal à s'extraire de ce qu'il vient de voir. Charlotte est épuisée, elle s'ouvrira à lui quand elle aura envie, et sans doute pas aujourd'hui. Il reprend ses esprits et se laisse le temps du trajet pour se reconnecter au présent. Il y parvient tout à fait quand il arrive au restaurant. Luce et Lorédane ne sont pas encore arrivées, ralenties sans doute par la démarche peu assurée de la rescapée de la nuit. Il reste une table face à la fenêtre, elle sera parfaite. Un couple est assis à quelques mètres, ils lui tournent le dos, ils semblent plongés dans un échange animé et plaisant, il perçoit les rires à travers le mouvement de leurs épaules et de leurs têtes. Il pose ses affaires et se dirige vers le bar. Il connaît bien la maison, il est souvent venu ici quand il était plus jeune, boire un verre le soir avec quelques amis et, récemment, déjeuner, parfois seul, entre deux rendez-vous quand il n'avait pas prévu son repas en partant de chez lui. Ce n'est pas la même personne que la veille au soir mais il demande malgré tout si une broche n'a pas été retrouvée sur la table qu'il a occupée.

Luce et Lorédane viennent de se garer sur la place. Il les voit qui se dirigent vers la boulangerie, Lorédane porte encore sur elle cet enthousiasme communicatif qui semble la caractériser. Elles ne rentrent pas dans la boulangerie, elles restent sur le trottoir. Lorédane a reconnu quelqu'un. Elle se met à parler avec une femme et son mari qui sortent de la boutique et qui ont l'air de l'avoir pillée de ses viennoiseries. Elle désigne le café de la main droite, semble les convier à venir s'asseoir avec eux. Arnaud vérifie la disposition des lieux, oui, deux personnes de plus pourront s'installer sans problème, il y a trois chaises face à une banquette. Au moment où il voit le petit groupe s'avancer vers lui en marchant avec la plus grande prudence sur la place encore blanche, la serveuse revient, la voix claire et joyeuse :

— Monsieur Fondoire !

Il se passe alors quelque chose de très curieux : le couple assis à la table la plus proche se retourne de concert. Arnaud ne sait plus où donner de la tête. Il passe de la serveuse qui lui apporte sur un plateau une tasse de café et la broche lutin qu'il avait laissée sur cette même table la veille au soir à Julie Manin et Henry Jubert, qui pointent vers lui leurs visages étonnés.

C'est la serveuse qui reprend la main, mettant fin à la curieuse scène :

— Je sais que vous attendez des amis, mais ce café-là est offert par la maison. Et votre broche était bien là, elle est très jolie si je peux me permettre !

Arnaud récupère le lutin facétieux du bout des doigts comme un objet précieux. Il va finalement pouvoir l'offrir à Pauline, ou plutôt à Lorédane. Il sait qu'il va lui falloir un peu de temps pour adopter son prénom réel. Il se dit, en anticipant malgré lui, que le vouvoiement et les surnoms qu'ils avaient choisis pour l'application de rencontres feront de beaux souvenirs dans quelques années. Il secoue la tête, tout se bouscule, il s'apprête à saluer Julie Manin et Henry Jubert quand rentrent à leur tour Loredane, Luce, avec sur leurs talons le couple plus âgé qu'il a vu sortir de la boulangerie et qui a semblé agréablement surpris de tomber sur les deux jeunes filles. Pris de court, il rattrape au vol la serveuse qui débarrasse une table voisine :

— Vous pensez qu'on peut réunir quelques tables le temps d'un petit déjeuner ? Des événements peu ordinaires ont eu lieu cette nuit, je crois que nous sommes plusieurs à avoir quelques histoires à partager pour commencer cette nouvelle journée.

Elle acquiesce en souriant. La proposition a fait rire Julie et Henry. Ils se lèvent instantanément pour aider à bouger les tables. Arnaud remarque la complicité entre ces deux-là, il n'a pas la clé pour comprendre mais il en saura sans doute davantage dans quelques minutes. Ou pas… Les deux seniors du groupe s'asseyent les premiers, ils posent sur la table le généreux paquet de viennoiseries.

— Tu vois, ma belle Béatrice, pour une fois, ce ne sont pas les oiseaux qui vont picorer les miettes jusqu'à la Saint-Sylvestre ! Chaque année on achète comme si nous étions douze le jour de Noël, ajoute-t-il à la cantonade, ça fait plaisir de partager ce petit déjeuner ! Alors ça ! Pour un beau Noël, c'est un beau Noël qui commence !

L'homme a l'air très heureux, sa femme au moins autant mais si Arnaud profite de la scène et savoure le parfum de ce moment complètement imprévu, tout ce qui lui importe pour le moment, c'est de s'asseoir à côté de Pauline, ou de Lorédane, celle qu'elle voudra être ce matin. Elle semble d'accord avec lui car sitôt l'installation terminée, elle prend place à sa droite. Mais elle est à peine assise qu'elle se relève déjà en bondissant presque de sa chaise :

— Regardez !

Arnaud tourne la tête dans la direction qu'elle désigne du doigt. Un bonhomme de neige un peu bancal, pas tout fait achevé, une carotte plantée approximativement au milieu de la tête, a été fabriqué la veille au soir ou dans la nuit peut-être. Il a survécu grâce au froid, il est encore debout au petit matin mais plutôt mal en point. Arnaud se souvient d'un des rêves qu'elle a partagés avec lui et sort de sa poche le bonnet rouge qu'il avait attrapé pour sa sœur :

— Et si nous aussi, nous faisions notre bonhomme de neige ?

Elle ne répond pas. Elle rosit. Elle est même émue, il le devine à ses yeux brillants. Il n'attend pas sa réponse, il prend sa main et l'emmène dehors pour exaucer ensemble l'une de ses plus anciennes envies. La tablée improvisée peut bien commencer sans eux, ils ont leur vie à inaugurer.

Achevé d'imprimer en octobre 2022
sur les presses de la Nouvelle Imprimerie Laballery
58500 Clamecy
Numéro d'impression : 210303

Imprimé en France

La Nouvelle Imprimerie Laballery est titulaire de la marque Imprim'Vert®